JAN BÖTTCHER

Y

aufbau

JAN
BÖTTCHER

Y

ROMAN

aufbau

MIX
Papier aus verantwortungsvollen Quellen
FSC www.fsc.org FSC® C083411

ISBN 978-3-351-03640-9

Aufbau ist eine Marke der Aufbau Verlag GmbH & Co. KG

1. Auflage 2016

Einbandgestaltung ZERO Werbeagentur, München
Satz LVD GmbH, Berlin
Druck und Binden CPI books GmbH, Leck, Germany
Printed in Germany

www.aufbau-verlag.de

Für Meike, Joakim und Milan

Wir suchen alle nach den gleichen Dingen – nach Schutz, Nahrung, Wasser und Schönheit.

Marjetica Potrč, *Dringliche Architektur*

Die Natur, so scheint der logische Verstand zu sagen, hätte doch alle die nützlichen Funktionen wie Entladung überschüssiger Energie, Entspannung nach Kraftanstrengung, Vorbereitung für Forderungen des Lebens und Ausgleich für Nichtverwirklichtes ihren Kindern auch in der Form rein mechanischer Übungen und Reaktionen mit auf den Weg geben können. Aber sie gab uns gerade eben das Spiel mit seiner Spannung, seiner Freude, seinem Spaß.

Johan Huizinga, *Homo Ludens*

TEIL I

1

Für mich beginnt diese Geschichte mit dem Sommerabend, an dem mein Sohn Benji seine Angewohnheit fallenließ, im Wohnzimmer zu erscheinen und uns eine gute Nacht zu wünschen. Es war eine der letzten Verbindlichkeiten zwischen uns, und bevor ich um kurz nach zehn an seine Zimmertür klopfte, hatte ich schon mehrfach auf die Uhr gesehen.

Er reagierte nicht auf das Klopfen, weil er auf seinem Balkon saß. Was noch ungewöhnlicher war, er hatte einen Gast.

»Leka«, sagte Benji.

»Hallo«, sagte ein Junge, der unbewegt auf den Betonboden blickte. Sie hatten beide eine Lemonbierflasche in der Hand – eine davon durfte Benji pro Woche offiziell trinken –, neben ihnen war ein dritter Balkonstuhl aufgeklappt, was ich als Aufforderung verstand, selbst Platz zu nehmen. Mein Sohn weitete die Augen. Mehr passierte nicht.

»Was ist los mit euch?«

»Ach lass mal, Papa.«

Benji war gern der Meinung, uns Informationen über seine Freunde bereits mitgeteilt zu haben, auch wenn sich außer ihm niemand daran erinnerte. Den Namen Leka hatte ich noch nie gehört.

»Okay, was haltet ihr davon, wenn ich mir auch so ein Lemon hole.«

»Meinetwegen nicht«, stöhnte Benji.

Ich stand auf und kehrte keine halbe Minute später mit einer offenen Flasche zurück. Meine Frau und ich versuchten alles, wir gaben uns nah und machten uns rar, wir sehnten ein neues Kommunikationszeitalter mit Benji herbei, stritten aber ständig über das richtige Maß an Zuwendung, und womöglich hätte Maren, wäre sie dabei gewesen, den dritten Balkonstuhl eher eingeklappt, als darin eine Gesprächsgelegenheit zu sehen.

»Kennt ihr euch aus der Schule oder aus dem Park?«

»Weder noch.«

»Einfach so Freunde.«

»Jawollo.«

»Leka?«

»Richtig«, sagte Benji, der alle Antworten gab, weil sein Freund anscheinend in eine Sommerstarre verfallen war. Um genau zu sein: Benji sagte *rischtich*, weil er anders als seine Eltern in Berlin geboren ist und es gern betont.

»Er möchte heut bei mir übernachten.«

»Darf ich ihn vorher kennenlernen, ich meine, spricht er?«

Benji sah zu Leka hin, auffordernd.

»Er versteht uns nicht, oder?«

»Doch. Morgen spricht er.«

Wer bin ich, dass ich meinem Sohn verbieten würde, in den Schulferien einen Freund bei sich übernachten zu lassen? Feierlich sprach ich meine Erlaubnis aus, was Benji mir am nächsten Morgen als pseudogroßzügig vorhielt. Da saß Leka allerdings nicht an unserem Frühstückstisch. Ich begegnete dem Jungen erst am übernächsten Abend wieder, gegen 22.40 Uhr auf unserem Flur, weil wir beide zur Toilette wollten. Benji musste ihn in unsere Wohnung gelotst haben, und mir blieb nichts anderes übrig, als mich ein weiteres Mal mit den beiden Jungs zusammenzusetzen.

»Klar, kein Hotelbetrieb«, kam mir Benji zuvor, obwohl ich etwas Derartiges noch nie von mir gegeben hatte.

»Leka, warum musst du hier übernachten?«

»Weil er sonst nirgendwo bleiben kann.«

»Kann ich das jetzt bitte mal von deinem Freund selbst hören?«

Leka zuckte mit den Schultern. »Ja«, sagte er schließlich, »ist so.«

»Deine Eltern sind nicht in Berlin?«

Ich habe kein erkennungsdienstliches Talent, aber die Pause, die meiner Frage folgte, machte mich misstrauisch. Sie sahen einander an und verneinten erst dann, synchron.

»Okay, du bist zu Hause rausgeflogen.«

Es war ein bisschen wie in dem Ratequiz aus alten Tagen, als noch Fünfmarkstücke in Porzellanschweine fielen: Kandidat und Moderator sahen sich wieder in die Augen, Benji nickte, Leka nickte auch, dieses Mal bejahten beide.

Ich wies sie auf den Widerspruch ihrer beiden Aussagen hin und zog sofort meine Schlussfolgerung: »Du bist ausgerissen.«

Sie stellten sich wirklich dumm an.

»Einmal noch, Papa, ja?«

»Und was ist morgen?«

»Findet sich jemand, bestimmt.«

Mit ratlos erhobenen Händen und einem kumpelhaften »Tu, was du für richtig hältst«, das meiner Haltung überhaupt nicht entsprach, verließ ich den Raum.

Lange saß ich noch im Sessel, erkenntnislos. Erfreut darüber, dass mein Sohn Empathie für einen Jungen in Not aufbrachte, aber auch mit dem lauten Rauschen aller abgefahrenen Züge im Ohr, die Benji genommen hatte, während wir Eltern am Bahnsteig stehen geblieben waren. Die Züge waren eher ein Bild für mein wachsendes Unwissen als für mein mangelndes Verständnis.

Nachts schlich ich hinüber, wollte sehen, wo Leka schlief. Er lag auf meiner aufblasbaren Camping-Isomatte. Ich hob seine Jeans vom Boden auf, befühlte die Vordertaschen nur von außen, weil ich Klimpergeld vermutete. In der Gesäßtasche steckte eine Visitenkarte. Ich nahm sie mit, auf dem Flur las ich:

CubeGame Computerspieldesign
Jakob Schütte / Geschäftsführer
Manager / Chief Operating Officer

Das Firmenlogo auf dem kleinen Stück Pappe – grüner Stern im orangefarbenen Kreis – strahlte mich auffordernd an, was Visitenkarten aus meinem beruflichen Umfeld, dem Literaturbetrieb, niemals taten. Ich schrieb mir Name, Web- und Mailadresse ab, steckte die Karte wieder in Lekas Hosentasche und ging ins Bett, ohne irgendwas zu googeln.

Und wieder erschien mein Sohn allein zum Frühstück. Leka, sagte er, sei schon auf der Piste, um sich einen neuen Schlafplatz zu besorgen.

Die Angelegenheit schien erledigt zu sein, weil Leka weder an diesem noch am folgenden Abend auftauchte. Dafür strafte mich Benji mit Ignoranz, der schlimmsten aller Waffen, gegen die ich mich einfach nicht verteidigen konnte.

»Was ist los, Benji?«

»Leka ist verschwunden.«

»Das hab ich gemerkt.«

»Nicht hier, er ist insgesamt weg. Gestern und heute nicht im Mauerpark aufgetaucht.«

»Verstehe. Ich hab eine Frage an dich. Komm mal mit an meinen Rechner, pass auf, ich zeig dir jemanden, und du sagst mir, ob du ihn schon mal gesehen hast.«

»Ja.«

»Weil?«

»Das ist sein Vater, oder?«

»Wenn du das sagst. Woher kennst du ihn?«

»Einmal bin ich hinterher, Leka ist immer um sechs Uhr abgeholt worden, er ist dann einfach weggelaufen und in ein Auto gestiegen. Weißt du, wo das Auto gewartet hat?«

»Nein.«

»Im Gleimtunnel.«

»Und das war er hier?«

»Glaub ja. Vielleicht. Weiß ich nicht. Was fragst du immer für Sachen? Weiß ich doch nicht, Mann!«

Erst jetzt war Benji bewusst geworden, dass hier etwas nicht stimmte. Woher hatte ich den Link zu Jakob Schütte? Wir stritten ein wenig, ich will hier nicht den kompletten Wortlaut wiedergeben. Anscheinend war Leka von diesem Jakob Schütte abgehauen und wollte auch nicht zurück zu ihm. Womöglich irrte er gerade durch Berlin. Viel wichtiger aber: Mein Sohn hing an dem stummen fremden Jungen.

Er vermisste einen Freund. Möglich, dass er sich vorwarf, selbst zu wenig aus Leka herausgepresst zu haben, oder er hatte ein angekündigtes Verschwinden nicht ernst genommen. Benji teilte nicht mit, was genau ihn umtrieb, nur dass sie eine gute Zeit gehabt hatten. Ein paar Fotos gab es, ein kurzes Video vom Basketballplatz. »Er kann ein paar coole Moves«, sagte Benji. Mir schien der Junge kein besonders gutes Ball- und Körpergefühl zu haben. Und sonst? Hobbys? Bevorzugte Kleidung, bevorzugte Droge? Mein Sohn lächelte offenherzig, und ich schloss damit immerhin aus, dass sie sich gemeinsam zugedröhnt hatten und Benji womöglich nicht Leka, sondern eine entbehrte Substanz vermisste.

Am nächsten Tag konnte ich im Büro kaum stillsitzen. Ich verstand nichts vom Leben meines Sohnes. Und ja, das war schlimm. Und ja, beim Mittagessen brachte die Unruhe einen Entschluss hervor: Ich würde Benji nachher im Mauerpark abholen, wir würden seinen Kumpel Leka gemeinsam suchen. Er sollte sehen, dass ich Anteil nahm an seinen Freundschaften, dass meine Arbeit jederzeit zurückstehen konnte etc.

Ich schob mein Fahrrad von der Eberswalder Straße in den Park hinein und fand Benji sofort, er trug sein blaues Basketballtrikot und saß mit einem Mann auf den Betonstufen am Rand des einzigen Korbes. Offensichtlich redete der Typ auf Benji ein, er wirkte richtiggehend zudringlich, fuchtelte mit den Händen und beugte sich immer wieder vornüber. Ich beobachtete das Szenario, bis sich mein Beschützerinstinkt zuschaltete, und nach ein paar langen, schnellen Schritten stellte ich mich als Benjis Vater vor. Spielte mich auf, sagte Benji später, aber egal.

Aus der Nähe erkannte ich das Gesicht wieder, das ich im Netz gesehen hatte.

»Schütte, hallo.«

Er war in meinem Alter, trug schwarze, streifenlose Turnschuhe, eine schwarze Anzughose und ein giftgrünes T-Shirt. Ein typischer Jungunternehmer des 21. Jahrhunderts, dachte ich, ein Macher, Manager, Trainer, das floss ja dieser Tage zumindest optisch alles ineinander. Ich sage das, weil sich Jakob Schütte im nächsten Moment mit klingelndem Handy von uns losmachte, die Hand, wohl zur Entschuldigung erhoben, blockte uns ab.

»Er sucht ihn auch«, sagte Benji.

Mir blieb gar nichts anderes übrig, als Schütte zu beobachten. Beim Telefonieren wiegte er leicht den Kopf, dann hastete er einem fehlgegangenen Basketball nach und warf ihn in die Spielrunde zurück, einmal sah er mich zufällig an und verdrehte die Augen über den Menschen, der da gerade irgendwas mit ihm bereden wollte.

So nahm er Abstand und suggerierte Nähe. Dass er beides gleichzeitig vermochte, schockierte mich, denn mir selbst ging diese Fähigkeit völlig ab. Wie viel Aufwand hatten meine Frau und ich darauf verwendet, unserem Sohn gegenüber an- und abwesend zugleich zu sein. Aber siehe da, Vollprofis können so etwas, sie bespielen die ganze Bühne.

Das war mein erster Eindruck von Jakob Schütte.

»Erfolg zieht die Fliegen an«, sagte er, als er das Telefonat beendet hatte. »Und die geistigen Tiefflieger«, setzte er hinzu. »Und was führt Sie her?«

Seiner deplatzierten Frage wegen grinste er mich an. Er hatte eine hohe Stirn, eher schon Halbglatze, und trug das leichtgewellte Haupthaar cäsarisch nach vorn gekämmt.

»Ich will den Freund meines Sohnes suchen.«

»Das ist ehrenwert. Dann sind wir schon zu dritt.«

Schütte und ich tauschten ein paar Plattitüden aus, echt voll hier, unübersichtlich hier, Kreuzberg aber auch, ganz Berlin ein internationales Tollhaus. Mitten im Satz hielt er inne und wandte sich an meinen Sohn:

»Wer von denen hier kennt Leka noch?«

Benji nannte ihm einen weiteren Kumpel, der auch am Rand des Spielfeldes saß. Daraufhin gab mir Jakob Schütte seine Karte, und ich musste mir ein Lächeln verkneifen.

Das verschwundene Kind blieb leider verschwunden. Benji fand nicht zur Tagesordnung zurück. Er fuhr auf einen Wochenend-Rave und blieb vier Tage weg, und als er so gnädig war, seinen Aufenthalt abends per Telefon zu verlängern, wurde er auch noch pampig. Meine Frau hatte die Nase voll. Wir diskutierten drastische Maßnahmen, aber da der gemeinsame Urlaub wegen unserer beider Arbeit in diesem Jahr sowieso gestrichen war, konnten wir uns weder zu Hausarrest noch zu einer Taschengeldsperre durchringen. Zu Hause hätte Benji die Zeit nur mit irgendwelchen Adventures vor dem Rechner verbracht, und wir hatten seine Spielerei erst kürzlich erfolgreich eingedämmt.

Schüttes Visitenkarte bewahrte ich mittlerweile in meiner Brieftasche auf. Erst jetzt sah ich mir die Internetpräsenz von CubeGame an, anscheinend eine erfolgreiche Firma, wenn auch kein Global Player. Ich schlug mich mit dem kindischen Gedanken herum, diese Sache müsste unter Erwachsenen geregelt werden.

Ich hatte Leka zweimal flüchtig gesehen. Aber ich konnte einfach nicht akzeptieren, dass ein Junge, der so alt war wie mein Sohn, von einem Tag auf den anderen verschwunden war.

»Du darfst die Dinge jetzt nicht vermischen«, sagte meine Frau.

»Was nehmen andere Eltern alles in Kauf, wenn sie die Möglichkeit sehen, die Gunst ihrer Kinder wiederzugewinnen«, sagte ich.

Sie antwortete nicht mehr.

Ich zog die Visitenkarte hervor und rief Jakob Schütte an, um mich mit ihm zu verabreden.

2

Für Jakob Schütte begann die Geschichte mit der Party, auf der er seine zweite Chance bekam.

Er hatte nicht mehr dafür getan, als den Türsummer zu drücken und ein Gelächter in den Hausflur einzulassen, das ihm Treppe für Treppe entgegenstieg, bis an die Wohnungstür im dritten Stock. Jakob musste zurückweichen, Mäntel fielen vom Haken, ein Unbekannter bekam die Tür ins Kreuz, stolperte und fiel in Kantes Arme. Im Hintergrund tanzten gelbe Gerbera, über Kopf gehalten, abgetaucht, wieder emporsteigend, gelbe Gerbera, die unten auf der Susannenstraße noch spätabends in großen Kübeln angeboten wurden, sie kamen immer näher, und Jakob suchte nach dem zugehörigen Gesicht, konnte aber plötzlich nur noch schwer atmen:

»Du?«

»Die Freundin einer Freundin hat mich …«

So wurde ihm Arjeta Neziri in die Wohnung gespült, so trafen sie sich im September 1998 wieder, so erzählte er mir davon. Sein Mitbewohner Kante feierte damals in seinen 25. Geburtstag hinein, aber den gelben Gerberastrauß drückte Arjeta spontan Jakob in die Hand. Und der konnte nicht umhin, in der Frau, die vor ihm stand, das Mädchen zu sehen, das er einmal gekannt hatte. Arjetas Haar war etwas länger als zu Abizeiten, ihr Outfit – ein schlichtes schwarzes Kleid über roten Kniestrümpfen – geradezu stilvoll im Vergleich, denn als Teenager hatte sie grobmaschige Strickpullis getragen, regelrechte Spinnennetze.

Jakob ging voran in die Küche. Während er aus dem Unterschrank eine Vase hervorkramte, sagte Arjeta etwas, das über ihn in der Abizeitung gestanden hatte: »Ich dachte, du wolltest nach Amerika, dir war doch in Deutschland alles zu langsam, zu zurückgeblieben.«

»Stimmt. Da war was. Amerika!«

Er geriet gleich ins Schwärmen: die San Francisco Bay, seine immer stärkere Leidenschaft für Computer, die unglückliche Liebe zu einer Amerikanerin. Jakob merkte selbst, wie schnell er sprach, aber als er sich ein Bier holen ging, schloss er danach nahtlos an: seine Faulheit an der Universität, wie einsam er sich im Studium gefühlt habe, dass ihm zu viel Abschied auf der Seele lag (seine Mutter war früh bei einem Autounfall gestorben, was Arjeta wusste), Jakob wurde von der ZVS nach Bamberg geschickt, die Amerikanerin meldete sich gar nicht mehr, alles sei ihm abhandengekommen: »Ich bin dann nach Hamburg gezogen. Vielleicht weil ich in der Nähe meines Vaters sein wollte.«

An dieser Stelle verengten sich ihre Augen. »Ich wohne immer noch bei meinen Eltern«, sagte Arjeta.

Das war die erste Information von ihr.

Die zweite war, dass die Familie Neziri kurz nach Arjetas Abitur nach Wilhelmsburg auf die Elbinsel gezogen war. Den dritten Satz brach sie ab, weil sie meinte, im Tanzzimmer laufe irgendein Song, der schon auf ihrer Abifeier gelaufen war. Sie wollte aber nicht tanzen, sie fand es in der Küchennische gemütlicher; dort, wo Jakob auch manchmal mit Kante frühstückte, saßen sie auf den einzigen beiden Stühlen, Erdnüsse und Cracker knabbernd. Jakob trank weiter

Bier und dachte daran, dass sein Vater längst nicht mehr der Grund war, warum er in Hamburg wohnte. Arjeta ließ sich den zweiten Caipirinha reichen, im Hintergrund wurden lautstark Cocktails gemixt. Die Party war in vollem Gange, zwei Typen hatten Birnenschnaps aus einer illegalen Destille im Alten Land mitgebracht, einen 5-Liter-Kanister, und um Mitternacht wehte aus dem Wohnzimmer das Geburtstagsständchen für Kante herüber, Akkordeon, Hans Albers, Seemannslieder, da fragte Jakob gerade: »Und was macht die Heimat?«

»Das willst du nicht wissen.«

»Warum nicht?«

»Entsetzlich.«

»Entsetzlich klingt spannend.«

»Zum Beispiel wurde mein Großvater verhaftet. Und geschlagen. Dafür, dass mein Vater früher mal für einen reichen Albaner gearbeitet hat. Ich meine, wie lange sind wir jetzt in Deutschland? Dreizehn Jahre?«

Das also machte die Heimat. Verhaftung, Schläge. Jakob hatte keinen blassen Schimmer, wie so etwas geschehen konnte. Der reiche Albaner hieß Herr Krasnici, ein guter Mann, erzählte Arjeta, fast eine Art Familienmäzen. Ihm gehörten in Kosova einige Restaurants und Pensionen, auch diejenige, in der ihr Vater seinerzeit gearbeitet habe. Aber die Pension stand nun schon lange leer. Als die Krasnicis ins Ausland gingen, kamen bald die Kinder der Eisenhändler herüber. Erst waren es nur Mäuse, die übers Dach der Pension trippelten, aber sie kehrten als Ratten zurück, größer und aufdringlicher, wie eine Plage suchten sie das Dach jedes verwaisten Hauses heim, bis sie auch ihre älteren Brüder, die Kleinelefanten, mitbrachten, unter deren Schritten und Tritten jedes Dach irgendwann zusammenbrach.

So übersetzte er sich in laufende Bilder, was Arjeta viel sachlicher erzählte. Die fremden Jungs stiegen ein, rissen den Rezeptionstresen heraus, demontierten die Schrifttafeln, trugen sogar die Eingangstreppe ab, weil sie aus Platten bestand, nicht aus massivem Beton.

Das wusste sie alles von ihrem Großvater.

»Aber stell dir vor, bei der Pension Krasnici hat es drei Monate gedauert, mit unserem Haus ging es in einer Nacht. Die Serben haben alles weggenommen und abgebaut, das Dach aufgemacht, ein Lagerfeuer mittenrein. Die Asche hat noch am nächsten Tag geglüht, als mein Großvater von der Polizei zurückkam.«

Jakob hätte Arjeta beinahe sein Beileid ausgedrückt, wie auf einer Beerdigung. Stattdessen bohrte er sich den Daumen in die Mulde übers Schlüsselbein, bis der Nervenschmerz in den Unterarm strahlte.

Sie sah ihm dabei zu.

»Jetzt is' besser. Sag mal, wie haben wir das geschafft, Hamburg, Amerika, Kosova, haben wir jetzt echt fast vier Stunden erfolgreich über unsere Schulzeit hinweggeredet?«

Ihr Lachen erinnerte ihn an früher, sie lachte wie über einen guten Witz oder eine lustige Frage.

Und dann zog sie, hilflos wie Jakob, die Schultern hoch. »Kann sein. Glaub schon.«

Arjeta war der letzte Partygast gewesen. Die Haustür unten sei nachts oft abgeschlossen, hatte er behauptet. Nur um sie hinunterzubegleiten. Die Tür war offen. Bei der Umarmung auf der Straße hatte er versucht, sie etwas länger festzuhalten. Er wusste dabei nicht, ob er sich festhielt an dem Mädchen, das einmal in der letzten Bankreihe gesessen hatte, wusste nur, dass sie jetzt Kunstgeschichte studierte und dass ihr Elternhaus in Prishtina verwüstet war.

Zurück in der Wohnung, nahm Jakob sich ein letztes Bier aus dem Kühlschrank und schrieb die Telefonnummer ab, die ihm Arjeta auf den Handballen geschrieben hatte, versuchte dabei, ihre Handschrift zu imitieren. Danach grub er die Abizeitung aus, das hatte er lange nicht gemacht. Er masturbierte zu ihrem Foto, brach aber auf halber Strecke wegen stechendem Kopfschmerz ab.

Alles Mögliche hatte Jakob ihr an diesem Abend erzählt, und wenn das der Plan gewesen war, dann war es ein guter Plan gewesen. Je bunter man sein gegenwärtiges Leben ausmalte, desto blasser mussten doch Scham und Erinnerung werden, bis sie unerkennbar in die Ferne rückten.

Jakob hatte dem Mädchen Arjeta einst Zettel und Briefe geschrieben. Nicht bloß dieses Ja-Nein-Zeug zum Ankreuzen. Vierzehnjährig hatte er sich ihr offenbart. Es aber kein einziges Mal geschafft, sie anzusprechen, gerade so, als seien seine Liebesbriefe in allen Belangen wichtiger als ihre Reaktion darauf. Als habe ihn im Grunde gar nicht interessiert, was sie daraus machte.

Er hoffte, dass sie auf dem Nachhauseweg nicht an seine missratenen Briefe dachte. Dass sie fortan nie mehr daran dachte.

*

Die Blumen standen auf Jakobs Schreibtisch.

Zehn Sonnen, die bis in den letzten Winkel des Zimmers strahlten. Er sah zu, wie die nur noch gelblichen Blütenzungen erschlafften. Nach zehn Tagen pflückte Jakob die Blättchen ab und legte sie vor seinen Büchern im Regal aus, wo sie auch ihre letzte Farbe verloren. Dann sammelte er sie in einer Streichholzschachtel, die er immer wieder auf und zu schob.

Vor lauter Nervosität hatte er beinahe den Zeitpunkt verpasst, Arjeta anzurufen. Dabei wartete sie nur darauf. Sie nannte sofort einen Treffpunkt: Die *Schilleroper*, Foyerbar eines ehemaligen Zirkus, lag in unmittelbarer Nähe seiner Wohnung. In den alten Couchgarnituren, sagte Jakob, seien sie versunken wie in einer Luftblase auf offenem Meer. Um unter Wasser ihre Lebensgeschichten auszutauschen.

Blütenblätter, Luftblase.

Sie sahen sich täglich. Aber die *Schilleroper* hatte Arjeta nicht ausgewählt, um danach bei Jakob zu übernachten. Sie verabschiedeten sich wie nach der Party, nur dass die Umarmung länger anhielt. Jakob meinte, er sei so oft spät nach Hause gekommen, dass er mit diesem letzten Viertel des Jahres 1998 ein spezielles Geräusch verbinde: die herunterrasselnden Rollläden der Kneipe gegenüber.

Blütenblätter, Luftblase, Rollläden.

Immerhin ging er nicht zu seinem früheren Ich auf Distanz, spielte seine Gefühle nicht herunter.

Die Kneipen schlossen also ihre Augen, Jakob stand am Fenster, sah dem Herbstlaub unten auf der Straße beim Herumwirbeln zu. Er dachte an die Schulzeit und an Arjetas Mädchengesicht. Hatte er sie damals angehimmelt, ohne sich im Geringsten für ihre Herkunft zu interessieren? Wie konnte es sein, dass er von all dem, was sie ihm nun über ihre Flucht nach Deutschland erzählte, noch nie gehört hatte?

Jakob schämte sich ein wenig dafür. Gleichzeitig machte es ihn aufmerksamer für die Gegenwart. Dies hier war ein anderes, reiferes, ein höheres Verliebtsein. Nacht für Nacht stand er am Fenster und wiederholte die Dinge, die Arjeta gesagt hatte. Er wollte nichts davon verlieren.

Auf dem Fußboden seines WG-Zimmers lag der alte Diercke-Weltatlas, aufgeschlagen die Doppelseite Mitteleuropa. Prishtina war schon nicht mehr drauf, es lag zu südlich, deshalb konnte er Arjetas Reise erst ab Belgrad mit dem Zeigefinger nachgehen, über Budapest und Wien bis nach Nürnberg. Es dauerte keine drei Sekunden.

In diesen Nächten wurden Arjetas Bilder seine Bilder.

Ihre Eltern mit Gepäck am Körper und in beiden Händen, so viel wie sie mitnehmen konnten. Das Mädchen selbst mit einem schweren Sack auf dem Rücken, links und rechts ihre kleinen Brüder an der Hand, Naim und Rrustem, elf und sieben Jahre alt.

In Nürnberg hatten die Neziris die erste Nacht verbracht, in einer Untersuchungshaftzelle, in Nürnberg stand auch die Asylbehörde, wo Arjetas Vater alle möglichen Dinge auf den Tisch legte, von denen er meinte, sie gehörten da auf den Tisch gelegt. Ihre jugoslawischen Pässe. Ein Grundbuch. Die beiden Zahnruinen, sie waren ihm in der Pension ausgeschlagen worden, weil er einem serbischen Offizier nicht gestattet hatte, eine Nutte mit aufs Zimmer zu nehmen. Dazu Unterlagen, die seine berufliche Kompetenz bestätigten, Gegenstände, die belegen sollten, dass der Familie ein Leben in der Heimat nicht mehr zuzumuten war.

Der ganze Tisch war wie eine Flohmarktdecke voll gewesen mit Zeug.

Und alle dachten, das müsse ja wohl reichen.

Hatte es aber nicht.

Ihr Antrag wird bearbeitet.

Sie waren ins niedersächsische Uelzen gefahren, dort

wohnte Arjetas Großonkel Aki, den die Neziris seit zwei Jahrzehnten für einen Schuhmacher hielten, dabei saß er bloß noch auf dem Sofa herum. Ein alter Mann, der nach all den Jahren in Deutschland den Anschluss zu den Nachbarn und Arbeitskollegen verloren oder ihn überhaupt nie gefunden hatte. Einem von Arjetas Brüdern war die Anstrengung der Flucht auf die Bronchien geschlagen, bellender Husten, fast ohne Unterbrechung. Der andere drehte ziellose Runden durch die Uelzener Innenstadt und schnorrte Zigaretten für seinen Vater, ohne dass er die Sprache dafür hatte. Arjeta selbst nahm ein Deutsch-Lehrbuch aus dem Schrank.

Ihr Antrag weist gravierende Formfehler auf.

Die Neziris hätten nicht in ganzer Familienstärke kommen sollen, hieß es jetzt, eine Wiedereinreise nach Kosova sei ihnen grundsätzlich zuzumuten.

Andererseits, sagte ihr Anwalt, ein halbes Jahr Duldung, das sei ein halbes Jahr Zeit, um weitere Schriftstücke zu besorgen, die einen weiteren Antrag ermöglichten.

Arjetas Mutter hatte daraufhin Geschirr geschmissen wie auf einem Polterabend. Beim Großonkel Aki konnten sie im Winter sowieso nicht bleiben. Die städtische Behörde vermittelte ihnen einen Platz im Durchgangslager. Ein Wohncontainer. Gewelltes PVC, gammeliges Gemeinschaftsklo, nicht mal die Containertür war verschließbar. Kurz vor der Dunkelheit kamen die Männer des Lagers zusammen, um Feuerholz zu sammeln. Von drei Waschmaschinen zwei kaputt, alle stritten sich um die dritte. Dafür gab es einen wilden Hund, der Arjetas kleinen Bruder anfiel. Und eine Art Lagerkommandantin, die ihnen sogar beim Spielen zusah.

Hier hätte die Flucht auch enden und die Reise zurückgehen können, hatte Arjeta gesagt.

Ihr Vater aber blieb hartnäckig und wandte sich an einen

neuen Anwalt in Lüneburg, obwohl er den Landkreis Uelzen gar nicht verlassen durfte. Dieser Anwalt verschaffte ihm einen Job. Sie verließen das Lager. Eines führte zum anderen. Der Job zur Wohnung, die Wohnung zum Ortswechsel.

*

In Lüneburg stand die Schule, auf der er Arjeta begegnet war. Damals hatte sie ihn einen Freak genannt, er war für alle der Computerfreak gewesen. Darüber lachte sie nun, als sie sagte, das Praktische an ihm, das Drängende, Originelle, Nervöse – früher sei ihr das alles gar nicht aufgefallen.

Jakob wusste nicht, ob er sich verändert hatte, aber wenn er die Schultern hochzog, dann nicht aus Ratlosigkeit. Okay, sagten diese Schultern. Wenn du meinst. Arjeta konnte jetzt erzählen, weil er zuhörte. Er hörte jetzt zu, weil sie erzählen konnte. Leben in der Luftblase. Unverwundbar sein. Draußen das Hamburger Schmuddelwetter, die zunehmend dunklen Tage, und sie saßen in der Wärme, geschützt von ihrer Liebe, sechsundzwanzigjährig, Arjetas dunkle Augen und sein grünes Flaschenglas im Kerzenschein.

Sie erzählte von ihren Eltern. Ihre Mutter Blerina, die sich in allen Wohnungen sofort einrichten wollte. Ihr zögerlicher Vater Nikola, der zwar nach Arjetas Erlebnissen in der neuen Schule fragte, aber immer auch danach, woran sie sich in der Heimat erinnerte und ob sie auch oft genug an ihre Freundinnen in Kosova dachte. Die Geschichte eines Landes, so zitierte sie ihn, fängt in dem Augenblick an, wo man sich mit ihr beschäftigt. Und sie hört demnach auf, wenn man es nicht mehr tut. Einprägsame Worte. Ihr Vater muss zu dieser Zeit eine Art Alltagsphilosoph gewesen sein.

Ein Kind zu bekommen.

Jemanden gehen zu lassen, obwohl man ihn liebt, weil man ihn liebt.

Einen Freund zu verraten.

Ein Haus zu verlassen und das Land.

Das waren für Nikola Neziri die großen Dinge des Lebens.

Arjeta wollte, dass Jakob das Auswandern für eine Leistung hielt. In jedem Fall wollte sie ihm zeigen, wie wichtig ihr Vater für sie war. In Lüneburg hob er Baugruben aus – in Prishtina hatte er noch in der Pension gearbeitet und die besten Anzüge getragen. Die harte körperliche Arbeit war ihm zu hart und zu körperlich. Und Arjeta, sie bekam ein schlechtes Gewissen. Sie war in Kosova auf eine gute Schule gegangen, in Deutschland hatte ihr Vater dafür gesorgt, dass sie auf eine noch bessere ging. Er hatte ihr sogar erlaubt – das *sogar* hatte Jakob sich gemerkt –, in der Bücherei die Sprachlernkassetten aus dem Serbokroatischen zu verwenden, weil es keine albanischen gab.

»Dieser Gedanke kam immer wieder zurück, dass meine Eltern es so schwer haben und ich so leicht.«

»Meinst du, er hat dir das in den Kopf gesetzt?«

»Weiß ich nicht. Nein, eigentlich nicht.«

Eine Pause entstand, dann sagte Jakob:

»Du darfst nicht vergessen, dass du selbst gekämpft und dich durchgesetzt hast.«

Den Satz bereute er später. *Sich durchsetzen.* Sie hatte zu Boden geblickt, als könne er nicht wissen, was so ein Satz wirklich bedeutete. Als sagten die Deutschen solche Sätze einfach.

»Warum wir überhaupt in Deutschland waren, hat euch so viel interessiert wie … 'ne Erdkundehausaufgabe für die übernächste Woche.«

»Arja, wir kannten wahrscheinlich noch nicht mal das Wort Auswandern.«

»Erinnerst du dich an einen Einschnitt?«

Nein, tat er nicht.

»Nur weil ich still war, sah das vielleicht aus, als würde ich mich einschüchtern lassen. Aber ich hab genau gesehen, was um mich herum geschah. Ich hab eure Sprache aufgesaugt, eure Gewohnheiten und die Macken, das Gefummel der älteren Pärchen in den Pausen. Wie alle anderen, nur heimlich. Ich hab die Musikmagazine gelesen, Pop und Wave und das beginnende Öko, diese ganze zerrissene Kultur, die so vielen die Frisur ruiniert hat. Und irgendwie kamen mein Fleiß und Ehrgeiz dazu. Die Sommerferienwochen hab ich komplett in der Bücherei verbracht, ein Jugendhörspiel nach dem anderen, Märchen, Comics und die *Bravo*. Das war chemisch irgendwie. Nachts setzten sich die Schwebeteilchen in mir, tagsüber wirbelte ich die neue Sprache auf. Erinnerst du dich echt nicht daran?«

»Woran denn?«

»Wie die Schule im Spätsommer wieder begann. Und Arjeta Neziri konnte Deutsch. Die Tür ging auf, und ihr habt mich gemocht. Erst keiner, plötzlich alle.«

»Wir fanden dich noch schöner, Arjeta.«

»Wie bitte?«

»Wahrscheinlich weil du nach den Sommerferien an den richtigen Stellen ›geil‹ und ›cool‹ gesagt hast.«

»Na vielen Dank, Herr Schütte.«

»Für meine Schwärmerei?«

»Für deine Abgeklärtheit.«

Sie hatte recht, Jakob wollte lustig sein und war ignorant. Nicht mit Absicht. Aber er hatte immer noch keine Ahnung, von welchem Einschnitt sie sprach, und das konnte nur bedeuten, dass er überhaupt erst nach diesem Einschnitt angefangen hatte, Arjeta wahrzunehmen.

3

Im Winter wurde Norddeutschland von einem geschichtsträchtigen Orkantief heimgesucht, am ersten Februarwochenende 1999 sank vor Sylt ein dänisches Frachtschiff. Zwei Seeleute starben, erzählte mir Jakob, in bis zu 160 Stundenkilometer schnellen Sturmböen. Ich weiß nicht, warum er das alles so genau im Kopf behalten hatte, jedenfalls wurden auch im Hamburger Hafen mehrere Flutwellen erwartet, und Arjetas Vater arbeitete Tag und Nacht für den Deichverband in Wilhelmsburg.

Bislang war Jakob immer durch St. Pauli und den Alten Elbtunnel zu ihr gefahren, über die Brücken in die Höhe, wo der Blick frei wurde für die kreischende Containerwelt und den Wald aus Kränen. Aber der Elbtunnel war gesperrt, der Fluss hatte die kritische Marke von fünfeinhalb Metern am Samstagmorgen überschritten. Jakob nahm sein Fahrrad deshalb mit in die S-Bahn bis Veddel, fuhr von dort gen Westen – immer auf dem Deich, wo sich der Wind tückisch zurückhielt und dann wieder so stark wehte, dass Jakob die Pedale nicht treten konnte oder nur schlingernd vorwärtskam.

Arjeta wartete schon, den Mund verhüllt von einem langen Schal, die Handschuhe im Mantel verborgen. Und die Mütze hätte sie sich am liebsten noch über die Augen gezogen, dachte Jakob. Eine kurze, ungelenke Begrüßung, beide mit ihrem Fahrradrahmen zwischen den Beinen, dann strampelte sie gegen den Sturm an, er hinterher. Jede Bewegung geschah in Zeitlupe, neben ihnen schlichen ein paar Vierzigtonner über die Brücke nach Steinwerder.

Erst über dem Eingang zum Alten Elbtunnel stiegen sie von den Rädern. Drüben, an den Landungsbrücken, tanzte eine Lichtorgel in Orange und Blau, die Farben spiegelten sich im Wasser. Der Fluss stand so hoch, dass Jakob das Gefühl hatte, nur ein weiterer Tropfen müsste ihn zum Überlaufen bringen.

Ja, der Fluss *stand.*

Und seine Freundin sah in ihrem Kleiderkokon aus wie eine Kältestatue. Vier Monate waren sie jetzt zusammen, und noch immer spielte sie mit ihm diese Eroberungsspiele; Schicht für Schicht, den lieben langen Wintertag würde er damit verbringen, ihr näherzukommen. Vor Kälte trat sie von einem Fuß auf den anderen, ihr ganzer Körper wippte. Sicher fragte sie sich, warum sie jetzt hier war (nicht dort drüben), warum sie jetzt hier war (aber nicht zur Ruhe kam), warum sie jetzt hier war (und es nirgendwo lange aushielt). Arjetas Gedankenspiele, die so existentiell klangen und so sinnlos waren – er suchte nach ihrer Hand, bevor sie damit anfing.

»Das ist schon spektakulär«, sagte ein Passant.

Arjeta wendete sich der Stimme zu und antwortete: »Der Fluss grollt.«

Sie ging hinüber zum Kiosk, sie tat das, damit Jakob Zeit hatte, das Grollen auf sich selbst zu beziehen, auf die Deutschen, auf den Westen. Er sollte wissen, dass das eigentliche Drama nicht hier, sondern in weiter Entfernung stattfand, in Arjetas Heimat. Seit in Kosova Krieg herrschte, war Arjeta wie alle Neziris süchtig nach den Nachrichten, und nie hielten die Nachrichten ihrer Wut, Angst und Neugier stand.

Eine Tageszeitung unter der Achsel, kam Arjeta zurück. Auf einer Bank, die Blätter vierfach gefaltet gegen den Wind, beugten sie sich über die ersten Beobachterstimmen. Die Delegationen waren in Rambouillet eingetroffen. Ein französisches Schloss. Mehr stand da eigentlich nicht. Jakob hatte sich mühsam antrainiert, wie alle Neziris die albanische Form für ihr Heimatland zu benutzen: Kosova. Was tat man nicht alles aus Liebe. Näher an Arjeta heranrücken, zum Beispiel. Und tatsächlich schob sie ihren Arm unter seinen, hakte sich ein. Mit dem anderen Handschuh tippte sie auf ein Foto, das einen UÇK-Kommandanten abbildete.

»Weißt du, dass wir ihnen die Waffen bezahlen?«

Wer wir? Nein, wusste er nicht.

»Vor zehn Jahren sind fast alle Albaner in Kosova aus der kommunistischen Partei und der Gewerkschaft ausgeschlossen und aus ihren Jobs entlassen worden. Sie haben sich aber eine Art Parallelstaat errichtet. Drei Prozent der Löhne aller Exilanten werden von einer Exilregierung in Bonn gesammelt und fließen zurück ins Land, und durch diese Gelder«, so erklärte es ihm Arjeta, »können albanische Ärzte weiterarbeiten, Lehrer geben in privaten Räumen weiter Schulunterricht in albanischer Sprache.«

Jakob machte ein ungläubiges Gesicht. Dabei hatte er nur nicht richtig zugehört. Sie konnte manchmal fast zu gut reden, da schaltete er einfach ab. Unweit des Elbtunneleinganges stand ein Kinderkarussell. Es lief nicht, trotzdem saß der dickleibige Betreiber in seinem Kassenhäuschen. Womöglich hatte die Firma, die den Abbau machte, ihm den Dienst verweigert, und jetzt wollte er mit seinem Karussell absaufen.

»Ich finde, die Drei-Prozent-Regel ist ein supertolles Steuersystem«, sagte Arjeta.

»Wer verwaltet das Geld?«

»Hab ich doch gerade gesagt, eine Exilregierung. Mein Vater meint aber, wir haben eine Spaltung in der Armee. Und er gibt nur was an eine Vaterlandsstiftung in der Schweiz, *Vendlindja Thrret*.«

»Guck mal da drüben, der Dicke. Mit seinen Hubschraubern, dem Krankenwagen und der Feuerwehr. Sitzt da und setzt auf die Rettung der Menschheit. Der Kinder, mein ich.«

»Was du immer so siehst. Hier, lies mal.«

»Wahrscheinlich ist er bewaffnet.«

»Jakob, bitte!«

»Er schützt sein Karussell, wie in *Battlezone*. Die Frage ist bloß, was wir mit einem Wagen wollen, der nur im Kreis fährt.«

Arjeta hörte nicht mehr zu, sie war kopfüber in die Zeitungsberichte abgetaucht. Immer kleiner musste sie das Papier falten, um im Wind darin zu lesen, bis es beinahe konspirativ aussah. Auf der nächsten Seite waren zwei Fotos von den Friedensverhandlungen. Die albanische Befreiungsarmee trug Camouflage. »Das sieht schon cool aus«, sagte Jakob, »eure Soldaten zwischen den Geschäftsmännern.«

Da boxte Arjeta ihm mit ganzer Kraft auf den Oberarm, aber seine Winterjacke ließ ihn den Schlag kaum spüren. Sie war manchmal aggressiv, wenn ihre Angst zu groß wurde, die Angst vor der politischen Unerfahrenheit ihrer Landsleute, vor dem blankgewetzten Nationalstolz.

Jakob hatte keinen Satz parat, der gepasst hätte. Er suchte auch nicht danach. Die Konferenz in Rambouillet würde über die Zukunft von Arjetas Heimat entscheiden. So viel hatte er inzwischen begriffen. Alles hing jetzt von der Anzahl der Unterschriften ab.

Und der Fluss stand. Oder grollte. Oder beides.

Die Plastikfenster knackten im Sturm. Sie tranken Yogitee in Arjetas Zimmer, Jakob knetete ihre Füße, die in dicken Wollsocken steckten. Bis zu diesem Nachmittag hatte er gemeint, ihren Schulgeruch noch zu kennen, aber es war kein Geruch, nicht mal ein Parfüm, es waren die Socken und ihr Pullover, es war ein Wollwaschmittel, das er früher selbst mal benutzt hatte. Sie räkelten sich auf dem Teppich, spielten Backgammon, um die Zeit bis zur nächsten Nachrichtensendung zu überbrücken.

Ihr Vater Nikola kehrte kurz von der Arbeit heim, um seine Gereiztheit abzuladen. Dieses Mal traf es niemand anderen als Jakob selbst, denn den Frust hatten die Computerprogramme des Deichverbandes ausgelöst. Arjetas Vater tat so, als hätte Jakob persönlich sie geschrieben und sei dafür verantwortlich zu machen, dass sie nicht funktionierten. »Ihr Computerfuzzis«, sagte Nikola, und »gefährlich« und »der Deichvogt nervös«.

Oft musste Arjeta diese Wortbrocken in eine verständliche Sprache übertragen, aber an diesem Tag hatte Jakob die Zeitung schon gelesen. Darin stand, dass die Stadt Hamburg für teures Geld ein Hochwassersimulationsmodell gekauft hatte, eine rechnergestützte Überflutungsvorhersage, mit der leider wenig bis gar nichts anzufangen war, denn sie spuckte zwar Daten zu den Färöer-Inseln aus und vermutlich auch welche zur kroatischen Adria; zur Hamburger Hochwasserlage hingegen wusste die Software nicht mehr beizusteuern als eine Datenkaskade, deren Auswertung wundersamerweise erbrachte, dass die halbe Stadt abgesoffen war, die Elbe bereits in Eimsbüttel stand und so weiter.

»S'po boj hajgáre.« Vater Neziri konnte nicht darüber lachen. Jakob fand ihn generell miesepetrig. Wobei seine Panik in der Hochwassersache angemessen war, denn Wilhelmsburg war bloß ein Spielball der Gezeiten, ein eingedeichtes Stück Marschland, das hoch- und niedergedrückt wurde.

Trotzdem, ihren Ursprung hatten Nikolas Launen in der immer aussichtsloser werdenden Lage in Kosova. Die Nachrichten sah der Vater im Grunde nur noch, um die westliche Unschlüssigkeit zu verdammen. Lautstark. Aus Arjetas Zimmer im Obergeschoss hatte Jakob es schon einige Male mit anhören müssen. Der Vater klang dann wie ein Alkoholiker, trank aber nichts als einen unheilvollen Mediencocktail: Tagsüber das unzureichende deutsche Fernsehen, nachts empfing er über das Mittelwellensignal die serbische Propaganda aus Belgrad. Und jedes Telefonat mit Prishtina ließ seine Hoffnung schwinden, dass sich die Serben jemals zurückziehen würden.

Seit kurz vor Weihnachten arbeitete Arjeta für einen Verein, der neue Flüchtlinge in Wilhelmsburg willkommen hieß. Sie hatte mit ihrer doppelten Sprachkenntnis schon einigen Leuten bei Amtsgängen geholfen, war dafür zum Essen eingeladen worden, und dann luden die Neziris diese Familien wiederum zu sich ein, was zu Abendgesellschaften von zwölf bis fünfzehn Menschen führen konnte. An diesem Samstagabend saßen außer Nikola alle Neziris zu Tisch, und neben Jakob gab es zwei weitere Gäste, einen albanischen Nachbarn und dessen Cousin, beide erst seit kurzem in Hamburg.

Jakob mochte diese Gesellschaften. Dass Arjeta den Menschen half, verunsicherte ihn allerdings. Er hätte sie gerne bewundert und sie aus Bewunderung mehr geliebt, musste aber feststellen, dass er auf ihre Flüchtlingshilfe vor allem neidisch war.

Von seinem Platz aus sah Jakob den Fernseher flimmern,

tonlos lief eine Vorabendserie. Die in Pastell gestrichenen Stellwandkulissen darin kamen ihm vor wie seine Restwelt, und die Schauspieler, die in dieser Welt lebten, wo es in den Pausen sicher nur ungewürzte Pampe von pappigen Tellern gab, erregten in Jakob einen leichten Ekel. Vor ihm selbst lag ein knuspriger Hähnchenschenkel in einem Reisbett, dazu Paprika, Zwiebeln und Auberginen in einer scharfen Soße, ein Festessen ohne besonderen Anlass. Er lobte es überschwänglich. Auch weil er heute endlich das blöde Tabu brechen wollte.

Für die Übernachtung brauchte er die Erlaubnis von Blerina.

Zweimal hatte Arjeta bei ihm im Schanzenviertel übernachtet, aber unter dem Vorwand, sie sei bei einer Studienfreundin. Hier in Wilhelmsburg galten andere Regeln. Jakob war sich schon einige Male sicher gewesen, dass er bleiben könne, um sich weit nach Mitternacht doch auf der Straße wiederzufinden, wo er zwanzig Minuten auf ein Taxi wartete und fror, während er durch ein hell erleuchtetes Küchenfenster dabei beobachtet wurde, wie er auch wirklich abfuhr.

Das musste aufhören. Heute würde er Blerina verständlich machen, dass er, ein sechsundzwanzigjähriger Mann, mit dieser Widersprüchlichkeit nicht mehr leben konnte. Sie wollten doch weltoffene Muslime sein. Und er würde sich nicht damit zufriedengeben, wenn Arjetas Mutter mit den Schultern zuckte und ihm zu verstehen gab, dass *sie*, die Neziris, auf *sein* Zeichen warteten, nicht andersherum.

So weit kam es noch, dass er Rücksicht nahm auf die albanischen Paarvorstellungen. Gruselig genug, dass Nikola ihn immer an der Haustür empfing und ihm dann gönnerhaft den Weg zu Arjetas Zimmertür wies, als habe er eine Aufenthaltserlaubnis zu erteilen.

Jakob aß seine zweite Portion Reis und Gemüse, nur mit der Gabel, mit der anderen Hand knetete er immer wieder den Schlüsselanhänger in seiner Hosentasche, den zwanzigseitigen Würfel, der ihn schon sein halbes Leben begleitete. Es tat gut, sich an Fähigkeiten zu erinnern: Er war der erste Rollenspielleiter auf der Schule gewesen.

Die Farbsäule des Fernsehers zog wieder seinen Blick ab. Ein Mann und eine Frau und viel Gestik zwischen Kulissen. Vielleicht sagte der Mann der Frau gerade, dass es sinnvoller wäre, miteinander zu schlafen, bevor man ans Heiraten dachte.

»Ich habe gestern ein Gespräch gehabt.«

Jakob dachte kurz, die laute Stimme käme aus der Glotze, jemand hätte den Ton angedreht. Gesprochen hatte aber Naim, der ältere der beiden jüngeren Brüder.

»Der hat mir gesagt –«

»Wer was gesagt?«, ging Blerina dazwischen.

»Das war einer, der für unsere Regierung unterwegs ist. Er sagt, diese Verhandlungen mit den Serben scheitern. Und wir müssen jetzt alle anfangen, wegen Krieg nachzudenken.«

»Wie kommt er dabei auf dich, Junge?«

»Wenn die Konferenz scheitert, fahren Busse nach Albanien. Ich habe schon mit Vater darüber gesprochen.«

»So, aber dein Vater noch nicht mit mir.«

»Weil es erst gestern war, Nënë, und weil er arbeiten muss jetzt.«

»Das sind Leute, die Rugova schickt«, erklärte Rrustem, der jüngere Bruder.

Arjeta legte die Gabel aus der Hand.

»Du bist ruhig«, sagte Naim, bevor seine Schwester den Mund auch nur öffnen konnte.

»Ein Geheimdienst! Na klar!«

»Guck, es kommt nur Mist raus, Arja. Das sind Leute aus unserem Netzwerk.«

»Netzwerk ist schön«, konterte Arjeta, »man kann auch sagen, die haben sich ein riesiges Adressbuch zugelegt, mit allen Leuten drin, die jemals was gespendet haben.«

»Halt einfach den Mund«, rief Naim über den Tisch.

»Busse nach Albanien«, sagte Blerina, als müsse sie die Spielkarten noch ordnen, als sei sie erst dabei zu kapieren, dass ihre Landsleute am Ende des Spieles angekommen waren, wo man nur noch eine einzige Karte in der Hand hielt. Die Karte des bewaffneten Kampfes.

»In anderen Städten läuft es schon länger. Da fahrn auch eine Menge Deutsche mit.«

»Und in der Schweiz.«

»Wenn es so weit kommt, bin ich dabei«, sagte Naim, »ich hab's mit Vater besprochen.«

»Du willst in den Krieg ziehen?«, fragte einer der Gäste.

Diese Frage wurde auf Albanisch gestellt, auch die Brüder wechselten ständig die Sprachen, und Arjeta übersetzte Jakob alles, so schnell sie konnte. Für das Gemurmel wurde sie von ihren Brüdern zurechtgewiesen, und doch entstand der seltsame Moment, in dem nur noch die leise Stimme Arjetas zu hören war, wie auf einer Konferenz.

Dann war Stille. Für Jakob war es Stille, die den Charakter einer Frage hatte, und er sagte: »Das nennt sich Blutzoll.«

Naim: »Wie? Was sagt er? Das nennt sich Krieg, Mann.«

Wieder Stille.

Rrustem: »Was willst *du* uns denn erzählen?«

Jakob: »Meinst du jetzt mich?«

Alle warteten auf ein Wort der Mutter, aber die nahm das Backblech vom Tisch und verschwand damit in der Küche. Arjeta ging ihr hinterher.

Jakob versuchte, bedacht zu klingen: »Das ist doch Wahnsinn, Naim, du willst Gastronom werden, du hast doch noch nie eine Waffe in der Hand gehabt.«

»Ihr labert alle nur rum. Wie Akashi.«

»Ihr kämpft da gegen die jugoslawische Armee. Die haben Panzer und Flugwaffen. Arja, komm mal her, kannst du deinem Bruder bitte sagen, dass das Wahnsinn ist.«

»Es ist Wahnsinn, Naim«, rief Arjeta aus der Küche.

»Mann, könnt ihr mal die Schnauze halten, ihr beiden?«

Nein, das konnte Jakob nicht mehr. »Ich finde es normal, dass du Angst vor einem Kriegseinsatz hast.«

»Was wäre denn, wenn ich keine Angst hätte?«

»Hast du keine?«

»Nein.«

»Dann bist du erst recht verrückt.«

Rrustem schlug kräftig mit der Faust auf den Tisch, stand auf und hob diese Faust, so dass für einen Augenblick nicht klar war, ob sie schmerzte oder ob er damit drohen wollte. Naim hielt seinen Bruder halbherzig zurück, eher hängte er sich ihm an den Hals. Rrustem schrie »Mbushu!« und »Raus hier!«. In der Küche begann Blerina laut zu weinen oder zu fluchen, wahrscheinlich beides, Arjeta führte ein Selbstgespräch auf Albanisch, niemand schaltete endlich mal den Fernseher ab, und Jakob flüchtete sich auf die Toilette.

Durch die Tür hörte er albanische Flüche, auf den Deutschen, die Deutschen, Deutschland, irgendwas davon. Er spülte, wusch sich die Hände, suchte sich im Spiegel und dann im Wohnzimmer sofort Arjetas Blick: »Arja, gehen wir hoch, oder kommst du mit raus?«

Sie griff sich ihren Mantel von der Garderobe, ihren Schal, ihre Handschuhe.

Vermutlich hat mir Jakob von diesem Streit vor allem erzählt, um den damaligen Abgang noch einmal zu genießen. Seinen »letzten kleinen Triumphmarsch« nannte er es. Er sprach auch von Arjetas Bekenntnis. Ein letztes Mal war das Gesicht ihrer Mutter im Küchenfenster erschienen, ein Gesicht, das zu sagen schien: Ich sehe euch. Ich blicke euch hinterher. Ich beobachte euch. Ich mache mir Sorgen. Passt auf euch auf. Kommt nicht auf dumme Gedanken.

*

In Jakobs gesammelten Erinnerungen an die Neziris kam Blerina noch am besten weg. Sie sei die Frau mit dem vielsagenden Blick gewesen, die gern in Metaphern sprach. Zum Beispiel von der zarten Pflanze Zukunft. Man müsse sie hegen, denn sie sei das Wichtigste, was man habe. Wer sie nicht hegt, dem geht sie verschütt unter dem Fallrohr der Gegenwart, durch das jetzt unablässig die Kadaver des Krieges und das verkohlte Holz der niedergebrannten Häuser rauschen. Am liebsten sprach Blerina von dieser zarten Pflanze Zukunft, wenn ihr Mann am Tisch saß. Nur deshalb bekam auch Jakob etwas davon mit. Die Frau redete dem Mann ins Gewissen. Sie wollte, dass er nicht aufgab, dass er weiter buckelte in seinen Jobs (um keine Angriffsfläche zu bieten), dass er in Vorleistung ging (um sich nichts zuschulden kommen zu lassen), dass er generell versuchte, sich bei seinen Chefs unentbehrlich zu machen.

Die Realität hatte hierzu ihre eigene Pointe parat: Zwei Jahre lang hatte Nikola ohne einen einzigen Urlaubstag für das Ristorante *Carlotta* in Hamburg-Harburg gearbeitet. In diesem Januar war er auf die Inhaber, einen Deutschen und einen Deutschitaliener, zugegangen, um sie höflich nach einer Gehaltserhöhung zu fragen. Sie hatten ihn nicht einmal ausreden lassen. Sie schmissen Nikola nicht raus, aber sie verweigerten ihm das Gespräch.

Ich füge das nur ein, weil jetzt eine Abweisung auf die andere folgte. Nach dem Hochwasserwochenende trugen die Söhne ihrem gerade erst beruflich beleidigten Vater zu, der deutsche Freund von Arjeta habe sich auf unerhörte Weise in die Familienangelegenheiten eingemischt.

Jakob bekam Hausverbot.

Auf dem Balkan fielen die Bomben.

Und Arjeta lag mit ihrem Vater im Clinch.

Zwar kam sie jeden zweiten Tag ins Schanzenviertel, aber eigentlich nur, um Jakob davon zu erzählen, was sie sich zu Hause alles anhören musste. Der Computerfuzzi sei kein Umgang für sie. Er sei sowieso viel zu oft bei ihnen gewesen. Hatte er nicht einen wohlhabenden Architekten zum Vater? Wie also käme man dazu, einen jungen Mann durchzufüttern, der selbst niemals etwas mitbrachte und keine Einladung aussprach?

Seit der Schmähung durch seine Restaurantchefs, meinte Arjeta, war es beinahe egal geworden, ob sie Nikola etwas fragte oder etwas von ihm verlangte – er reagierte zerknirscht, versandet. Er ging weiter arbeiten, aber für die falschen Menschen; Laune und Körperhaltung drückten es aus, und sein Fluchtweg führte immer tiefer in die Nachrichten. In Rahovec, wo ein Cousin von Nikola gewohnt hatte, fand ein Häuserkampf statt. Die serbische Armee siegte, und die Toten, hieß es, sollten auf Pferdekarren auf die Müllkippe oberhalb des Ortes gefahren und dort verscharrt worden sein. Nikola wollte alles darüber wissen. Arjeta las dem Vater die Zeitungsartikel vor, sie nuschelte das Deutsche in sich hinein, dann übersetzte sie laut ins Albanische. Vom süßlichen Geruch der Verwesung war die Rede, von Massenmord, von einer Gruppe Roma, die als Leichentransport im Einsatz war, von Arkans Tigern in Karossen mit verdunkelten Scheiben. Nach jeder grausamen Einzelheit, die Arjeta benannte, steckte sich Nikola eine geröstete Kichererbse in den Mund und sagte wie ein stumpfsinniges Kind: »Was bildest du dir eigentlich ein?«

Das war, was die Restaurantbesitzer ihm in Sachen Gehaltserhöhung entgegnet hatten. Nikola meinte es keineswegs lustig oder ironisch. Zwischen dem Horror in der Heimat und seiner persönlichen Enttäuschung stand nurmehr eine dünne Wand, und er verlor die Kraft, die Dinge voneinander zu unterscheiden.

Alles war Kränkung.

Das Bizarre dabei, fand Arjeta, er war nicht einmal im Unrecht, wenn er seinen Chef aus dem *Carlotta* wieder und wieder zitierte. Denn lebten sie nicht alle im Zeitalter der Einbildung? In Kosova war seit einiger Zeit kein Verwandter mehr zu erreichen, es gab keine Stimmen mehr, nur das Hoffen und Bangen und die eigenen inneren Bilder. »Wie soll ich mir eine Massenvertreibung vorstellen«, fragte Arjeta, »was darf ich mir einbilden, was nicht?«

*

Afk brb, schrieb Jakob, wenn seine Freundin unverhofft vorbeikam: *away from keyboard, be right back*. Das war gelogen, er würde nicht gleich zurück sein an der Tastatur.

Dabei war *EverQuest* erst Mitte März veröffentlicht worden, Jakob hatte sich auf das Spiel gefreut wie auf ein neues Zimmer, das nur ihm gehörte, einen Anbau, in den er sich zurückziehen konnte. Nach nur drei Wochen aber hatte er das Gefühl, mit seiner Spielfigur, dem Illusionisten, den falschen *character* gewählt zu haben. Sogar der Sound, der die Zaubersprüche seiner Figur begleitete, begann Jakob zu nerven.

Vielleicht arbeitete er zu viel. Vielleicht litt seine Spiellust darunter. Dieser Illusionist war ein Elfe mit einer lächerlichen Stoffkluft. Im Nahkampf noch lange nicht konkurrenzfähig, stand er immer hinter den Helden zurück. Jakob mochte es, wenn sich seine Figuren verwandeln und tarnen, wenn sie den Gegner verfluchen, ihn schwächen und verlangsamen, ihm die Handlungsfähigkeit nehmen konnten. Auch dieser Illusionist war so gebaut. Was Jakob aber erstmals vermisste, waren die Kampfgeräusche eines wirklichen Angriffs. Nicht einmal die Chance zu haben, anzugreifen, machte ihn auf Dauer aggressiv – und ein aggressiver Illusionist war zu gar nichts zu gebrauchen.

War es also Zeit, sich einzugestehen, dass es mit dem Gamen vorbei war? Jakob wusste, dass die anderen Spieler kollektiv auf ihn warteten, aber als er Arjeta die Wohnungstür geöffnet hatte, tippte er *RL* für *Real Life*.

Das war, wenn auch erlaubt, verpönt. Er ließ seine Leute im Stich. Mitten im Spiel gab Jakob das wirkliche Leben als Hinderungsgrund an.

Das wirkliche Leben war in diesen Wochen einfach zu besitzergreifend. Es war selbst voller Anfeindungen, Zurückweisungen, ein Kampf war es, von Ängsten wurde es bestimmt. Jakob hatte Angst, Arjeta könne ihm keine Liebe mehr geben, solange sie keine Vaterliebe empfing. Arjeta fürchtete, ihr Vater könnte irre werden am Heimweh.

Kaum war sie in der Wohnung, erzählte sie drauflos. Jakob hatte das Computerspiel also abgebrochen, damit sich Arjeta wieder über ihren Vater ausheulen konnte. Nikola gehe übermüdet zur Arbeit, weil seine Abende in Wilhelmsburg immer länger wurden. Er träfe sich mit den Männern, vor dem Alten Deichhaus am Stübenplatz träfen sie sich, wenn die Bagger am Abend endlich stillstanden, dann gingen sie hinüber, Wittestraße, Thiesenstraße, wo der *Treffpunkt Insel* war und die Mitglieder des kosovarischen Fußballclubs zusammensaßen. Nikola kannte viele von ihnen, er sprach auch gern Albanisch, aber er bekam immer wieder Neid zu spüren, weil er einen Job hatte und nicht morgens in der Schlange der Handlanger stand. Als könnte man ihm vorwerfen, früher ausgewandert zu sein als sie, die ihm einreden wollten, er habe bloß Glück gehabt, zweifach Glück, er sei ja weit vor der großen Flüchtlingswelle nach Deutschland gekommen, dafür aber in Wilhelmsburg erst aufgetaucht, als die Wohnungsvergabesperre für Ausländer schon wieder gelockert worden war.

»Weißt du, ich glaube, er geht nur zu den Männern, weil er sich endlich nicht mehr verteidigen muss«, sagte Arjeta, »weil jetzt alle Angriffe echt sind und woanders geführt werden, weil der Krieg ihnen ihr dummes Geschwätz ausgetrieben hat.«

Klar, dass sie nur mutmaßte. Arjeta durfte die Männer ja nicht begleiten. Aber Jakob ersparte sich jeden Kommentar, den sie ihm als fehlende Haltung auslegen konnte. So wie er sich jede feste Berührung verkniff, seit sie ihn einmal lüstern genannt hatte. Es blieb ihm nichts anderes übrig, als seiner Freundin bei ihren Spekulationen zuzuhören:

»Die sitzen da den ganzen Abend, bis die Läden keine Zigaretten mehr im Regal haben und auch der letzte Samowar geleert ist. Er kommt jedenfalls sehr spät nachts, ich hör ja, wie die Stiege knarrt. Und wie er auf der Toilette anfängt zu murmeln, zu beten. Ich bin jetzt immer so wach. Ich kann gar nicht anders, als angestrengt zu lauschen, aber da gibt es kaum ein Wort, was man rausgreifen kann aus dem Strom der Worte, weißt du, nur die Geräusche. Zahnbürste im Glas. Klospülung. Sein Gebet hebt wieder an, dann ist er im Wohnraum, schaltet das Licht ein, ich seh es durch den Spalt unter der Tür, und ich wünsch mir so, dass er weiß, dass ich wach bin, dass er meine Tür öffnet und mir einen Gutenachtgruß zuwirft, aber dann geht er immer hinüber, und das Licht ist wieder aus. Ich hör sogar drüben noch seine fünf Schritte zum Bett.«

Etwas daran war rührend, natürlich. Aber nicht in dieser Ausschließlichkeit. Sie lag bei ihm und redete über nichts anderes als den Krieg und ihren Vater. An diesem Abend konnte Jakob nicht mehr zuhören, sagte, dass er kurz was einkaufen müsse, und als er nach einem Spaziergang wiederkam, fand er seine Freundin betend, kniend auf seinem Schreibtischteppich.

Als Liebhaber, sagte Jakob, habe er vieles ausgehalten, aber das sei der Moment gewesen, in dem er wusste, dass etwas zwischen ihnen nicht nur schräg war, sondern schief lief.

Arjeta betete dafür, dass ihre Brüder die Sonne und den Mond ansahen wie sie. Denn Naim und Rrustem waren, wie sie es angekündigt hatten, in einen Bus nach Albanien gestiegen, um sich dort der Befreiungsarmee anzuschließen und in den Krieg gegen Miloševićs Truppen zu ziehen. Jakob hatte keine Argumente. Alles außer der Liebe erschien ihm falsch. Das Leben entglitt ihnen allen. Machte er den Mund auf, hieß es aber gleich, er solle sich nicht so aufspielen. Mittlerweile war von ethnischer Säuberung die Rede. In manchem kosovarischen Dorf stand kein Haus und lebte kein Mensch mehr. Wer noch fliehen konnte, musste über die Berge, ob nach Albanien, Mazedonien oder Montenegro.

Am 24. März fielen die ersten NATO-Bomben auf Belgrad.

Das war wohl, was man sich unter dem Fallrohr vorzustellen hatte, von dem Arjetas Mutter sprach. Jeden Tag kamen Informationsbrocken runtergekracht. Manche taten sehr weh. Sie zerschlugen Arjeta nicht die Zukunft, aber die Gefühle. Für den Vater? Für die Brüder? Auf jeden Fall für ihn, Jakob. Zerschlugen seiner Freundin das Gespür dafür, was wichtig war im Leben.

*

Dann wieder hatten sie gute Wochen zusammen. Jakob liebte es, mit Arjeta in den Morgen zu tanzen, im *Pudels* oder im *Fundbureau*. Sie behauptete, sich von den Ansprüchen ihrer Eltern frei gemacht zu haben. Das war nicht die Wahrheit. Niemals gestand sie zu Hause, dass sie die Nächte mit Jakob verbrachte. Nikola hätte es ihr sonst verboten. Auch Blerina redete ihrer Tochter ins Gewissen, sie möge sich endlich für einen der albanischen Männer entscheiden, die ihr im Reiherstiegviertel so zahlreich hinterherliefen. Arjeta nickte eifrig und log. Sie träfe eine Freundin, sie helfe bei der Flüchtlingshilfe im Quartier, vielleicht lerne sie ja jemanden kennen. Dann wechselte sie das Elbufer, ging mit Jakob auf einen der Raves, wo sie unter dem freien Himmel eines geräumten Gewerbeparkplatzes tanzten, zwölf Stunden, einmal sogar vierundzwanzig Stunden lang. Arjeta hatte Ausdauer, sie tanzte so intensiv, dass Jakob ihr manchmal nur zusehen konnte. Sie schüttelt sich den Krieg aus den Knochen, dachte er dann.

An einem dieser warmen Frühsommertage waren Arjetas Eltern einmal nach Uelzen gefahren, um Nikolas Onkel Aki zu besuchen, und Jakobs Fehler hatte nicht darin bestanden, unerlaubt mit Arjeta die Wilhelmsburger Wohnung zu betreten. Er hatte aber, als seine Freundin duschte, ihren Schrank geöffnet und zwei Schuhkartons mit alten Fotos herausgezogen und so lange durchwühlt, bis er am Boden des einen auf seine alten Schulbriefe gestoßen war.

All die Monate hatte er diese Briefe nicht zur Sprache gebracht.

Da lagen sie nun vor ihm.

Jakob hatte mit sechs oder sieben Umschlägen gerechnet, es waren sogar zehn. Sie zu finden war ein bisschen zu einfach gewesen, aber augenscheinlich hatte sich Arjeta keine großen Gedanken über den Aufbewahrungsort gemacht. Er ging ins Badezimmer, wo sich Arjeta gerade die Haare wusch. Er sprach von seinen kalten Füßen. Er würde lieber aufbrechen, er wolle nicht alles aufs Spiel setzen, falls ihre Eltern frühzeitig zurückkämen etc.

Arjeta hatte lächelnd den Duschvorhang zur Seite geschoben. Rücksicht und Vorsicht waren genau das, was sie sich von ihrem Freund wünschte. Mit einem langen Kuss verabschiedete sie ihn, und sie verabredeten sich für den nächsten Tag.

Jakob war sich sicher, dass Arjeta die Briefe nicht vermissen würde. Warum sollte sie seit ihrer Schulzeit darin gelesen haben? Schon das Paketband sprach dagegen. Allerdings war es nicht allzu fest verknotet. Oder sprach das Paketband eher für das sorgsame Zusammenhalten eines Konvoluts?

Auf dem Fahrrad hatte er schwer geatmet, aber alle Gedankenschlaufen waren dann in einen pragmatischen Satz gemündet, den er unablässig in sich hineinsprach: Durch das Paketband ist der Packen viel einfacher zu werfen. Ohne dass man selbst noch einmal in Versuchung gerät nachzulesen.

Das sagte er sich auch noch, als er sein Rad anhielt und eine Hand aufs Brückengeländer legte.

Bitte nicht, rief der Schriftsteller hinter ihm.

Ich verwahre die Briefe für dich, rief er.

Jakob Schütte hörte nicht auf mich. Er nahm mir die Möglichkeit, aus seinen jugendlichen Liebesschwüren zu zitieren. Auch gegen die eigene Neugier handelte er, so groß war die Scham. Er ließ die Schnur los, und die Briefe fielen in den Ernst-August-Kanal.

*

Unterdessen hatte Naim Neziri die Grenze nach Kosova überschritten und meldete sich aus der Heimat. An der Wohnzimmerwand der Neziris hing jetzt die stockfleckige jugoslawische Karte, auf dem Couchtisch lag eine Packung Stecknadeln. Arjeta sagte den seltsamen Allerweltssatz: »Mein Vater hält den Telefonhörer jetzt wieder fest in der Hand.«

Wie ein Regime, dachte Jakob.

Die Stecknadeln sollten etwas festmachen, eine Sicherheit geben. Allerdings stellte sich bei den Telefonaten heraus, dass Naim überhaupt keine Ahnung hatte, wo sich die einzelnen UÇK-Kommandanten mit ihren Truppen befanden. Wo sein Bruder Rrustem sei? Der sicherte irgendwo im Süden des Landes einen Zufahrtsweg zu den Flüchtlingslagern in Mazedonien. Schließlich rief sogar Rrustem in Wilhelmsburg an, um auch mal einen denkwürdigen Satz loszuwerden: Er würde nicht mehr ohne Waffe leben, auch nach dem Krieg nicht.

Arjeta fühlte sich unfähig, den Satz zu entschlüsseln. Bedeutete das, ihr Bruder war dabei, das Land ihrer Väter und Vorväter in die Selbständigkeit zu führen?

»Dein Bruder kehrt nicht nach Deutschland zurück«, sagte Jakob, »das bedeutet es.«

Sie nickte, beeindruckt. Jakob war scharfsichtiger geworden, er verstand hier manchmal mehr als sie, hatte sich mit der Materie vertraut gemacht, seit die Westmächte in den Kosovokrieg eingegriffen hatten. Er hatte auch als Erster gemerkt, wie sehr die NATO-Bomben Arjetas Vater euphorisierten. Nikola war mittlerweile nicht mehr launisch, sondern unberechenbar.

Im Juni sah Jakob Arjetas Vater einmal zufällig in St. Georg in der Innenstadt und lief ihm nach bis zur albanischen Moschee. Nikola ging beten, als verlangte der Krieg einen besonderen Einsatz auch von ihm. Jakob beobachtete den Eingang der Moschee, vor dem sich die Leidensgenossen trafen und rauchten. Vielleicht braucht gegenseitiges Mitgefühl keine Worte, dachte er und malte sich aus, dass die Männer gar nicht zum Gebet zusammenkamen, sondern bloß die aktuellen Standorte ihrer Söhne austauschten.

Glücklicherweise brachte der Juni auch das Ende der Kampfhandlungen und eine UN-Resolution. Sie knüpfte rechtlich an den politischen Zustand vom März 1989 an, als das Kosovo ein autonomer Teil Jugoslawiens gewesen war. Jugoslawiens Rechtsnachfolger aber war Serbien, weshalb Milošević mit dem Abzug seiner Truppen mitnichten den Anspruch auf das Kosovo fallenließ. Das war keine gute Nachricht, fand Jakob, sondern politische Stümperei. Arjeta fand das auch. Ebenso erging es den albanischen Nachbarn der Neziris und den Männern, die sich abends am Stübenplatz trafen, um in der Abendsonnenglut ihre Zweifel und Ängste zu schüren.

Nur Arjetas Vater war anderer Meinung. Er hatte genug

um sein Land getrauert, er suchte nach denjenigen, die feierten und die im Sommer noch hinunterfliegen wollten, um beim Wiederaufbau zu helfen, wenn man sie denn ließ. Die Gemeinschaft der Wilhelmsburg-Albaner mied er, so wie er sie schon vor dem Krieg gemieden hatte, lauthals: »Sie sind nur bequem, sie wollen alle hierbleiben, weil ihr Reiherstiegviertel endlich saniert ist. Aber sich ihren Verwandten stellen, die überlebt haben, das können sie nicht!«

4

All dies erzählte mir Jakob Schütte, und immer wieder setzte er dazu die Ellenbogen auf den Biergartentisch und drückte seine Daumen ins große Nervengeflecht direkt über den Schlüsselbeinen. Es war sein auffälligster Tick.

All dies verschwieg mir Jakob Schütte, könnte ich genauso gut sagen, weil man als Schriftsteller gezwungen ist, ständig in die tiefen Löcher zwischen dem Erzählten zu glotzen. Zudem bleibt ja ungesagt, auf welche Weise er mir einzelne Erlebnisse beschrieb, welche Längen und Gewichtungen er ihnen gab. Ich will dazu keine Tabelle nachreichen, nur eine Sache betonen: Besonders viel Zeit nahm er sich, mir seinen Briefraub zu schildern. Die Briefe plagten ihn sehr, verständlicherweise. Warum hatte er sie ins Wasser geschmissen, warum die Möglichkeit verstreichen lassen, seine eigenen Jugendsünden zu überprüfen?

Ich ging davon aus, dass die Lektüre ihn erleichtert hätte. Denn, ganz ehrlich, Jakob übertrieb es ein wenig mit seiner Schamhaftigkeit. So eloquent, wie er redete, konnte selbst sein frühestes Schreiben nicht allzu beschämend gewesen sein. Also kokettierte er nur, und das war kein schöner Charakterzug.

Ich dachte an mich, der ich im gleichen Alter auch Briefe geschrieben hatte. Und an meinen Sohn Benji, der jetzt vierzehn war und es nicht tat. Benji nahm eigentlich nur einen Stift zur Hand, wenn er für die Schule meine Unterschrift fälschen musste. Na ja, ein Scherz. Auf jeden Fall schrieb er keine Liebesbriefe. Bislang hatte er zwei Mädchen mit nach Hause gebracht, mit einer davon war er ins Kino gegangen, sie war dann »nicht sein Fall gewesen«, die andere hatte nach zwei Wochen Osterurlaub mit ihren Eltern allen Ernstes behauptet, man habe sich wohl »auseinandergelebt«.

Keine Ahnung, warum mir diese Floskelei jetzt in den Sinn kommt. Jugendliche klingen oft gedrechselt und reden altklug. Daran wird sich nie etwas ändern. Aber ich sollte an dieser Stelle gar nicht von meinem Sohn Benji reden, sondern von Arjeta Neziri. Auch wenn ich sie erst später getroffen habe: Will ich die Chronologie der Ereignisse beibehalten, muss hier ihre Rückkehr nach Kosova stehen.

Arjeta Neziri war erwachsen, ihre Brüder saßen nicht mehr neben ihr, und doch reiste sie aus, wie sie eingereist war – als die große Tochter. Denn im Sommer 2000 hatte sich ihr Vater durchgesetzt. Nikola war es, der sich die Heimkehr wünschte. Er war es, der Arjeta nicht in Deutschland zurücklassen wollte. Sie hätte sich lossagen können, aber sie folgte ihm, das hat sie mir selbst so erzählt.

Beim Abflug hatte sie der Elbe gewinkt, ohne zu wissen, ob es ein Abschied auf Zeit oder für alle Zeit sein würde. Später, über den Alpen, hatte sie sich übergeben müssen, die Mischung aus Verdruss und Vorfreude war unverdaulich. Als die Hügel von Sllatinë in Sicht kamen und ihr Vater anfing zu weinen, fand Arjeta seine Freude demonstrativ, und sie dachte an die Fernsehbilder, an den Krieg. Sie wusste, dass in diesen goldbraunen Bärenbäuchen da unter ihnen die serbische Flugabwehr eingelagert gewesen war.

Auch das erste Wiedersehen fühlte sich seltsam fremd an, ihr Onkel Xherdan und ihr Großvater Naim kamen ihr vor wie Taxifahrer. Vielleicht weil beide Autos nur geliehen waren. Naim transportierte die Koffer. In Xherdans Auto räumte Arjeta für sich und ihre Mutter zwischen Müll und einigen Zigarettenstangen die Mitte der Rückbank frei, vorne kurbelten die Männer zeitgleich ihre Fenster runter, es war zehn Grad wärmer als in Hamburg.

Ich solle mir vorstellen, sagte sie, man verlasse den Flughafenparkplatz durch eine Riesenlücke im Maschendraht und sei sofort in der Pampa. Aus der struppigen Leere erhoben sich allein ein paar Minenwarnschilder. An den Rändern der großen Zufahrtsstraße nach Prishtina standen notdürftig überdachte Hütten und Garagen, ein paar Waschanlagen und Werkstätten. Dann zog Xherdan den Wagen scharf nach links, kreuzte die Gegenfahrbahn, schon befanden sie sich abseits auf unbefestigten Wegen. Arjeta wunderte sich nicht über das Manöver, im Gegenteil, sie hatte das erste echte Gefühl von Rückkehr: Hier kannte man zuverlässig eine Abkürzung durch die Peripherie. Sie war aufgehüpft und sank ins Sitzpolster ein, so tief, als würde ihr das Gesäß hinuntergesogen in die Schlaglöcher. Sie hatte Angst vor den Minen.

Fünf Jahre waren seit ihrem letzten Besuch vergangen.

Ein Jahr seit Kriegsende.

Arjeta hatte fertigstudiert, ihr Vater hatte gearbeitet und gespart. Im letzten Herbst war sogar Blerina bei der Glas- und Gebäudereinigung eines Kosovaren eingestiegen. Die unbefristete Aufenthaltsgenehmigung besaßen sie alle schon längst, nun hatten ihre Eltern am Ende in Hamburg sogar beide einen Job gehabt – um all diese Handfestigkeiten einzutauschen gegen das, wovon Nikola in Kosova träumte.

Einigermaßen verrückt, muss Arjeta gedacht haben. Sie fuhren ins Zentrum von Prishtina, in ein Viertel namens Dodona, wo viel weniger Zerstörung zu sehen war als im Umland. Xherdan hupte die Menschen herbei. Dreißig Leute standen schon vor ihrem Haus, sie fielen einander in die Arme, man küsste sich. Keine Frage, es war eine Ankunft. Und nicht weniger als ein Wunder, dass Arjetas Großmutter mit ihrer kranken Hüfte und ihrem ganzen Gewicht die Flucht und das Lager überlebt hatte.

Arjeta betrat das Haus. Sie erkannte das alte Sofa und wunderte sich über einen neuen Kamin, der aus einem Backblech und Teilen einer Dunstabzugshaube bestand, alles abgedichtet mit Alufolie. Onkel Xherdan hatte kleine Zinkeimer zu einem Ofenrohr vernietet, das lang genug war, um den Rauch außer Haus zu leiten.

Der erste Abend war eine Aufzählung: Großvater Naim, Großmutter Gladiola, Onkel Xherdan und seine Frau Dana, deren vierzehnjähriger Sohn Rron, die eigenen Eltern Nikola und Blerina, ihre Brüder Naim und Rrustem und sie selbst, Arjeta Neziri. Zehn Menschen waren sie jetzt.

Der erste Abend war eine Abstellkammer. Sie warfen alles hinein, was dort für Jahre noch aufbewahrt werden sollte. Die Erzählung von den Lebenden und Toten, von der albanischen Unbeugsamkeit, von den verschwundenen serbischen Henkern, vom befreienden Einmarsch der Amerikaner.

Am ersten Abend sah Arjeta noch den weiten Himmel über dem Hamburger Hafen und konnte an den engen Grund und Boden in Prishtina kaum glauben, den Boden, den sich so viele streitig machten. UÇK-Mitglieder der höheren Ränge waren anscheinend vom Land in die Stadt gedrängt und hatten einfach irgendwelche Häuser besetzt. Das Wohnhaus der Neziris gehörte nicht dazu, dem Großvater sei Dank. Nie war seine Sturheit, die seit dreiundsiebzig Jahren anhielt – er war immer gegen die Kommunisten gewesen und hatte es damit niemandem in der Familie leichter gemacht –, verdienstvoller für die Familie gewesen. Er war auch nach der Brandschatzung nicht aus dem Wohnhaus gewichen, sondern hatte ausgeharrt.

Was der erste Abend auch war: Lammfleisch über dem Feuer, drei Flaschen Raki Rrushi und von den Nachbarn gegenüber süße Kadaif. Auf dem Sims stand ein Radio, das nicht sendete, das auch in den nächsten Monaten nur senden würde, wenn man auf einen Stromgenerator zugreifen konnte.

Der erste Abend war das Fehlen ihres Onkels Jeton, der in der Schweiz geblieben war. Und der linke Unterschenkel von Arjetas jüngstem Bruder, der fehlte auch.

Xherdan erzählte davon, dass die Hilfsorganisationen vor allem in den niedergebrannten Dörfern aktiv seien, nicht in der Hauptstadt, denn die Amerikaner gingen davon aus, dass zurückkehrende Prishtinali etwas Geld aus dem Ausland mitbrachten.

So wie etwas Nussnougatcreme und etwas Popmusik und ein paar Klamotten, ergänzte Arjeta in Gedanken.

»Das Leben in Deutschland ist teuer«, sagte ihr Vater, als müsse er irgendwelche Erwartungen dämpfen, »wir haben keine großen Reserven. Aber heute sprechen wir kein Business«, und er hob dabei besänftigend die Hände.

Große Reserven? Groß fand Arjeta vor allem seine Klappe, und sein Mut war ein Mut der Verzweiflung, den er sich großgespart hatte in fünfzehn Jahren Pension Krasnici und während all der Gelegenheitsjobs in Deutschland. Ihr Vater machte sie ratlos. Sie wusste einfach nicht, ob sie seinem Plan vertrauen sollte, dieses Wohnhaus aufzustocken und darin ein Hotel zu errichten. Sie wusste nicht, ob er es überhaupt ernst damit meinte, dass sie, Arjeta, hier gebraucht würde. Jakob hatte zum Abschied den Satz gesagt, dass man besser einer Kraft vertraue als einem Plan. Obwohl Jakob wusste, dass sie Nikolas Kraft immer auch als destruktiv empfunden hatte. Irgendwie war es ihrem Vater gelungen, so lange an Arjetas Liebe zu Jakob herumzunörgeln, bis sie selbst ins Zweifeln gekommen war. Und nun zweifelte sie an allem. Hätte sie nicht alleine in Hamburg bleiben sollen? Da hatte sie ihr eigenes Zimmer gehabt. Auch daran dachte sie am ersten Abend, und sie zog sich die Strickjacke vor der Brust zu.

*

Arjeta hielt zunächst Ausschau nach Gesichtern, nach den jungen Frauen, die als Mädchen mit ihr die Grundschule Vuk Karadžić besucht hatten. Die Schule lag nur eine Häuserecke entfernt. Sie erfuhr, dass ihre beste Freundin aus den frühen Schultagen mittlerweile in der Schweiz lebte. Am Fenster sitzend, machte Arjeta Küchenarbeit. Oder sie begleitete ihre Mutter auf den Basar, sie hatten vor der Reise einen halben Koffer mit dünnen Kindershirts vollgestopft und tauschten sie für Lebensmittel ein.

Was man handelte, war vielfältig, was man teilte, ähnelte sich. Die Sorgen der Gegenwart. Es gab den Stromgenerator und dazu zwei Heizlüfter, die im Wohnviertel kursierten, jeder wollte der nächste Nutzer sein. Die Streitereien erinnerten sie an das Flüchtlingslager in Niedersachsen. Vom Fenster aus verfolgte Arjeta eine Prügelei um ein Wasserreservoir, einen riesigen blauen Plastikkanister, auf welchen die Streithähne mit Hölzern einschlugen, als gelte es, den eigenen Standpunkt durch archaisches Trommeln zu bekräftigen.

Performance, dachte sie. Aber das klang für sie schon wieder nach dem, was es war: ein Fremdwort. In Hamburg hatte Arjeta die mündlichen Prüfungen in Kunstgeschichte vorziehen können, ein geballtes Prüfungsprogramm hatte sie absolviert, weshalb ihre Mutter meinte, sie solle sich nun erst einmal erholen.

Die Wahrheit war, dass die Hamburger Uni von einem Tag auf den anderen aus Arjetas Kopf verschwunden war. Zurück blieb davon nur die Frage, was sie in Prishtina mit ihrem Abschluss anfangen sollte. Am ehesten vertraute sie schon damals ihrer Sprachkenntnis. Arjeta sprach mit Abstand am besten Deutsch in der Familie, damit musste sich doch etwas anfangen lassen. Dass sie die albanische Sprache in den letzten Jahren von allen am wenigsten gesprochen hatte, daran dachte sie auch.

Manchmal fiel ihr die Szene ein, wie Jakob von einem seiner Computerspiele aufgesehen und zu ihr gesagt hatte, man müsse das ganze Leben als Ansammlung von Spielrunden betrachten. Sie zählte dreizehn Jahre in Kosova, fünfzehn Jahre in Deutschland. Jetzt stand sie wieder auf dem Startfeld.

Als das Haus zur Baustelle wurde, hatte sie vor allem das Gefühl, im Weg zu stehen. Sie ging auf Streifzüge durch Prishtina. Alle Straßen waren enger und kürzer als in ihrer Erinnerung, und an jeder Straßenecke wurde gebaut. Viele Menschen tickten wie ihr Vater: Jetzt, heute, hier sollte ein neues Kapitel der Geschichte aufgeschlagen werden, nein, das war die falsche Redewendung, ein neues Kapitel musste überhaupt erst geschrieben werden.

Auf den Holzpfählen begannen riesige schwarze Knäuel zu wachsen, Stromnester, aus denen sich die Kabel in alle Richtungen in die Straße verteilen. Arjeta stellte sich vor, die Schnüre bündelten sich in ihrem Kopf. Sie guckte den Menschen dabei zu, wie sie Beton mischten, sie blieb manchmal stehen und lugte auf Bleistiftpläne, die ohne Lineal und Maß angefertigt worden waren, kindliche Skizzen allesamt. So viele Fachleute, wie im kosovarischen Sommer 2000 für den Hausbau gebraucht wurden, konnte es gar nicht geben.

Der Erste, dessen Gesicht sie kannte, war ihr Cousin Rafa, er wohnte an der alten Straße der jugoslawischen Brüderlichkeit, dort, wo einst die Prishtevka geflossen war. Auch er erzählte Arjeta von seinen Bauplänen, er hätte einen guten Draht zu Cap Anamur, die deutsches Geld in Kosova verteilten. Rafa war ein Sohn von Onkel Xherdans Schwester Nia, die sechs Kinder hatte und in einem Minimarkt als Kassiererin arbeitete. Arjeta suchte sie auf, und tatsächlich saß Nia in Kittelschürze am Tresen, als hätte nie ein Krieg stattgefunden. Dabei musste sie auch in dem Lager gewesen sein, in das Xherdan ihre gemeinsame Mutter gebracht hatte, die letzten dreißig Kilometer in einer Schubkarre. Nia schenkte Arjeta einen Apfel und eine Packung Kaugummi, und Arjeta hatte die Augen schließen müssen, weil sich dieser Moment so gut anfühlte.

Von den jungen Veteranen, die allenthalben herumhumpelten, hielt sie sich fern. Sie hatte ein Bild im Kopf: dass sich jede Mullbinde ausrollen ließ bis zurück in den Krieg. Aber der Krieg wiederum war für sie ja bloß eine Fernsehübertragung gewesen. Die Männer hätten verletzte Kätzchen sein können, Arjeta wäre ihnen mit dem gleichen Mitleid entgegengekommen und ihnen mit der gleichen Berührungsangst ausgewichen.

Plötzlich tauchte ein junger Mann mit blutunterlaufenen Augen neben ihr auf, bettelte sie um Geld an, er habe Vater und Brüder verloren. Sie war sich nicht sicher, ob sie gerade einen alten Klassenkameraden aus der Grundschule wiedererkannte. Der Mann selbst sah Arjeta gar nicht an, ging einfach nur neben ihr her, von den Moscheen hinunter in die

Neustadt. Mehrfach stolperte er über seine eigenen Füße, mehrfach sagte Arjeta, dass sie kein Geld hatte. Gerade war ihr eingefallen, dass der Mitschüler Kastriot geheißen hatte, da formulierte er ein Wegziel. Sie könnten zum Radiohaus gehen. Arjeta folgte ihm gedankenlos.

Vor dem Radiohaus saßen Gleichaltrige in einer Landschaft aus Teppichen und niedrigen Tischen aus Steinbruch. Viele waren westlich gekleidet, mit Schweißbändern am Handgelenk, verwaschenen Tour-T-Shirts von Bands, die sie wahrscheinlich nie live gesehen hatten, Palästinensertücher um den Hals, für die es viel zu warm war. Man trank Eistee, während das Radioprogramm von Urban FM aus zwei Boxen auf die Straße schallte. Arjeta traf auf Florentina, sie hatten als Kinder zusammen Deutsch gelernt, über dem Theater in Dodona. Florentina hatte schlohweiß gefärbte Haare und erzählte, sie sei nie nach Deutschland gegangen, weil ihr Vater nach einer monatelangen Haft zu viel Angst gehabt hatte vor der Ausreise, er habe sich versteckt. Aber sie bereue es nicht, sie sei froh, die Zeit hier unten erlebt zu haben.

Damit war sie die Erste in einer langen Reihe von jungen Zeitzeugen, die eine feine Linie zogen zwischen sich und ihr, zwischen Erlebnis und Erzählung. Arjeta war nicht beleidigt, aber sie konnte in Florentinas Stimme die Stimmen aller anderen hören, die ähnlich reden würden. Sie antizipierte ein Minderwertigkeitsgefühl, und wenn man das tat, stand das Gefühl natürlich schon vor der Tür.

Ihre beiden Brüder waren in den Krieg gezogen. Sie selbst hatte Vorlesungen in Kunstgeschichte gehört.

Arjeta dachte an ihre Schulzeit und wie sie mit Jakob darüber gesprochen hatte. Dazugehören. Es war nicht damit getan, die gleiche Sprache zu sprechen. Zwei Männer, die neben ihr saßen, japsten beim Lachen nach Luft. Eine Zigarette wurde herumgereicht, Arjeta hätte fast daran gezogen, so vertieft war sie in ihre Gedanken, aber dann kam jemand aus dem Sendehaus und gab einem anderen *high five*; da wurde ihr erst klar, dass sie zwischen den Moderatoren und DJs von Urban FM saß.

Sie erfuhr, dass der Bettler tatsächlich Kastriot hieß. Er war zwischendurch fort gewesen, denn jetzt kam er mit Dope zurück. Bis weit nach Sonnenuntergang hing Arjeta in dieser Runde ab, ließ sich vom Krieg und vom Leben darin erzählen, Geschichten, die allesamt grässlich waren und genauso ausschließlich darauf hinausliefen, dass allein die Musik nicht totzukriegen war, ja, dass die Serben zu dumm seien, die elementarste Sache der Welt zu erkennen: Die Musik überlebte sie sowieso alle.

Arjeta empfand das durchaus als Trost. Zwischen den Kissen lagen ein paar Saiteninstrumente herum, jemand spielte zum Radioprogramm auf der Çiftelia. Anders als die großen Sender hatte Urban FM kein Aggregat, und fiel der Strom aus, wurde nicht gesendet. Kastriot sagte, man solidarisiere sich auf diese Weise mit den Hörern im Land, die ebenso plötzlich und dann manchmal tagelang von den Stromausfällen betroffen seien. An diesem Tag aber lief aus den Boxen das Programm *Transparencia*, eine Frauenstimme schraubte sich in immer höhere Höhen und schallte durch die Straße, *The Great Gig in the Sky* von Pink Floyd. Danach schien ein Gitarrensolo von Jimi Hendrix gar nicht mehr aufzuhören, eine Liveversion von *Little Wing*. Immer länger wurden die Stücke, und schließlich stieß der Moderator Bedri nach zwei Stunden *Transparencia* zu ihnen und schwitzte am ganzen Körper, als hätte er ununterbrochen getanzt oder live mitgespielt.

*

Alle drei Gerüche verursachten Arjeta Übelkeit: Der Bauschutt, auf dem ihre Verwandten saßen. Der Kaffee, den sie ihnen morgens servierte. Das Putzmittel, mit dem sie abends saubermachte. Es war gut, dass sie zu Hause darüber hinaus nicht gebraucht wurde. Wobei die Geschäftigkeit in der Stadt auch anstrengend war. Bauen als Massenbewegung. Der Sommer war aus Staub, in der Straßenenge konnte er einem die Kehle zuschnüren. Aus dem Lied der Baumaschinen löste sich manchmal ein Hupkonzert derer, die ihre Autos schon wieder flottgemacht hatten, aber allzu viele Hochzeiten wurden in der Innenstadt noch nicht gefeiert.

Arjeta lief kreuz und quer durch den Lärm, sie suchte Umwege, Abwege, Auswege, Fluchtwege. Ihre Kindheit suchte sie und wurde das Gefühl nicht los, dass die Kindheit bis gestern gewartet hatte, aber heute nicht mehr. Heute musste das Alte abgerissen werden oder unter neuen Stockwerken verschwinden. Der Lärm zog genauso eine schwache Naht zwischen Zerstörung und Aufbau, wie die deutsche Sprache sie zwischen Krieg und Nachkrieg zieht. Als ich Arjeta davon erzählen hörte, musste ich an meine eigene Klassenfahrt in Deutschland denken, ins Ruhrgebiet, wo wir Deutschen nach dem Krieg nicht nur unsere Häuser wiederaufgebaut, sondern auch unsere Kriegserlebnisse eingemauert hatten.

Lärm verhindert Gespräch, das war so. Und deshalb tat es Arjeta gut, am Radiohaus haltzumachen. Dort war es auch laut, aber anders laut, ihre neuen Musikfreunde feierten die Gegenwart, während alle anderen mit der Zukunft beschäftigt waren.

Wenn da nur nicht auch noch die Vergangenheit gewesen wäre. Denn noch immer gingen Arjeta mindestens einmal täglich die letzten drei Monate vor dem Abflug aus Hamburg durch den Kopf: das Zerwürfnis mit Jakob wegen der Briefe, seine späte Entschuldigung, die kurze Versöhnung, seine Aktion auf dem Hamburger Dom, ihre Hartherzigkeit.

Sie kam nicht von ihm los, könnte man sagen.

Er hatte ihr die Briefe gestohlen, und als sie den Diebstahl entdeckte, hatte sie gewütet, als Geliebte, als Adressatin, als Eigentümerin. Hartnäckig war Jakob dabei geblieben, es seien *seine* Briefe. Arjeta herrschte ihn an, wenn er wirklich dieser Ansicht sei, solle er sie rechtlich prüfen lassen. Da hatte er sich endlich mit großer Geste entschuldigt – indem er für sie eine digitale Jahrtausenduhr auf den Bordstein projizierte und ihr zum Jahreswechsel 2000 sein ewiges Vertrauen schwor.

Das war auch wieder so eine Sache. Als könne man Vertrauen schwören. Sie war es doch, die ihm vertrauen musste.

Arjeta hatte sich zunächst besänftigen lassen. Bis sie einige Wochen später zurückfand zu der Erkenntnis, dass sich ein Diebstahl nicht entschuldigen ließ.

Da war sie aber schon nicht mehr wütend. Die Wut war bald lächerlich geworden, unecht. Was nicht abriss, war der Gedanke, Jakob sei womöglich gar nicht ihr, sondern diesen Briefen hinterhergelaufen.

In der ersten Hälfte des Jahres 2000 war es das altbekannte Gummibandspiel, sie waren ein Paar, das auseinanderschnellte, wieder zusammenfand, wieder auseinander usf. Einen unhaltbaren Zustand nannte es Arjeta, Jakob sei immer anstrengender geworden, manchmal aggressiv. Zum Beispiel konnte er das Hausverbot bis zuletzt nicht akzeptieren. Sie musste doch von ihm erwarten können, dass er verschiedene Wahrnehmungen aushielt, dass er auch die Realität ihrer Eltern sah, die ja meinten, Arjeta und er seien getrennt und träfen sich gar nicht mehr. Aber nein, ungeachtet dessen bezeichnete Jakob das Hausverbot als Schikane. Einmal hatte er sogar gedroht, ihrem Vater einen Stein in die Fensterscheibe zu schmeißen.

Ich muss mich an dieser Stelle kurz einschalten: Einfach weil ich, was mir Arjeta erzählt hat, bis hier nicht so dramatisch sehen kann wie sie. Diese Briefsache? Ein kleines Scharmützel, wie sie Paare Mitte zwanzig eben führen, sie hatte es selbst unreif genannt. War man denn damals je glücklich und zufrieden gewesen mit dem, was man hatte? Ich konnte auf das Ende der neunziger Jahre selbst nicht ohne Scham zurückblicken, ich sah mich da als Männlein herumirren, mehr als nur eine schwanzgesteuerte Peinlichkeit kam mir in den Sinn.

Ich kannte auch die Wut darauf, dass die Welt sich manchmal unter den eigenen Füßen wegdrehte. War es nicht nachvollziehbar, wenn Jakob Schütte meinte, der Krieg sei nun endlich vorbei und könne seinen schrecklichen Einfluss nicht mehr geltend machen, und das sei bestimmt das Glück aller Menschen, müsse aber insbesondere sein persönliches Glück bedeuten?

Der Krieg hatte Arjeta ja nun einmal sehr beschäftigt.

Aber da ist es mit meinem Verständnis auch schon vorbei. Denn so schön die Schatztruhe der kleinen, peinlichen Erinnerungen ist, die man kollektiv teilt, so unschön können die Verhaltensweisen sein, die uns zu Einzelgängern machen.

Womit ich zu dem Ereignis komme, das ihre Beziehung beendete. Ich kenne nur Arjetas Version der Geschichte: An einem frühen Aprilabend 2000 waren sie zum Hamburger Frühlingsdom auf das Heiligengeistfeld gegangen, denn Arjeta liebte den Dom, seit sie in Hamburg lebte. Sie waren Riesenrad gefahren, hatten sechzig Meter hoch über der

Stadt geschwebt, als sich Jakob weit aus der Gondel lehnte, am Gestänge rüttelte und in den Hamburger Abendhimmel rief, dass er seine erste Weltraumstadt gegründet habe. In irgendeinem Computerspiel natürlich. Dieses feierliche Rumposen hätte ihr eine Vorwarnung sein sollen, sie wusste, dass er schon oft zwei oder drei Nächte hintereinander durchgespielt hatte, und als sie aus dem Riesenrad stiegen, wollte Arjeta nach Hause gehen, ließ es aber bleiben. Das warf sie sich noch vor, als sie mir davon erzählte.

Sie waren zum Zuckerwattestand gegangen, hatten sich eine Hexenshow für Kinder angeguckt, die ihren Witz allein aus den Zaubersprüchen bezog. Danach war es Arjeta kühl geworden, ein Glühwein half. Gegen Viertel nach sechs kamen sie zur Raupenbahn, und weil Jakob schon die ganze Zeit darauf gedrängt hatte, in irgendwas Schnelles einzusteigen, tat sie ihm den Gefallen. Sie fuhren an, sie wurden schneller, sie fuhren in einem für Arjeta irrwitzigen Tempo, vollständig überwölbt von grüner Zeltbahn, auf wellenförmigem Kurs, als Jakob die Stange nach oben drückte, mit der sie beide vor dem Herausfallen geschützt waren. Ein Widerstand gab nach, die Stange brach aus ihrer Verankerung.

Die Gondel war jetzt offen.

»Bisschen Action«, hatte er gebrüllt.

Arjeta hatte sich in den Fußraum geworfen, zuerst kauernd wie ein Stein, dann sich links und rechts festklammernd, als schütze sie sich vor einem Bombenangriff. Diese zwei Minuten waren für sie der reine Horror. Sie wusste selbst nicht, wie sie nach der Fahrt noch die Geistesgegenwart besessen haben konnte, die Raupenbahnpächter herbeizurufen. Jakob wurde unter den Armen gepackt wie ein Krimineller, die Gondel mit schwarz-gelbem Absperrband verkleidet, und Arjeta war, während die Raupenbahn noch stand, ohne weitere Auskunft weggelaufen, zitternd durch das Lichtermeer des Doms bis zur U-Bahn.

Jakob hat mir nichts davon erzählt und ich habe ihn nicht dazu befragt. Vielleicht ist das etwas leichtfertig, aber ich vermute, dass er die Tragweite des Vorfalls für Arjeta nicht leugnen würde. Sie nannte es Lebensgefahr. Er habe ihr Leben gefährdet. Es habe sich angefühlt, als spiele Jakob mit der Wirklichkeit. Zwei Wochen danach und knapp acht Wochen vor ihrem Abflug nach Prishtina trennte sie sich von Jakob Schütte.

*

Es gab noch einen anderen Grund, warum sie nicht hätte überrascht sein müssen.

Sein Jobprofil. Jakob hatte oft davon gesprochen, wofür er sich hielt, als was er sich verstand. Seine Arbeit nannte er *Modding*. Eine amerikanische Firma brachte ein Spiel auf den Markt und stellte dazu so etwas wie einen digitalen Werkzeugkasten zur Verfügung. Mit dessen Hilfe schrieb Jakob zusätzliche Software und verkaufte sie wiederum an die Amerikaner.

Davon lebte er. Zum Beispiel hatte er eine Sequenz für ein Fantasyspiel aus New Hampshire designt, zwei neue Charaktere dafür gebaut, außerdem einige Kampftools, die den Spielfiguren im offenen Schlagabtausch halfen. Er war stolz auf diese Arbeit gewesen. Er fühlte sich als Pionier der Community, seiner kleinen Szene.

Er hat auch mir davon erzählt, wie fortschrittlich die Kollektive in der Spielebranche bereits im Jahr 2000 gewesen seien. Auf längere Sicht, das war schon damals seine feste Überzeugung, würden alle anderen Kunstbereiche von den

Gamern lernen, bis schließlich alles künstlerische Leben und alle Arbeit, also auch das Schreiben und Lesen, nur noch gemeinschaftlich ausgeführt würde, bis die Autoren, Anbieter und Kunden zu einer amorphen produktiven Masse verschmolzen.

Ein Grundpfeiler dieser Vision war die freie Wahl des Arbeitsplatzes. Es sei notwendig, mobil zu sein, überall arbeiten zu können. Die einzige Voraussetzung war, dass er 3-D-Modelle verschicken konnte, aber die ergaben ja keine riesigen Datenpakete. Das alles hatte er immer wieder zu Arjeta gesagt, und ich muss es aufgreifen, weil sie nicht hätte überrascht sein müssen, als sie an einem Vormittag Ende August das Haus ihrer Familie in Prishtina verließ und Jakob Schütte einfach gegenüber aus einem Hauseingang trat, in dem er augenscheinlich auf sie gewartet hatte.

Sie fragte ihn, ob er spinne, sie dermaßen zu erschrecken.

»Ja, tu ich.«

Ich bleibe jetzt bei Arjetas Version. Sie war so perplex, dass sie genauso neben ihm herging, wie sie kurz zuvor noch neben dem bettelnden Kastriot hergegangen war. Nur wenige Schritte dauerte es, bis Jakob begann, Fragen zu beantworten, die sie überhaupt nicht stellte. Die sie gar nicht zu stellen in der Lage war.

»Ich bin schon ein paar Tage hier«, sagte er. Und: »Ich hab eine Wohnung, kann ich dir zeigen.« – »Meine letzte Mail, die hab ich hier geschrieben.« Und: »Ich denke eben an unsere Zukunft.«

Arjeta besaß keinen eigenen Rechner, es gab in ganz Prishtina erst einige wenige von den Amerikanern gesponserte Orte, an denen man Mails empfangen, lesen und beantworten konnte. Diese Rechner aber, das war sie bereit zuzugeben, übten eine ganz gemeine Anziehungskraft auf sie aus, was natürlich an Jakobs Nachrichten lag. Sie fand ihn verkorkst in seinen Bewertungen und Erwartungen, er schuf sich da eine Galerie aus schiefen Bildern, dass Arjeta einfach nicht anders konnte, als hineinzugehen und die Dinge geradezurücken.

Sie hatte ihm viel zu oft zurückgeschrieben. Ein Bedürfnis nach innerer Harmonie. Sie wollte in guter Erinnerung behalten werden. Mehr nicht, wirklich nicht mehr.

Und jetzt war Jakob vor einer Fassade stehen geblieben. Keine fünfzehn Minuten hatte der Spaziergang gedauert. Im Parterre des Vorderhauses war ein Friseurladen, geöffnet, jemand ließ sich mit dem Messer rasieren. Durch die Toreinfahrt gingen sie in einen Hof, wo Arjeta zwangsläufig den Blick hob: Laubengänge verbanden alle vier Gebäudeflügel eines Stockwerks zur durchgängigen Galerie. Im dritten Stock spielten ein paar Kinder Fangen, kreischten dabei überreizt, wie üblich, wie überall auf der Welt, wenn ein Spiel gut war. Zum Trocknen aufgehängt, aber von der Nässe schwer geworden, hingen ihnen Laken im Weg, unterteilten ihre Ringwelt. Lange sah Arjeta zu den Kindern hinauf und kämpfte mit den Realitäten.

Wer durch das dunkelblaue Laken tauchte, kreischte besonders laut auf, als würde dahinter ein Monster warten oder das offene Meer.

Jakob war bereits über den Hof gegangen und wartete vor einem Treppenhauseingang. Sie ging ihm nach bis in den zweiten Stock, ein feuchtes, muffiges Treppenhaus hinauf, den Kindern entgegen, die sich über Jakob lustig machten. Gjermane, riefen sie.

»Ja, der Deutsche, das hat sich schon rumgesprochen«, sagte er. »Ich mag die Kinder. Was meinst du, sollte ich ihnen sagen, dass ich nicht für die Internationalen arbeite?«

Arjeta antwortete nicht. Sie betraten allerdings auch gerade die Wohnung. Eine Zweizimmerwohnung. Sicher war die Miete zu hoch, dachte Arjeta, es konnte gar nicht anders sein, als dass ihn jemand übers Ohr haute. Er fand die Räume anscheinend okay, abgesehen von der verglasten Holztür. Sie fand alles zu dunkel. Jakob fragte, ob sie zu Hause mehr oder weniger Platz habe, da wurde Arjeta still vor Neid.

»Du lernst Albanisch«, sagte sie, weil eine Sprachlernkassette am Boden lag.

»E kom bo pahíri.«

Ich habe es nicht mit Absicht getan. Ein an dieser Stelle absolut sinnloser Satz, dachte Arjeta, und sie fragte lieber nicht nach, ob Jakob irgendwas damit verband.

Einen Tee lehnte sie ab.

»Nimm dir Zeit«, sagte er, bevor sie auf die Straße hinuntergelaufen war, »ein bisschen Zeit hast du ja noch.«

*

Von diesem Augenblick an bekam es Arjeta mit der Angst zu tun. Die Frage lautete nicht, wie lange er in Prishtina blieb, sondern wie weit einer noch gehen würde, wenn er schon bis nach Prishtina gekommen war.

Sie warf sich vor, die Beziehung zu spät beendet zu haben, Arjeta verteidigte Jakob vor sich selbst. Das funktionierte aber nur, weil sie tatsächlich einen Schritt weiter war als er. Die Trennung beschäftigte sie nicht mehr. Sie plante ihr Leben ohne Jakob Schütte. Die Eltern wollten, dass sie in Prishtina nach einem albanischen Mann suchte, und am Radiohaus war ihr aufgegangen, dass es in der Stadt tatsächlich jemanden geben könnte, der für sie in Frage kam. Vielleicht kifften diese Männer zu viel, aber dafür kommandierten sie wenig. Vielleicht lachten sie zu laut, aber dafür redeten sie bedächtig. Und wenn Arjeta in diesem Hochsommer zwischen den Radioleuten saß, reglos schwitzend, wenn ihr die Oberschenkel verklebten und juckten von den ausrangierten Sofamöbelteilen, auf die wahrscheinlich schon hundert Hunde und Katzen gepinkelt hatten, spürte sie wider Erwarten fast keinen Unterschied zwischen sich und den anderen.

Liebe vergeht oder entsteht nicht, weil Eltern es so wollen. Aber kaum war Jakob Schütte in der Stadt, lernte Arjeta Neziri einen anderen Mann kennen.

5

Arjetas erster Link zu Bedri Haliti war Deutschland. Bedri war von seinem Cousin, einem DJ in Berlin, schon die gesamten neunziger Jahre hindurch mit Schallplatten versorgt worden. Die Platten standen nun alle beim Sender, sie bildeten den Hauptteil der Musiksammlung, und Arjeta stieß darin auf einige Sampler des Mojo-Clubs, den sie in Hamburg selbst besucht hatte.

Darüber fanden sie in ein Gespräch. Bedri war ihr als kluger Moderator aufgefallen, ein introvertierter Musikliebhaber, keiner von denen, die sich Studiogäste einluden, um in Interviews ihre Schlagfertigkeit zu demonstrieren.

Er studierte außerdem an der Architekturfakultät, und einmal hängte sich Arjeta mit der beiläufigen Frage an ihn, ob er ihr die Uni zeigen könne. Auf dem Weg durch die Stadt war er so still gewesen, dass sie eine weitere Frage anschloss. Was er eigentlich von dem Bauboom halte. Da war Bedri abrupt stehen geblieben und wollte plötzlich nicht mehr zur Uni, sondern sie viel lieber mit ein paar Leuten bekannt machen, die gekommen seien, Prishtina zu retten.

Er sagte das, als handelte es sich dabei um Außerirdische.

Sie träfen sich konspirativ in einer Kellerbar. Sie beobachteten die Transformation seit Jahren. Sie gäben Anweisungen, wie der Stadt zu helfen sei. Sie seien die Guten und schickten das Fußvolk mit Fotoapparaten aus, um die schlimmsten Bauverbrechen zu dokumentieren. Auch Bedri sei eingeteilt und in diesem Sommer schon mehrfach als Baufotograf unterwegs gewesen, er habe auch im Radio aufgerufen, dabei mitzutun. Aber da hätten ihn die Guten aus der Kellerbar gleich einbestellt und ihm zu verstehen gegeben, dass die Sache unter Verschluss bleiben müsse.

»Die Kriminellen«, sagte Bedri, »wissen natürlich längst Bescheid über unsere Fotosafari. Aber zuerst muss man mal das abreißen, was gar nicht erst hätte gebaut werden dürfen.«

Mit diesen Worten stiegen sie eine Treppe hinab, Bedri hatte Arjeta in eine unterirdische Bar gelotst. Sie wurden von einem älteren beschlipsten Mann empfangen, der Arjeta beiseitenahm und ihr einen Vortrag hielt. Über die Baugeschichte des Sozialismus. Der Mann hieß Rex und hatte die ganze Zeit einen brennenden Zigarrenstummel im Mund, er redete imposant schnell, ohne dabei in Rage zu geraten, im Grunde seien das Viertel Kodra e Trimave und der ganze Norden von Prishtina seit den siebziger Jahren illegal bebaut worden, sagte er, und alle waren daran beteiligt, jede Familie hatte irgendwen, der beim Bauriesen Ramiz Sadiku arbeitete, das Bauen habe doch immer weitergehen müssen.

In Kodra e Trimave war Arjeta nie in ihrem Leben gewesen, weshalb sie lieber gar nichts sagte.

»Die sozialistische Gemeinschaft? Mädchen, dass ich nicht lache! Schon weit vor dem Krieg zerfallen. Eine neue albanische Solidarität? Wie soll die aussehen, wenn man täglich Mühe hat, zum nötigsten Essen noch Baumaterial zu beschaffen? Es herrscht das Kommando des unbeherrschten Egos. Es macht die Leute blind. Es lässt sie ja sogar davon absehen, dass sie dem Nachbarn gerade eine Mauer direkt vor sein Fenster setzen!«

Die Vokabeln ballten sich über ihr zu einer Regenwolke, immer bedrohlicher: Retter, Konspiration, Kommando.

Wenn sie richtig verstanden hatte, wurde diese Stadt nicht von unbekannten, sondern von bekannten Mächten gelenkt, vermutlich saßen sie bereits in der Übergangsregierung, während diejenigen, die für den öffentlichen Raum kämpften, sich hier im Untergrund verschanzten, auf den Hockern einer Tanzbar, deren Inhaber noch die Bierkisten für den Abend sortierte.

»Wann wird hier geöffnet?«, fragte sie aus purer Überforderung.

Rex lächelte nur. Als Arjeta ihm sagte, dass sie in Hamburg Kunstgeschichte studiert hatte, nickte er anerkennend, nahm den Stummel aus dem Mund, legte ihn in den Aschenbecher, ohne ihn auszudrücken, griff sich in die Innentasche seines Jacketts und übergab ihr seine Visitenkarte. Das war alles eine einzige Bewegung.

»Willkommen in der Heimat. Du darfst dich fragen, was schlimmer ist. Oder sagen wir, welcher Geschichte du dich widmen willst. Einer Baugeschichte, die keinen Halt findet und wie im Zeitraffer abläuft. Oder einer Kunstgeschichte, die schon lange stehengeblieben ist.«

Sie blickte auf seine Visitenkarte.

»Wenn du weißt, was du willst, treffen wir uns auch mal in meinem Büro.«

Sie sah ihm nach, wie er die Treppe hinaufstieg in die Sommerhitze, während aus dem nahen Dunkel der Bar bereits Bedri trat, wie ein Mentor, der sich ihr wieder anzunehmen hatte. Sie hätten Kontakt zu insgesamt drei NGOs, sagte Bedri, die in ihrem Sinne arbeiteten, Arjeta brauche ihm nur ein Zeichen zu geben, wenn er sie vermitteln solle, denn studierte Kräfte aus Deutschland könnten sie für die Transformation gut gebrauchen.

Das Ich schien in diesem Kreis abgeschafft zu sein. Man

wollte ihr einreden, an etwas Großem teilhaben zu können, und in Arjeta verschob sich Transformation zu Revolution, ohne dass sie etwas dazu beitrug.

»Rex wird dich noch offiziell zu unserer Konferenz im Grand Hotel einladen«, sagte Bedri.

Ich weiß nicht genau, ob dann etwas geschah, weil sie erst seit zwei Monaten wieder in Prishtina lebte oder weil sie den kiffenden Radiomoderator doch nicht richtig ernst nehmen konnte oder weil der geübte Redner Rex nur auf sie gewartet hatte oder weil sie die geplante Konferenz im Grand Hotel an einen Roman erinnerte, aber sehr wahrscheinlich sammelte sich das alles innerhalb einer Sekunde in ihrem Bauch, erzeugte einen Schmerz, einen Wirbel, stieß ihr auf und schoss mit einem leichten Rülpser durch die Kehle hinauf. Eine kleine Entladung. Und danach musste Arjeta sehr laut, doch, wirklich, unangenehm laut lachen. So hat sie es mir erzählt. Sie rülpste, und sie lachte.

*

Auch Jakob möchte ich Glauben schenken. Er bekniete sie nicht, bedrängte sie nicht einmal. Er war sich sicher, dass seine Anwesenheit, seine Treue – er sagte vor mir tatsächlich Treue – seine Freundin – er nannte Arjeta weiterhin so – zur Vernunft bringen würde.

Seine Wohnung schien ihm aber nicht der geeignete Ort für den Erfolg, hier hatten sie sich mittlerweile dreimal getroffen, und jedes Mal war Arjeta am Ende hinausgestürmt. Die Wohnung fühlte sich verbrannt an. Im Übrigen konnte er sich hier sowieso nur zum Schlafen aufhalten, es gab kein Internet, auch kein Telefon, dafür staute sich die Sommerhitze, dass kein Durchzug sie vertreiben konnte.

Insofern habe er Arjeta schon bedrängt, aber nur in beruflicher Hinsicht. Er brauchte dringend ein Büro und hatte sie deshalb an ihrem Arbeitsplatz aufgesucht, einer gewöhnlichen Wohnetage, wo Arjeta im Herbst zweimal wöchentlich Englischkurse für junge Kriegswitwen gab.

Jakob war mitten in ihren Unterricht geplatzt, und sie hatte ihn rausgescheucht wie eine Fliege. Er hatte sich auf den Flur gesetzt, um auf Arjeta zu warten, und war so an einen ihrer Kollegen geraten, der in der Sprachschule nur dazuverdiente, vormittags aber an einer regulären Schule lehrte. Er stellte sich als Herr Buscemi vor, hatte einen Sohn in Stuttgart, der anscheinend gut verdiente, denn Buscemi hatte Deutschland in sein Herz geschlossen. Jakob hatte ihm schnell erklärt, was er suchte, zudem machte er Buscemi Komplimente für sein rührend gebrochenes Englisch und sein noch viel schlechteres Deutsch, er erkundigte sich nach seiner Familie und Kriegsgeschichte, alles nur, um Buscemi machen zu lassen, was ein Albaner am allerliebsten machte. Reden.

Da saßen sie schon im Auto und fuhren an die Schule, in welcher der Kosovare arbeitete. Um es kurz zu machen: Am Ende des Tages – Buscemi hatte viele weitere Lehrerinnen und Lehrer in Bewegung gesetzt – wurde dem netten Deutschen ein gerade erst frisch eingerichteter Computerraum zugewiesen. Jakob hatte dem Schulrektor zu verstehen gegeben, dass er den Raum auf keinen Fall exklusiv brauchte, im Gegenteil, er würde ausschließlich abends und nachts darin arbeiten.

Der Hausmeister gab ihm einen Schlüssel zu einem Hintereingang der Schule, Jakob quittierte bei der Übergabe seine eingeschränkten Nutzungszeiten 18.00 – 06.00 Uhr. Er kam sich vor wie jemand, der einen Arbeitsvertrag unterschrieb. Eine Woche darauf, Jakob hatte sich mittlerweile eingerichtet, lud er Arjeta in die Schule ein, um ihr sein neues Zuhause zu präsentieren. Die Rechner besaßen eine relativ schnelle Leitung zur Außenwelt, zwar keine T1-Leitung, wie er gehofft hatte, aber immerhin ISDN.

»Weißt du, die Computerhardware ist neben dir das Einzige gewesen, woran ich vor dem Abflug wirklich gedacht habe.«

Arjeta lächelte schief.

Jakob zeigte ihr, wo er die fremden Gehäuse aufgeschraubt und den Rechnern Arbeitsspeicher eingepflanzt hatte, zehnmal so viel wie bisher. Auch einige Disketten mit Betriebssystemen und Grafikkarten hatte er aus Deutschland mitgebracht.

Wenn ich Jakob also Glauben schenke, fühlte sich Arjeta sichtlich unwohl in dem fensterlosen Kabuff, sie war nur immer nervöser geworden, überzeugt davon, dass seine Einladung in den neuen Computerraum auf irgendeine Szene hinauslaufen würde. Jakob war mit dem Schreibtischstuhl hinübergerollt an den zweiten Rechner, wo er an einem eigenen kleinen Computerspiel bastelte, wie er sagte, schon in Hamburg hätte er damit angefangen.

»Was erkennst du, Arja?«

Das Titelbild war ihm, wie er fand, wirklich gut gelungen: eine dieser schrubberfreundlichen geriffelten Bodenkacheln, erst in Draufsicht, dann kippte sie langsam in die Horizontale und eröffnete den Blick in einen Raum: ein Wasserbecken, hellblau, Jungs und Mädchen tobten herum.

»Es fehlen noch die typischen Schwimmbadgeräusche«, fügte er hinzu, »es fehlt noch einiges, die Spindschlüssel, Holzbänke, Duschen, der Geruch von Chlor und Duschgel, mit einer feinen Note Achselschweiß.«

»Ach, du meinst unser Schwimmbad.«

»Du erkennst es! Schön.«

Er zeigte ihr eine Figur, die eine andere Figur im Nichtschwimmerbereich auf die Schultern nahm. Die Schwierigkeit, sagte Jakob, bestünde darin, dass der Spieler dieses Figurenpaar gleichzeitig koordinieren muss, den *Wassersteher* und die *Wasserwirblerin*.

Der Wasserwirblerin hatte er einen Bauch gezeichnet.

Viele Jahre später ist dieses Spiel unter dem Namen *Reiterkämpfe* veröffentlicht worden, deshalb lässt sich für mich nachvollziehen, was damals noch nicht mehr als ein Entwurf war. Hätte ich mir das Spiel ohne Kontext angesehen, ich wäre erstaunt gewesen über den Detailreichtum. Das überraschte Glucksen der Wasserwirblerin, wenn der Wassersteher unter sie taucht und sie auf die Schultern nimmt. Die Spielwut insgesamt, die rohen Kräfte der männlichen Pubertät: unter Wasser gedrückt, als Fontäne wieder aufschießend. Das Kieksen und Schreien von Mädchen, kurz bevor sie ins Wasser fallen.

»Zwölf Jahre, ich hab gar nicht mehr gewusst, wie das geht, sich so weit zurückzuerinnern«, sagte Jakob. »Aber als es passiert ist, hab ich die Bilder gleich festgehalten.«

Für Jakob war das Erinnern eine Leistung. Wahrscheinlich erwartete er, dass Arjeta ihn dafür lobte.

»Ich verstehe dich nicht«, sagte sie stattdessen.

»Nein?« Er ließ von Maus und Bildschirm ab.

»Nein.«

»Damals waren wir für einen Moment zusammen. In Hamburg haben wir uns wiedergetroffen. Ich bin total sicher, wir finden uns auch ein drittes Mal.«

»Jakob, noch mal: Du hast mir Angst gemacht. Jetzt bist du hier, und meine Angst ist sofort wieder da.«

»Hast du gar keine Skrupel wegen des Kindes?«

»Doch. Aber die Angst vor dir ist größer. Und die sagt mir, dass ich die richtige Entscheidung getroffen habe.«

»Arjeta, weißt du noch, der Tag, an dem das gesamte Schwimmbecken evakuiert wurde, weil mich im Gerangel irgendein Ellenbogen ...«

»Weiß ich noch, ja, was soll –«

»Ich mit Nasenbluten, und das ganze flache Wasser hat sich rot eingefärbt, und das Schwimmbad musste evakuiert und komplett gereinigt werden.«

»Das wird mir zu blöd, Jakob. Willst du Mitleid? Ich habe gerade keinen Nerv für Mitleid. Wenn du in Hamburg geblieben wärst, vielleicht. Aber nicht hier.«

»Ich will kein Mitleid.«

»Was dann? Sag's mir.«

»Das weißt du doch genau.«

»Ich habe eine Entscheidung getroffen.«

»Hast du gar keine Skrupel?«

So ging es noch ein wenig weiter. Ein Loop aus den immer gleichen Versatzstücken, in die Jakob irgendwann gemeinsame Erlebnisse aus ihrer Hamburger Zeit einzustreuen begann. Es war als hätte jemand die Wiederholungstaste aus ihrem ersten, zweiten oder dritten Gespräch in Jakobs Wohnung gedrückt, als schnurrte nun das Skript ab, das ihnen vom Leben vorgelegt wurde. Sie hatten einen anderen Einstieg in die Szene genommen, aber länger als eine halbe Stunde ließ sich das Leben nicht täuschen.

Irgendwann blieben Arjetas ungeduldige Kommentare aus, sie verstummte einfach, und er sprang noch ein letztes Mal zurück: »Was ich nicht mehr zusammenkrieg: Diese ganze Hallenbadzeit, das war noch vor meinen Briefen?«

»Ja, das war noch vor deinen Briefen.«

»Da hab ich ein Loch. Weißt du, was ich kürzlich gemacht habe? Ich hab mir hier von einer Putzfrau ein Reinigungsmittel geklaut. Und den ganzen Fliesenboden hier im Computerraum damit gewischt.«

»Wozu?«

»Nur um mich an das Hallenbad zu erinnern. Wo alles anfing. Man muss nur die richtigen Drogen nehmen, sag ich dir.«

»Chlor?«

»Zum Beispiel.«

»Ich gehe jetzt nach Hause, Jakob.«

»Meldest du dich?«

Nach Hause ging sie mit dem sicheren Gefühl, dass alles Schreckliche jetzt erst begann. Jakob würde gefährlich werden, aggressiv, vielleicht zuerst noch ironisch, sarkastisch, das würde passen: Er hatte eigentlich noch nie ernst bleiben können, wenn es ernst war. Sie selbst würde ihm pausenlos ausweichen, sich verstecken, etwas einstudieren, dachte sie, ein paranoides Verhalten, das sich ideal ins Stadtbild einpasste. Das Prishtina dieses Jahres 2000 empfand sie plötzlich als ein lautes und chaotisches Gebilde, in dem Suchen und Finden, Todesnähe und Lebenslust, Liebe und Liebeskummer, Weitermachen und Neuanfang ständig ineinanderstürzten. Sie passte hierher, sie war eine von vielen Gefangenen dieser Stadt. Und Arjeta glaubte sogar, dass es in ihrer Beziehung zu Jakob Schütte nie eine Chance zur Klarheit gegeben hatte.

*

Drei Abende später – die Sommerwärme war noch einmal zurückgekehrt und versprach eine laue Nacht – stand ihre Freundin Florentina an der Ecke zur Bajram-Kelmendi-Straße. Sie waren verabredet, trugen beide ihre liebsten Kleider; Florentina hatte ihr von den Samstagabenden vorgeschwärmt, an denen man im Herbst 2000 zwischen ungefähr zwanzig verschiedenen NGO-Partys auswählen konnte.

»Freiheit«, rief Florentina, fast kreischend laut.

Am besten bin ich nur noch unterwegs, wenn es dunkelt, dachte Arjeta.

Die Kneipen waren Anlaufpunkte. Im *Te Santea* hingen die Intellektuellen ab, im *Te Majmunet* die Schauspielstudenten, in einer Fußgängerunterführung lag das *Kurrizi* für die Technofans. Florentina und Arjeta fanden erst auf den Partys ins Gespräch. Es wurde über die Gefahr gesprochen, dass die UÇK-Kommandanten jetzt Politiker werden wollten, und über Eigennutz versus Uneigennützigkeit der UN-Mission. Vor dem BBC-Studio hielt jemand einen Vortrag über Enver Hoxhas Paranoia und über Titos milliardenteuren Atombunker und wie sehr seine Seele darunter leide, weil diese Angst der Mächtigsten einfach nicht zu verstehen sei. Man prostete dem Redner lautstark zu. Kaum jemand wollte vor der Wärme in die Häuser flüchten, auch die Lautsprecherboxen drehten sich zur Straße. Arjeta trank nichts, aber sie tanzte. Einmal kam sie ins Gespräch über visuelle Kunst: Eine Cousine von Florentina hatte von den ersten Filmen gehört, die junge Künstler gedreht hatten, denn es gab in Kosova jetzt Videokameras, also auch Videokunst. Arjeta kannte keinen der Namen. Sie nahm sich vor, diese Filme zu sehen und die Künstler zu treffen.

Nach ein paar Stunden hatten die beiden Frauen plattgelatschte Füße, trugen ihre Sandalen in der Hand, und als sie in einer Seitenstraße die Musik hinter sich ließen, puckerte das Blut in Arjetas Ohren lauter als die sich entfernenden Bässe. Florentina hatte zu Hause zwei Kinder, und obwohl es spät geworden war, bestand sie darauf, dass sie noch zum Urban-FM-Haus gingen.

Am Radiohaus ungewohnte Stille. Es wurde nicht gesendet, oder der Strom war ausgefallen. Arjeta war noch nie so spät dort gewesen. Bedri saß auf dem Teppich, neben sich eine fast leere Whiskyflasche, eine Hand auf dem Fell eines schlafenden Hundes. Niemand sonst war da. Sie warf Bedri eine ihrer Sandalen in den Schoß.

»Dich haben wir schon gesucht! Wo warst du den ganzen Abend?«

Er sah sie aus geröteten Augen an.

»Was hast du, Bedri, ist was passiert?«, fragte Florentina.

»Dunkel, eine Wolke.«

Er war sturzbetrunken, saß da wie ein Klischee von Zerstörtheit.

»Auf unser Haus. Rex! Reex!«, rief er aus.

Im ersten Moment dachte Arjeta, er meinte den Hund, der seine Schnauze in den Teppich drückte, aber dann fiel ihr der Mann mit dem Zigarrenstummel ein, von dessen Konferenz im Grand Hotel sie nie wieder etwas gehört hatte, weil sie sich nicht zurückgemeldet hatte.

»Was ist mit Rex?«

Sie legte eine Hand an Bedris Kinn, schüttelte seinen Unterkiefer: »Hey, können wir was tun, soll ich –«

»Hallo, wache Frau!«

»Bedri, brauchst du Wasser?«

»Sie haben ihn erschossen, wache Frau.«

Er packte Arjetas Hand, warf sie zur Seite, um sich selbst

im nächsten Moment in die Haare zu greifen, weinend schon, er riss sich Haare heraus und brüllte: »Reeex! Reex! Mein Schmerz, sitzt da und schaut. Mich an.«

Florentina war ins Radiohaus gerannt, jetzt kam sie mit männlicher Verstärkung zurück. Jemand wusste, wo Bedri wohnte, aber der ließ sich erst Minuten später unter tierischen Lauten und Gebärden hochziehen und bewegen. Arjeta versuchte sich auf das zu konzentrieren, was Bedri ihr damals nach dem Besuch der Kellerbar erklärt hatte. Es sei nur die halbe Wahrheit, dass es keine Baugenehmigungen gab, sehr wohl gingen Bauinspekteure herum und verpflichteten jeden auf Abgaben, der nicht zu den einschlägigen Clans gehörte und trotzdem zu bauen anfing. Manche gaben sich auch nur als Inspekteure aus und tauchten mit dem Schutzgeld ab. Wie sie sich gewehrt hatte, ihm zu glauben. Aber Bedri hatte sie ja gleich durchschaut. »Du bist nicht naiv, du stellst dich nur instinktiv vor deine Familie, das tun alle«, hatte er gesagt, »das ist Teil des Problems, wenn nicht sogar der Kern des Problems, also sieh es lieber ein, Arja, dass auch dein Vater diese Kishemi bezahlen muss.«

Nun waren aus diesen Hurensöhnen Mörder geworden. Das schlussfolgerte sie aus den wenigen Worten, die Bedri machte, und sie sollte recht behalten. Rex hatte sich gegen das illegale Bauen gewendet, die Baumafia hatte ihn umgebracht. Hatte Arjeta den Krieg und das Morden für abgeschlossen gehalten? Oder nur so lange nicht hinsehen wollen, wie sich niemand, den sie kannte, öffentlich die Haare ausriss vor Verzweiflung?

Bedri hing links und rechts in männlichen Armen, die ihn bis vor seine Wohnung transportierten, Florentina und Arjeta folgten in einigem Abstand. Seine Schlüssel hatte er bei sich, und seine Eltern verbrachten das Wochenende auf dem

Land bei ihrer Tochter. Alle sahen Bedris kaputtgeschlagenen Fotoapparat auf dem Tisch und dass ein Fensterflügel aus dem Scharnier gerissen worden war, dessen Glas ebenso zerschlagen am Boden lag. Aber nur Arjeta sagte: »Ich bleibe bei ihm.«

Das fanden alle falsch, auch Florentina.

»Für den Fall, dass er sich übergeben muss.«

»Eher läuft er Amok.«

»Sicher nicht. Ich kann ihn vielleicht trösten.«

»Was sagst du deinen Eltern?«

»Nichts.«

Dann war die Tür hinter ihren Begleitern, die eigentlich Bedris Begleiter gewesen waren, zugefallen. Sie legte sich aufs Sofa, Bedri lag auf dem Bett und begann fast umgehend zu schnarchen.

In der Küche standen seine Architekturbücher, Arjeta zog sich eines aus dem Regal. Das osmanische Prishtina. Die alten Moscheen und die Flüsse. Patina.

Was machte dieser Mord mit ihr, warum saß sie nachts in Bedris Wohnung? Sie ging aus der Küche hinüber ins Zimmer und strich ihm über die Stirn. Aus dem Zimmer zurückgekehrt in die Küche, strich sie sich über den Bauch. Die wache Frau hatte Bedri sie in seinem Suff genannt, das war sein Kosename für Arjeta geworden, *die Wache*, vielleicht warf das eher ein Licht auf die müden Frauen, mit denen er sich sonst umgab. Ihm gefiel, dass Arjeta etwas machte, das hatte er ihr gesagt, dass sie arbeiten ging und damit zum Familienfrieden beitrug.

Zum Familienetat, hatte sie ihn korrigiert.

Sie hatte das Bedürfnis, Bedri einen Brief zu schreiben, sie wollte ihr Beileid bekunden, aber nicht aufdringlich sein. Sie ließ es bleiben. Stellte sich ans offene Fenster. Sah im Haus gegenüber eine Frau. Sah, dass es schon hell wurde. Plötzlich fiel etwas an ihr vorbei und zerschellte im Hof. Hunderte Tonscherben.

Ihr Weg führte direkt in den Sonnenaufgang. Um halb sieben Uhr früh kam Arjeta nach Hause, aber die Tür war verriegelt. Als sie klopfte, erhob sich ihr Vater drinnen vom Sofa, sie hörte das Scharnier zwischen Seitenlehne und Sitz knarzen. An der Tür erschien er mit einem Buch in der linken Hand, das er im Dunkel der Wohnung gar nicht gelesen haben konnte. Er trug sogar seine schmale Lesebrille, der Eindruck, den er vermittelte, hätte nicht friedlicher sein können, aber die Zackigkeit, mit der er die rechte Hand hob und seine Tochter zum Sofa dirigierte, ließ nichts Gutes erwarten.

»Warum kommst du so spät?«

»Es ging noch so lange.«

»Mit wem?«

»Freunde, Papa.«

»So? Der Deutsche war am Abend hier.« Das sagte Nikola auf Deutsch.

Arjeta hatte keine Antwort parat und entschied sich für die Wahrheit: »Ich weiß, dass Jakob in der Stadt ist.«

»Wie oft habt ihr euch getroffen?«

»Wie oft? Dreimal bisher. Jakob hat versprochen, mich in Ruhe zu lassen.«

Der Vater lachte. Arjeta verstand erst mit einiger Verspätung, warum. Jakob war nicht hier ins Haus gekommen, um sie in Ruhe zu lassen.

»Zieh deinen Pullover hoch, Arjeta. Ich will es sehen.«

Sie zog ihren Pullover über den Kopf, schob das seidene Oberteil bis zu den Brüsten hinauf und zeigte ihren Bauch.

Der Vater nickte, als sei er zufrieden. Arjeta hatte schon

aufgeatmet, sie war diese Konfrontation so offensiv angegangen wie nur möglich, aber dann war der stumpfe Blick in das Gesicht ihres Vaters getreten. Arjeta kannte diesen Blick, sie verstand ihn, sie wusste, dass sie nicht verschont werden würde. Eine weitere Minute lang stand sie halbnackt da, dann brach es aus Nikola heraus. Ein Kind! Was sie sich dabei! Womit er so eine Tochter. Jetzt ein Kind! Der Gipfel aller Enttäuschungen. Kosovarische Männer hätten um ihre Hand angehalten! Schon in Hamburg! Was hätten die? Dich nicht studieren lassen? Ich habe jetzt genug von euch Frauen. Dass du noch keinen Mann, mit sechsundzwanzig Jahren noch keinen Mann! Ich hätte das nie zulassen. Und du gehst zu dem Mann, den ich dir verboten habe zu treffen? Ein Kind! Verstoßen willst du werden. Nein? Ein anderer? Wie heißt der? Du lügst mir auch noch ins Gesicht? Schande, Arjeta!

6

Ich wusste von Anbeginn, dass Jakob Schüttes Erzählen auf die Geburt ihres gemeinsamen Kindes hinauslaufen würde, aber als es dann so weit war, herrschte zwischen uns bestimmt eine Minute lang Stille. Und ich schreibe deshalb auch ganz bewusst zuerst die Daten und Zahlen hin, einfach weil wir alle wissen, dass das Entsetzen, das wirkliche Entsetzen gar keine Worte kennt.

Leka ist die albanische Kurzform von Alexander. Am 13. Dezember 2000 kam Leka zur Welt.

Zwei Tage später erhielt Jakob eine kurze Botschaft von Arjeta. Am 16. Dezember durfte er seinen Sohn sehen.

Am Montag, dem 18. Dezember, war Jakob zum UNMIK-Hauptquartier gelaufen, wo ihm eine junge deutsche Sachbearbeiterin vorwarf, dass er sich von der Geburt hatte ausschließen lassen. »Das heißt, Sie glauben mir?« – »Das spielt keine Rolle«, sagte sie. Man forschte telefonisch nach. Die Geburtsurkunde des Kindes lautete auf den Namen Leka Haliti. Die Neziris hatten mitgeholfen, das Kind Bedri zuzuschreiben. Bedri galt als der eheliche Vater.

Eine ganze Woche verbrachte Jakob danach zwischen Krankenhaus und Behörden, um seine Vaterschaft kämpfend. Naim und Rrustem, Arjetas Brüder, bewachten abwechselnd das Stationszimmer wie in einem schlechten Krimi. Jakob bekam nicht einmal die Geburtsurkunde zu Gesicht.

An Weihnachten machten die Internationalen jedes Quartier dicht und flogen zu ihren Familien nach Hause.

Am 2. Januar 2001 heirateten Arjeta und Bedri Haliti standesamtlich. Im Februar folgte die Hochzeitsfeier. Dafür floh die Gesellschaft aufs Land, in das Dorf, wo Bedris Schwester wohnte. »Aber da dann volles Rohr, traditionell«, sagte Jakob Schütte, »hundert Leute, die ganze Verwandtschaft im Schnee.«

Sie hatten ihn richtig ausgeknockt. Es war eine grauenhafte Pointe. Ich hatte Mitleid.

7

Eine zweite Wohnung in Prishtina konnte sich Familie Haliti nicht leisten. Deshalb zogen Bedris Eltern aufs Land zu den Großeltern, sie überließen ihr Quartier dem frisch verheirateten Sohn, und Arjeta zog ein.

Was ich weiß, ist, dass sie nach Lekas Geburt begann, ein ehrgeiziges Leben zu führen. Noch bevor sie den Sohn in eine Kindertagesstätte geben konnte, ließ sie sich am gerade gegründeten Kosovo Education Center zur regulären Deutsch- und Englischlehrerin ausbilden. Kunstunterricht hätte sie mit ihrem Studienabschluss bereits geben dürfen, aber das wollte Arjeta nicht, sie arbeitete nachmittags lieber weiter in den NGOs. In der einen Organisation recherchierte sie für ein Handbuch, das sich dem partizipatorischen Prinzip in Projektplanungen widmete, mit Fokus auf die Eigenheiten einer Übergangsgesellschaft. Das weiß ich so genau, weil sich ihr Name im Impressum des Buches befindet, das ein Jahr später veröffentlicht wurde. Außerdem machte sie Büroarbeit für eine zweite Organisation, die Schreibkurse für albanische Frauen anbot.

Ich habe das meiste nicht von ihr gehört, sondern von Jakob, und der erzählte es spitz, pikiert, weil er fand, so müsse es klingen, so müsse sich Arjetas Leben angefühlt haben: in allen Belangen substantiviert. Sie hantierte mit den Bauklötzen einer Übergangsgesellschaft, um sich dahinter zu verschanzen. Damals, im Zeitalter der Wut, hatte Jakob ihre

Jobs unter den Begriffen *Paperwork* und *Bullshitting* zusammengefasst.

Sie war dazu übergegangen, ihn zu ignorieren, und er hatte eingesehen, dass er nicht weiterwusste. Aber ihr den Gefallen tun, einfach zu verschwinden und seinen Sohn in ihren Armen zurückzulassen, dazu war er viel zu beleidigt.

Noch im Januar hatte er den Mittwochnachmittag für Leka und sich beansprucht. Arjeta willigte ein und gab ihnen ein Fläschchen mit.

*

Ging Jakob durch die Bajram-Kelmendi-Straße – und er ging jetzt oft durch diese Straße –, dann saß da auf einem Klappstuhl entweder Nikola oder Naim oder Rrustem Neziri, rauchend vor dem Rohbau. Anscheinend sahen sie jetzt nach seiner Ausbootung in Jakob den arbeitenden Deutschen, vor dem sie ein schlechtes Gewissen haben mussten, denn oft zogen sie ungefragt die Schultern hoch: »Keine Genehmigung.«

In diesen ersten Jahren des neuen Jahrtausends war das ihr Refrain, aber es war einer, den Jakob schon vor Lekas Geburt zu oft gehört hatte, um sich davon irgendwie anrühren zu lassen. Verzögerungen hatte es gegeben, hieß es, als Blerina einmal einen Frisiersalon eröffnen wollte. Ungereimtheiten wurden daraus, als Naim über Kroatien Computer importieren wollte, für die er bezahlt hatte, die aber nie ankamen. Die Neziris waren mehrgleisig gefahren und überall entgleist, sie besaßen einfach keinen Geschäftssinn. Und wenn alles andere nicht klappte, dachte Jakob, warum sollte es ausgerechnet mit dem Hotel vorangehen?

Keine Genehmigung. Sie hielten sich für Pechvögel, als sei das eine reine Rasse, eine schuldlose. Jakob wusste von

Arjeta, dass die hochrangigen UÇK-Kämpfer im Baubusiness eng zusammenhielten, und es fehlte bloß noch, dass die Neziris ihn volljammerten, ihm ihr Leid klagten über diese Seilschaften. War nicht er das einzige Opfer kosovarischer Seilschaften? Diese drei Idioten hatten ihm das Kind weggenommen! Und er sollte sie noch bemitleiden für ihren Misserfolg?

Klar, Jakob machte die Spaziergänge, um seine Wut auszuatmen. War es etwa zu kapieren, dass die verlorenen Söhne zu Hause vor ihrem Pseudohotel herumhingen? Warum suchten sie sich keine Arbeit wie Arjeta? Was Jakob sah, wenn er durch die Bajram-Kelmendi-Straße ging, war kein Familiendrama, sondern schlechtes Boulevardtheater.

*

Ich muss ein wenig improvisieren, wenn es um die folgenden Jahre in Jakobs Leben geht. Für ihn war kaum etwas erwähnenswert, und ich fragte mich natürlich, wie er es noch so lange in Prishtina hatte aushalten können. Er hätte Freude daran gehabt, sagte er, sein Kind wachsen zu sehen. Er versuchte, seinen Einfluss auf Leka auszuweiten. Einige Male traf er sich mit Bedri Haliti, der als Stiefvater und aus anderen Gründen, die Jakob nicht verstand, selbst unglücklich mit seinem Leben war. Bedri ließ sich darauf ein, Leka auch am Freitagnachmittag dem Vater zu überlassen. Arjeta durfte nichts davon wissen.

Das war kaum ein Erfolg, aber doch ein Schritt, der dazu beitrug, dass Jakob Schütte nicht weiter verzweifelt auf dem Meer seines Liebeskummers herumpaddelte. Sein Körper begann wieder, Energie zu produzieren. Er vollendete das kleine Computerspiel, die Reiterkämpfe, das hatte noch therapeutischen Charakter. Danach merkte er, dass sich aus Prishtina und ohne Telefon nur schwerlich neue Kunden akquirieren ließen. Und einen alten Kunden hatte er leider auch verloren: Die Computerspielfirma aus New Hampshire teilte ihm auf nonchalante Art mit, dass sie sich in Zukunft mit dem First-Person-Shooter-Markt beschäftigen und dabei nicht mehr auf Jakobs Dienste zurückgreifen würde.

Schließlich erhielt er eine gute Nachricht. Einer seiner Computerfreunde aus Hamburg, den Jakob angeschrieben hatte, war bereit, sich einen Auftrag mit ihm zu teilen. Sie sollten für ein IT-Unternehmen eine Software entwickeln, die den Angestellten die Arbeitsprozesse erleichterte.

Jakob stürzte sich in die Arbeit. Abend für Abend saß er allein in diesem Raum. Nacht für Nacht. Und er achtete penibel darauf, dass niemand in seinen Computerraum eindrang. Am liebsten wollte er unsichtbar bleiben.

Eine Balkanreise hatte Jakob nach Lekas Geburt unternommen. Über Mostar nach Sarajevo. Die Belagerung der Stadt lag fast zehn Jahre zurück, und Jakob war ein Kriegsruinentourist. Er hatte trotzdem eine Menge Fotos gemacht. In Kosova sei er dafür häufiger mit einem Mietauto herumgefahren. Eine alte Dame beobachtete ihn dabei, wie er einen ausgebrannten Dachstuhl fotografierte, und statt ihn zu verfluchen, holte sie ihren Sohn hinzu, der Jakob auch noch den Weg zu einem Massengrab wies.

In Prishtina kam er mitunter am Radiohaus vorbei. Arjeta hatte ihm erst von dem Treffpunkt erzählt, als sie selbst nicht mehr hinging. Das seien sympathische Leute, hatte sie gesagt, und Jakob stimmte ihr zu. Dass er unter ihnen entspannen konnte, lag an den zuverlässigen Wiederholungen, den

Schlaufen, in denen am Radiohaus kommuniziert wurde. Man rauchte Marihuana und redete gerne Englisch, aber nur, um fast jeden Satz mit einem *fucking* zu verhunzen. Immer wieder auch fiel das Wort »cooler«, zuerst hatte Jakob darin die deutsche Steigerungsform gehört, aber »cooler« wurde nur in englischen Sätzen und immer als Substantiv benutzt (»I'm a cooler«, »Hey, you cooler«).

Einige von denen waren wirklich verrückt, fand Jakob, aber er durchschaute nicht, welchen Anteil der Krieg daran hatte. Er stieß auf immerhin drei Leute, mit denen er über Computerspiele diskutieren konnte. Einer davon war noch ein Kind, aber was machte das schon.

Jakob hatte auch nicht geahnt, wie sehr ihm das Kiffen gefallen würde.

Was mich zu einem anderen Ereignis führt. Einmal war Jakob vom Radiohaus nach Hause gegangen, und der Weg hatte sich so lächerlich lang angefühlt, dass er ihn abgebrochen und sich in ein Café gesetzt hatte. Er kramte Zettel und Papier aus seiner Umhängetasche und schrieb einen langen Brief. Er lachte in sich hinein, obwohl er einem fragwürdigen Impuls gefolgt war: Jakob wollte sich über die Familie Neziri erheben. Er wollte sie endlich auch zur Verzweiflung bringen.

Den Brief adressierte er allerdings an seinen Vater Hans, was umso verwunderlicher war, als dass Vater und Sohn seit fast zwei Jahren keinerlei Kontakt mehr hatten. Nie hatte Jakob sein Herz ausgeschüttet, nichts wusste Hans Schütte von seinem Enkelkind Leka, und Arjeta hielt er weiterhin für Jakobs Freundin.

In diesem Jahr 2002 war Hans Schütte zwar kein hochangesehener, aber ein sehr beschäftigter und schon recht vermögender Architekt. Seinen Wohlstand verdankte er vor allem der Sanierungswelle, die nach dem Mauerfall durch die neuen deutschen Bundesländer gerollt war. Jakob hatte großen Respekt vor Hans' Überzeugungskraft, hielt seinen Vater aber künstlerisch nicht für besonders begabt. Der hatte einfach zur richtigen Zeit die richtigen Kontakte gehabt.

Im Brief erinnerte Jakob seinen Vater an längst überwundene Zeiten, an den Beginn seiner Selbständigkeit. »Weißt du noch, wie du dein Büro nur für einzelne Projekte vergrößert hast, um es danach sofort wieder zusammenschrumpfen zu lassen? Diese kraftraubende Zeit, als du in einem Monat Leute eingestellt, Kapazitäten besessen und sonstwelche Sachen gestemmt hast, und im nächsten Monat waren es doch wieder die Schreibtische deiner eigenen Belegschaft, in den Lastenfahrstuhl, in den Keller, ins Lager damit. Als du dir noch eingeredet hast, mehr Platz im Büro fördere die Transparenz des Denkens, dabei war einfach nur die Auftragslage schwach gewesen, und du hattest nicht rechtzeitig neue Kunden akquiriert. Dieses Auf und Ab, das deinem anhaltenden Erfolg vorausgegangen ist, erinnerst du dich noch daran? Genau in dieser Berufsphase sind die Neziris gefangen, sie versuchen alles, um mit ihrem Hotel durchzustarten, aber die Ämter schrauben ihnen ständig an Motor und Vergaser herum.«

Das schrieb sich alles wie von selbst, und sogar mit halbwegs sicherer Hand. Jakob bestellte Rotwein, weil er vor sich sah, wie sein Vater diesen ellenlangen Brief abends bei einem Glas Rotwein lesen würde, auf dem Balkon seiner Altbauwohnung in Hamburg-Eimsbüttel.

Jakob hoffte, ihn anzurühren. Natürlich wusste er, dass in Hans' Alltag für derlei Rückblicke längst kein Platz mehr war. Umso zwingender musste er sich jetzt erinnern. Jakob schrieb und lachte wieder und schrieb weiter. Was ist mit meinem Sohn los, hätten sich Väter gefragt, die in dem Brief vor allem ein sentimentales Selbstgespräch erkannten.

Hans Schütte hingegen würde sicher denken: Was will mein Sohn von mir?

Um diese letzte Frage zu erörtern, saßen sie wenige Wochen später, im Herbst 2002, in einem Hamburger Fischlokal. Jakob war auf Heimatbesuch. Vater und Sohn teilten sich eine große Portion Miesmuscheln, mit fettigen Fingern erzählte der Jüngere von den Strom- und Wasserproblemen in der kosovarischen Kapitale, auch zeigte er Bildabzüge aus der Bajram-Kelmendi-Straße.

Jakob konnte zu diesem Zeitpunkt weder sagen, warum er den Brief geschrieben, noch warum er ihn abgeschickt hatte. Aber er konnte nicht mehr hinter seinen Brief zurück. Er war jetzt darauf aus, dass sein Vater die Kosovaren beim Hotelbau unterstützte.

»Finanziell?«

»Ja.«

»Was hältst du denn von ihnen?«

»Sie brauchen Hilfe.«

»Aber wenn ich mir deine Fotos da so anschaue, das ist ja auch architektonisch nicht so prickelnd.«

Jakob schwieg, ließ seinen Vater denken.

»Ich kann ihnen einen Plan zeichnen.«

»Wie meinst du das?«

»Das wäre mein Angebot. Sie bauen, was ich ihnen plane. Geld gebe ich nur für einen sinnfälligen Bau.«

»Aber du würdest Geld geben, ja? Es gibt da eine Stiftung, du könntest das steuerlich absetzen, und wir könnten es trotzdem problemlos den Neziris zuführen, zu hundert Prozent.«

Hans lachte sehr über diese Art von Stiftung, leckte sich die Finger ab, sagte: »Du willst dir da aber nichts abzweigen, Jakob?«

»Ich komm zurecht, ich brauche da unten kaum Geld zum Leben.«

»Gut. Ich lass mich nämlich nicht gern betrügen.«

Der Brief musste Eindruck hinterlassen haben. Sein Vater war Chef, Alphatier, er dirigierte sonst, redete viel, gerne auch ohne Unterbrechung. Sein Ego und die Welt waren unauflösbar fusioniert, weshalb alles, was er beruflich von sich gab, zugleich Erzählung und Selbstdarstellung war. Jakob hatte früher häufig erlebt, wie Leute unter der Rede seines Vaters in sich zusammengesackt waren. Er kannte das Arsenal an schönen, langen Sätzen und wohlklingenden Verben, inmitten derer Hans, gleich Lichtreflexen auf dem Wasser, den hanseatischen Prollslang aufblinken ließ.

Äußerst verwunderlich, dass er an diesem Abend kaum etwas davon zeigte.

Hans schöpfte einfach keinen Verdacht. Er sah in den Neziris weiterhin die Schwiegereltern seines Sohnes, natürlich ging er davon aus, dass alle auf derselben Seite standen, und deshalb fand er es auch nicht erstaunlich, dass Jakob ihnen nach einigen Jahren der Gastfreundschaft auf irgendeine Weise danken wollte. Ein etwas übertriebener, dennoch nachvollziehbarer Dank. Und so stand nichts zwischen Vater und Sohn als ein exzellenter Weißwein, links und rechts davon türmten sich die leeren Miesmuschelschalen auf zwei kleinen Tellern, und als sie auseinandergingen, bedankte sich Jakob überschwänglich, er fühlte sich geehrt, er war zum Vermittler ernannt worden, zum Geldboten.

Am Ende empfand er den Abend, bizarr genug, als ein Spiel, das er gegen seinen Vater gewonnen hatte.

Denn was hatte Jakob eigentlich davon, den Neziris Geld zu schenken? Er wollte sich einen Spaß mit ihnen erlauben, wollte ihnen beim Scheitern zusehen, ich sehe jedenfalls kein anderes Motiv für die ganze Aktion. Nikola hatte entschieden, dass Arjeta mitzugehen hatte in die kosovarische Heimat. Nikola hatte entschieden, dass sie Bedri Haliti heiratete. Nikola versuchte zu verhindern, dass Jakob seinen eigenen Sohn sah. Jakob wollte diesen Mann strafen für die grundlose Verachtung, mit welcher er gegen ihn vorgegangen war.

Geld von demjenigen angeboten zu bekommen, den man verachtete, war eine Strafe.

So muss Jakob gedacht haben, und er kaufte sich zum ersten Mal in seinem Leben einen Anzug, eine passende Aktentasche, ging an einem Vormittag unter der Woche ins Hotel Neziri und schlug mit dem Handteller auf die Rezeptionsklingel. »Ich beobachte seit einigen Monaten, wie wenig ihr hier vorankommt«, sagte er Nikola Neziri ins Gesicht, »und ich muss sagen, ganz ehrlich, es tut mir weh, dass das Mädchen, das ich einmal geliebt habe, so unter Geldnot leiden muss. Deshalb habe ich beschlossen, euch zu helfen.« Nikolas Deutsch war ja miserabel, aber es reichte aus, um Jakob die Tür zu weisen. Nur war der noch nicht fertig mit seinem Auftritt, setzte sich auf einen der Ledersessel und erklärte ohne weitere Umschweife den Deal.

»Du weißt ja, mein Vater ist Architekt. Und für ein funktionierendes Hotelgebäude braucht es einen Architekten. Hier ist seine Visitenkarte. Architekturbüro Schütte & Mansfeld.«

Nikola hielt die Karte in der Hand.

»Ich habe mit ihm gesprochen. Er baut euch dieses Haus um. Das wird alles erst mal abgerissen hier. Er schickt euch in Kürze detaillierte Pläne dafür. Erstens hat er in diesem Jahr außerordentlich gut verdient, zweitens sieht er es als eine Investition.«

Geld und Kompetenz. Jakob meinte auszusprechen, was die Neziris am nötigsten hatten. Jeder Satz war ein Angriff und auch sein Tonfall boshaft, er hatte sich hineingesteigert, sich gehenlassen. Ein Wunder, fand er, dass Nikola ihn auch nur ausreden ließ. Arjetas Vater stand da, als hätte er alle Beleidigungen überhört und seinen albanischen Stolz im Hotelsafe eingeschlossen. Und dann, mehr als eine Minute war vergangen, bestand seine einzige Antwort darin, um eine von Hans Schütte unterschriebene schriftliche Vereinbarung zu bitten, gerne auf Deutsch, er könne das prüfen lassen.

Er hätte auch sagen können: Her mit dem Geld!

Hatte Jakob diese Möglichkeit wirklich nicht in Betracht gezogen? Um Nikola Neziri zu beleidigen, musste man ihm da ein Geschäft anbieten? Die Wut nahm ich Jakob schon ab, aber in meinen Ohren übertrieb er es mit dem Gestus der Abrechnung. Und wo man etwas übertrieb, wollte man sich vielleicht etwas ganz anderes nicht eingestehen. Das hier ist Küchenpsychologie, aber sie drängt sich trotzdem auf: In der Tiefe seines Herzens wollte Jakob Schütte das Geld immer noch gegen Liebe eintauschen.

Deshalb zog er sein Versprechen auch keinesfalls zurück, als ihm klarwurde, wie kindisch sein Verhalten war. Er lieferte das Geld, und er lieferte die Entwürfe seines Vaters. Es war Jakob im Grunde gleichgültig, was die Neziris mit alldem anstellten. In zwei Jahren hatten sie kaum etwas hinbekommen, mag er gedacht haben, wahrscheinlich würden sie die Pläne nicht einmal lesen können.

Um die Episode abzukürzen: Achtzehn Monate später hatten die Neziris auch dieses Geld aufgebraucht. Nicht dass es lautlos versickert wäre, ganz im Gegenteil, das Geld wurde in der Bajram-Kelmendi-Straße zur Schau gestellt als klassizistisch-kalifornische Fassade in Orange, mit Säulen, Pilastern und einem geschwungenen Balkon, unter dem blaues Spiegelglas eingesetzt worden war.

Das Hotel war nun dreigeschossig, es stand aber auch weiterhin eingepfercht zwischen zwei höheren Häusern. Die Raumaufteilung im Inneren waren Neziris gar nicht erst angegangen, und die neue Fassade stellte eine Beleidigung für jedes moderne Auge dar, ganz besonders aber für das Auge eines modernen Architekten, eines Reduktionsästheten wie Hans Schütte. Für Jakobs Vater war Perfektion nicht erreicht, wenn man nichts mehr hinzufügen konnte – sondern wenn nichts mehr wegzulassen war.

Was ich richtig fand: Am Ende kehrte sich die Geschichte doch noch gegen ihren Urheber.

Jakob hatte zwar die Mails seines Vaters beantwortet, nie aber die Anfrage nach Bildern (was auch daran lag, dass er zur Zeit der Hotelfertigstellung gar nicht mehr in Prishtina lebte). Hans Schütte gelangte aber, über welche Kanäle auch immer, an Fotos vom Hotel Neziri, und er schickte diese Fotos einfach weiter an Jakob.

Der Sohn war richtig erschrocken. Ihm war, als erblickte er einen lange geheim gehaltenen Tatort, und so war es ja auch, er hatte das Hotel schlichtweg abgehakt. Hans schrieb *Entwaffnend* in den Betreff der Mail, dazu irgendwas über Vertragsbruch und Unverschämtheit, was schon nicht mehr nötig gewesen wäre. Dem Sohn blieb nur der Gegenangriff. Er schrieb, wie hart das Leben in Kosova sei, schrieb von Armutsgrenze und Kriminalität, Sehnsucht und Aussichtslosigkeit – aber so wie er selbst nichts davon wirklich empfand, wusste er auch, dass es keinerlei Eindruck auf seinen Vater machen würde.

Bevor Hans Schütte dichtmachte, ließ er noch einen einzigen Satz rüberwachsen. Eine spaßige Frage, die Jakob vielleicht amüsieren und auch ein wenig entlasten sollte, die aber vor allem einem Wesenszug der Schüttes entsprang: »Ich frag mich: Wenn das Hotel ihr Traum war, welche Albträume haben solche Menschen?«

Hanseatischer Sarkasmus.

*

2002 war auch das Jahr, in dem ein albanischer Künstler aus Kosova namens Lum Podrimja öffentlich Selbstmord beging. Er begab sich dafür am Vormittag auf einen kaum bevölkerten, aber wohlbekannten Platz in Prishtina und hielt im Schneidersitz eine lange Ansprache, in welcher er sein Vorhaben schilderte und die Passanten davor warnte, ihm zu nahe zu kommen. Podrimja sagte, er sei schon nicht mehr da, er habe den Krieg nicht überlebt. Punkt 12 Uhr, High Noon, sprengte er sich vor den Augen einer knapp hundertköpfigen Menge in die Luft, wobei es seinen Körper, wie die Zeitungen schrieben, in einige hundert Einzelteile zerrissen habe.

An den Tagen nach dem Unglück war das Entsetzen eher gering, nur ein paar Nachrufe erschienen. Erst einige Wochen später begann jemand, im Netz eine Homepage unter dem Namen des Künstlers zu führen; zunächst als R.I.P.-

Forum eingerichtet, wurde daraus bald eine Art posthumes Fanforum, das seiner Zeit um Jahre voraus war. Vielen Kosovaren war das Internet immer noch nicht zugänglich, aber wer die Seite verfolgte, las nun, wie Podrimja als großem Künstler gehuldigt wurde, der mit seinem Freitod die einzig mögliche Konsequenz aus dem kosovarischen Dasein bzw. Nicht-Dasein gezogen habe.

Auch Jakob hatte sowohl von der Sprengung als auch von der Webseite erfahren, aber sein Albanisch war noch nicht gut genug, um alles zu verstehen. Wann endlich gibt es einen eigenen Staat, wurde auf der Seite gefragt. Wie viel Zeit gibt sich die UNMIK noch, bevor sie abzieht? Wer entschuldigt sich für die Serben und wann? Aber auch: Wer bringt die großalbanischen Träumer zum Schweigen? Es waren Fragen, die sich viele Kosovaren stellten, einige ehemalige Freunde des Künstlers fühlten sich sogar aufgefordert, die Fragen zu vertiefen, aber ihre Zuschriften wurden auf der Homepage nicht veröffentlicht. Shpëtim Podrimja, Onkel des Toten, meldete die Webseite daraufhin der kosovarischen Polizei, mit den gleichen Auswirkungen, die eine Meldung bei seinen verstorbenen Großmüttern gehabt hätte.

Ein Impressum besaß die Seite nicht. Und der Unbekannte, der sie betrieb, ging nun noch einen Schritt weiter, indem er Kriegsbilder postete – verstümmelte Leichen, niedergebrannte Häuser – und sie als Originalbilder des verstorbenen Künstlers ausgab. Was sie auch nachweislich waren. Podrimjas UÇK-Einheit hatte für Versorgungsnachschub in den Dörfern um Prizren gesorgt, Lum Podrimja persönlich war im Krieg für die fotografische Dokumentation zuständig gewesen.

Shpëtim Podrimja schrieb in der Zeitung, sein verstorbener Neffe hätte seine Kamera niemals jemandem ausgehändigt, er habe auch die grauenvollen Fotos nur im engsten Kreis gezeigt, und dass sie öffentlich auf *seiner* Homepage zugänglich seien, könne man nur als bösen Spuk bezeichnen. In Prishtina sprach man über diesen Artikel, denn darin mutmaßte der Onkel, die Homepage könne im Grunde nur vom Künstler selbst eingerichtet worden sein, und wer immer posthum in seinem Auftrag arbeitete und begonnen habe, den Namen der Familie Podrimja zu missbrauchen, möge sich der Öffentlichkeit stellen.

Da waren schon einige Monate seit der Sprengung vergangen.

*

Ich muss an dieser Stelle zweierlei einflechten: Arjeta hat mir später erzählt, es habe sich bei Hans Schüttes Hotelsponsoring im Ganzen um eine Summe im niedrigen fünfstelligen Bereich gehandelt. Nichts, womit man einen Umbau finanzieren konnte, auch nicht in Kosova. Das andere ist, ich habe bei Jakob einmal nachgehakt und meinen Verdacht bestätigt gefunden: Dass Arjeta den Finanzdeal nicht einmal kommentierte, war für ihn ein weiterer Niederschlag.

Sie gab sich demonstrativ unbeeindruckt. Wenn er Leka am Mittwochmittag abholte oder am Mittwochabend wieder abgab, kam es ihm vor, als fahre Arjeta ihre Wahrnehmung auf ein Mindestmaß herunter. Ihr schärfstes Messer, sagte er, war ihr stumpfer Blick. Seiner Ansicht nach hatte sie sich zu diesem Zeitpunkt schon zu weit von ihrem Vater entfernt, um das Hotel noch interessant zu finden.

Leka wurde derweil zweisprachig erzogen. Bedri sprach gegisches Albanisch mit ihm, Arjeta Deutsch. Das war der Grund dafür, dass Leka auch Jakob schon früh verstehen konnte. Mit zweieinhalb Jahren nannte Leka ihn zum ersten

Mal Papa, was in einer Wirklichkeit, die ihm permanent das Kind entzog, mehr war als nur ein kleiner Trost. Für Jakob begann im Spätsommer 2003 mit diesem Papa eine neue Wirklichkeit.

Was auch daran lag, dass just in diesen ersten Papa-Wochen ein Start-up aus London auf die Landkarten aufmerksam wurde, die er für ein Spiel designt hatte. Es mag sich unwirklich angefühlt haben, dass ihn in seinem kleinen Schulkabuff am Ende Europas jemand entdeckt hatte und ihn sogar zum Vorstellungsgespräch einlud, unwirklich auch deshalb, weil die Einladung Autorität hatte, wie eine fremde Macht, der er besser gehorchen sollte. Zwei Wochen später sah Jakob sich in Bethnal Green zwei deutschen Junghistorikern gegenüber, die als Autoren für das Londoner Büro arbeiteten. Sie saßen in ihrem vollverglasten Besprechungsraum, beide trugen Cardigans und jene Hornbrillen, die erst etwas später in Mode kommen sollten. Es hieß, sie fahndeten explizit nach deutschen Programmierern, das läge am Stoff des Computerspiels *Fallex 66*, mit dem sie ins Geschäft einsteigen wollten.

Einer der beiden Chefs kam hinzu. Er war in Deutschland geboren worden, nahe einem bekannten Wintersportort, weshalb die Firma *Gamish Part & Curtain* hieß. Ein heikles Wortspiel, das einige Entscheidungen nach sich zog. Der Mann stellte sich als B. Part vor, ein Name, an den Jakob keine Sekunde lang glauben konnte, aber vielleicht gehörten solche Spielereien in der Branche jetzt dazu.

Das Gehalt, das sie ihm anboten, war mehr als dreimal so hoch wie sein Durchschnittsverdienst der letzten Jahre. Er erbat sich trotzdem Bedenkzeit, weil er das für professionell hielt, und noch am selben Abend besuchte Simon, einer der Historiker, Jakob im Hotel und studierte mit ihm den vertraulichen Stoff. Jakob lernte, dass *Fallex 66* der Titel einer NATO-Übung gewesen war, welche die Regierung der Bundesrepublik Deutschland im Jahr 1966 in einem Atomschutzbunker mit einigen Abgeordneten des Parlaments abgehalten hatte. Es ging um die Frage, unter welchen Umständen Atomwaffen gegen den Feind im Osten eingesetzt werden mussten.

Fallex 66 war nicht mehr und nicht weniger als eine strategische Simulation des Dritten Weltkriegs.

Noch in dieser Nacht schlichen sich die Fakten in Jakobs Träume und führten dort ihr eigenes Spiel auf. Ein Abgeordneter hatte die vertraulichen Unterlagen in einem Buch veröffentlicht. Vier feindliche Orange-Divisionen seien auf dem Balkan stationiert, hieß es, die Lage sei sehr schwierig. Jemand warnte vor einer Front an der innerdeutschen Grenze. Am 20. Oktober 1966, 19 Uhr, hieß es im fiktiven Lagebericht aus dem echten Atombunker: »Die Innenstadt von Lüneburg ist durch Bombenangriffe zerstört.«

Jakob war aus dem Traum aufgeschreckt, nicht wissend, wo er eigentlich war. Wie schnell das gehen konnte! Seine Heimatstadt, die im Zweiten Weltkrieg so viel Glück gehabt hatte, nun lag sie in Trümmern.

Unten auf der Straße war ein Reifen geplatzt.

Am Morgen sagte er den Job zu. Sein Wohnsitz war ihm vor den Londonern peinlich. Als es ernst wurde, im Moment der Unterschrift, musste er den Stift fest aufs Papier drücken und sah doch sein Kind vor sich, das er drei Tage zuvor noch auf den Schultern durch die kosovarischen Berge getragen hatte. Auf dem Tisch lag ein Arbeitsvertrag, Jakob aber kam es vor, als unterschreibe er die Verpflichtung, den Kampf um seinen Sohn aufzugeben.

Auf dem Rückflug stand Jakob vor Augen, was geschehen

würde: Er würde Leka versprechen, bald wiederzukommen, ihm Briefe zu schreiben, die seine Mutter ihm vorlesen würde. Versprechen, ganz viel zu telefonieren. Er würde sagen, dass Bedri gut auf ihn aufpasste. Alles, was man einem Zweieinhalbjährigen eben sagte, bevor die Tür ins Schloss fiel und die Tränen kamen.

Genau so trat es ein.

*

Sie hatten ihm zum Vertrag einen Wohnungsschlüssel in die Hand gedrückt, an einem Schildchen baumelte die Adresse. Im September 2003 bezog Jakob eine Einzimmerwohnung im Nordosten von London. Aus dem Zimmer blickte er hinab auf den schmalen Grand-Union-Kanal, am gegenüberliegenden Ufer hatten Hausboote festgemacht, und wenn deren Holzöfen frühmorgens befeuert wurden, lag Rauch auf dem Wasser wie in dem abgenudelten Song. Hinter den Booten verlief ein Weg, der so schmal war, dass Jakob oft die warnenden Klingeln der Radfahrer hörte. Beugte er sich aus dem Fenster nach Norden, sah er auf das Blätterdach von vier Weiden, die sich um ein Schleusenbecken gruppierten.

Allein diese Bäume! Er war sofort in diesen Ausblick verliebt gewesen. Hatte es in der Innenstadt von Prishtina eigentlich einen einzigen Baum gegeben? Auf der anderen Seite des Kanals begann der Victoria Park, Jakob ging zwischen Platanen spazieren, die einen breiten Weg überdachten. Die Blätter verfärbten sich wundersam. Er schlurfte durchs Laub. Schuluniformen schwappten vorbei, eine Taube wankte wie ein Rentner mit künstlicher Hüfte. Ein kleiner, aber durchtrainierter Jagdhund hielt eine Vorderpfote in der Luft, als machte er Tai-Chi. Zwei bis drei Meter entfernt saß ein graues Eichhörnchen, das der Hund angreifen wollte. Aber es war zu wachsam, schoss einen Baum hinauf, einen unsichtbaren Faden um den Stamm wickelnd.

Lebensrhythmen. Herbstluft. Er konnte kaum fassen, wie lange er es in Prishtina ausgehalten hatte. Wie beschränkt er gewesen war.

Im Büro gehörte er zu einem achtköpfigen Team, darunter waren fünf Briten, kompetent, hilfsbereit und dabei auf eine humorvolle Weise cool. Jakob bekam von ihnen einen Spitznamen, sie nannten ihn *Fleethand*, später nur noch *Fleet*, weil seine Hände in rasender Geschwindigkeit über die Tastatur flogen.

Sie designten zunächst den Regierungsbunker von Ahrweiler, für den es detaillierte Pläne gab. Der Bunker wurde für den Prolog benötigt, danach weitete sich der Spielraum. Jakobs Jugenderfahrung mit großräumig angelegten Rollenspielen kam ihm jetzt erstmals zugute, er behielt die Spielübersicht, korrigierte die Autoren, wenn sie Anschlussfehler im Skript machten. Jakobs erste Modelle stießen auf eine Begeisterung, die ihn zusätzlich anspornte, und auf den Straßen meinte er oft den Figuren aus dem Spiel zu begegnen, das sie doch gerade erst im Begriff waren zu gestalten.

Er zeichnete eine Landkarte, und die Landkarte spiegelte, wofür er dankbar war. Zurück zu sein in Zentraleuropa. Oder Nordeuropa, Westeuropa, egal. Back to life.

*

Hinter der Southwark Cathedral, im Schutz der London Bridge, stand ein kleiner Snackwagen mit magentaroten Tischchen und Eisenstühlen. Wenn man dort saß, erzählte mir Jakob Schütte, hörte man Schweißarbeiten, Ambulanz,

Zuggrummeln, dann Zugdonnern, einen Helikopter über der Themse, Gesprächsfetzen, Taubenflattern, ein Glockenspiel mit Dreiklang, das Rascheln von Schawarmatüten. Man roch das Curry in den zurückgelassenen Pappen. Konnte Gesichter und Kleider studieren, Designeranzüge und Hautfarben, alles festhalten, skizzenhaft nur. Zivilisation in allen Facetten, Tausend-Ethnien-Welt.

Seine Handzeichnungen waren nie gut gewesen, eigentlich machte er nur noch Vektormodelle. Trotzdem trug das Zeichenheft dazu bei, dass Prishtina in die Ferne rückte. Dass ausgerechnet die Neziris von Business geredet hatten, war vor der neuen Weltstadtkulisse der allergrößte Witz. Hatte er wirklich jahrelang in einer Innenstadt gelebt, in der alle auf den Beinen gewesen waren, aber niemand Geld verdiente? Konnte es das überhaupt geben, eine Geschäftigkeit ohne Ziel?

In London stellte alles, was er hörte, las oder beobachtete, ganz von selbst eine Verbindung zum Thema Arbeit her.

Andere Grafiker inspirierten sich mit Scifi-Zeug; Jakob hatte Hunderte von Nachkriegsfotos in den kosovarischen Dörfern gemacht. Er sah sie immer wieder durch. Zerstörung, Wiederaufbau, Rohbau, Dreck und Beklemmung. Selbst die meisten Denkmäler für die Befreiungshelden waren unfertig geblieben, und nichts war so interessant für die Bildgestaltung wie das Unfertige. Irgendeine schräge Dachrinnenkonstruktion, eine Rohrführung, das architektonische Patchwork. Die kosovarischen Stromnetze sowieso. Die unfertigen Settings wurden zu Jakobs Handschrift, das würde man noch am fertigen *Fallex 66* nachvollziehen können.

Er ging damals außerdem durch Londoner Ausstellungen, sah sich Bilder von den Wachposten an, die im Blitzkrieg die

Verantwortung für die Bombenschutzmaßnahmen getragen hatten. Er las Vonneguts Roman über den Feuersturm auf Dresden, dann sah er einen Film über die Zerstörung von Coventry, eine Frau rief unter Tränen »Oh no, not the cathedral«. Jakob war rund um die Uhr damit beschäftigt, die Zeit zu überbrücken, die Leiden des Zweiten Weltkriegs und des Kosovokriegs in mögliche Leiden am Atomkrieg zu übertragen, der im Mittelpunkt von *Fallex 66* stand. Als er einmal Arjeta davon schrieb, fand sie ihn geschmacklos, sogar zynisch, und er war happy, dass es ihm zum ersten Mal fast egal war. Wer war sie, dass sie seine Art und Weise kritisierte, Input zu finden?

Er schrieb ihr dennoch zurück. Er sei zwar nicht überzeugt davon, dass sich Geschichte wiederhole, aber dass man sie anhalten könne, wie man Bilder anhielt und Töne, das glaube er schon, dass alles Geschichte sei, seit sechzig Jahren oder seit einem Augenblick.

Einmal bekam Jakob eine Mail von seinem Vater. Hans habe nachgedacht und sei zu dem Ergebnis gekommen, dass seiner Investition in Kosova eine so krasse Fehleinschätzung von Seiten Jakobs vorausgegangen sei, dass er das Neziri-Geld eigentlich zurückfordern müsse.

Das kleine Wort *eigentlich* war es, das Jakob zuerst verärgerte und das ihm dann umso mehr imponierte. So schrieb ein echter Geschäftsmann. Er packt dich bei der Ehre und lässt dich mit der Frage allein, ob du nicht *eigentlich* auch so denken solltest wie er. Der Sohn fühlte sich provoziert. Denn abgesehen davon, dass er täglich neue Kompetenzen erwarb – wo entlang führte der Weg nach oben? Wo genau? Er war zum Beispiel geradezu nervös geworden auf dem Betriebsausflug ins Geffrye Museum, wo eine Ausstellung den

Mittelstand feierte. Es war das erste Mal, dass er seine Chefs langweilig fand. Feige sogar. Wollten sie Mittelstand sein oder die Gamewelt erobern?

Auf einem Abendspaziergang gelangte Jakob zufällig an den Ort, wo Daniel Defoe am Pranger gestanden hatte, und besorgte sich deshalb im nächsten Buchladen *Robinson Crusoe.* Er kam nach Hause, zog die Schuhe aus und die Kapuzenjacke, schlug das Buch auf. Und konnte es nicht fassen. Das Buch begann damit, dass der Vater seinem Sohn erklärte, dass es etwas zwischen Arm und Reich gab, das seine Berechtigung aus der Geschichte zog. Weder Neid und Verschwendungssucht noch bittere Armut, hieß es, kennzeichneten die mittlere Klasse.

Die Mitte? Die Mitte war ja das, wo er hindurchmusste. Jakob hatte die Vorstellung eines Puddings, der einen verschluckte, in dem man steckte, durch den man sich vorankämpfen musste. Das Bild eines Tunnels, der in die Freiheit führte, und er selbst mit dem Teelöffel, grabend. Die Mitte war das, worin man sich *gezwungenermaßen* befand. Hier in London liefen sie schließlich alle herum, diejenigen, die es geschafft hatten. Und sie zeigten ihm: Alle Zeit, die er in Prishtina verbracht hatte, war verlorene Zeit.

Sein viertes Lebensjahrzehnt hatte begonnen.

Er wollte die Mitte hinter sich lassen.

Obwohl *Fallex 66* noch nicht erschienen war, arbeitete er bereits am Nachfolgeprojekt *Wintex 83*, das auf einer weiteren geheimen NATO-Übung aufbaute. Im Frühjahr 2005 stellte sich erstmals das Gefühl einer Unterforderung ein, und er suchte Ablenkung auf einer Konferenz, sprach auf Englisch über die Zukunft des MMORPG. Jakobs Vortrag visualisierte, wie das Netz als allererste Instanz auf Erden die

Menschen aller Orte zeitgleich zusammenführte. Wie dieser Umstand das Spielen gerade für immer veränderte.

In stillen Nächten hörte er sie wachsen, die Community. Er wusste, dass er Teil einer großen Bewegung war. Und je stärker ihm das bewusst wurde, je besser er in der Londoner Arbeitswelt zurechtkam, desto scheußlicher wirkte in denselben stillen Nächten die Demütigung nach, die ihm die Neziri-Bande zugefügt hatte. Nach zwei Jahren London hatte er so viel erreicht, dass er sich von ihnen völlig fehleingeschätzt fühlte. Unterschätzt war da schon ein zu geringes Wort. Die Neziris – und er konnte das in sich hineinsprechen wie die Worte Hexenmeister, Dämonen oder Orcs – hatten ganze Arbeit geleistet. Aber sie hatten ihn nicht ausgelöscht.

8

Regelmäßig schickte Arjeta ihm Fotos von ihrem gemeinsamen Sohn, achtete aber peinlich genau darauf, selbst nicht abgelichtet zu sein. Regelmäßig meint: alle vier Monate. Und wenn Jakob auch stets damit rechnete, dass sie die Mühe bald scheuen würde, immer kam Nachschub, und jedes Mal klopfte sein Herz, wenn er einen dieser Fotobriefe aus dem Kasten nahm.

Jakob hatte es sich zum Ritual gemacht, in den Victoria Park hinüberzugehen und dort auf einer Parkbank in aller Ruhe das Kuvert zu öffnen.

Die Fotos veränderten vor allem seinen Blick auf die Vergangenheit. Im Rückblick stellte er fest, dass er sich in Prishtina etwas vorgemacht hatte, damit Arjeta nicht vollends triumphierte. Mit dem Baby Leka hatte er nie wirklich viel anzufangen gewusst, und erst in den vergangenen zwei Jahren war die Identität seines Sohnes so weit gereift, dass Jakob davon ergriffen wurde. Lekas Haare, die Augen, sein offenes Lachen, die Bewegung in bestimmten Situationen, das alles rührte den Vater an.

Ja, ich vermisse ihn, sagte er sich. 2500 Kilometer trennten die Parkbank, auf der er saß, von der Entwicklung seines Sohnes. Jakob hatte nur diese Standbilder. Telefonieren durfte der Junge nicht.

Im Frühjahr 2007 geschah etwas Erstaunliches. Arjetas jüngster Bruder Rrustem schrieb Jakob einen Brief. Er schrieb vom Hotel, vom Stolz der Familie. Sie seien alle dankbar für die Zeit in Deutschland, sie hätten viel gelernt, und es sei der Krieg, der ihn, Rrustem, bis heute nicht loslasse. Es war ein kurzer Brief mit großen Lücken zwischen den Sätzen. Das Allerwichtigste stand am Ende. Acht Jahre nach dem Hausarrest in Hamburg-Wilhelmsburg stand da: »Tut mir leid, schlechte Gastgeber damals.«

Jakob hatte sich daraufhin zurückgemeldet, ohne sich zu bedanken. Zweimal war er in den Jahren zuvor für Wochenenden nach Prishtina geflogen, aber erst von dieser dritten Reise im Sommer 2007 erzählte Jakob mir ausführlich, weil sie einen neuen Abschnitt in seinem Leben einleiten sollte. Sein Taxi hielt in der Bajram-Kelmendi-Straße. Jakob hatte mit Rrustem vereinbart, dass er dieses Mal im Hotel Neziri wohnen würde. Er hatte in Koffer und Ledertasche investiert, trug ein gestärktes weißes Hemd, Krawatte in dunklem Tweed, wie getarnt. Ein erfolgreicher Londoner Geschäftsmann.

An der Hausecke wurde gerade ein Gerüst aufgebaut. Da standen ein paar Hanseln herum, im Baulärm, im Nieselregen. Das gesamte Schauspiel, wie Jakob es von ihnen kannte. Das Hotel kam Jakob vor wie die Kulisse einer Dauersatiresendung. Keiner der Neziris ließ sich blicken. Zwei Handwerker begleiteten ihn hinauf in den zweiten Stock. Die Zimmertüren hatten Knauf statt Klinke, damit man nicht überall hineinsehen konnte. Im Vorbeigehen befühlte er eine Treppenhauswand, klopfte sie ab, sie schien massiv zu sein. Plötzlich stand Rrustem vor ihm, streckte die Hand aus.

»Willkommen! In einer Stunde unten«, sagte er.

»Lass mich mal ein bisschen ausruhen.«

»Na, na, jetzt schon?«

»Rrustem. Es ist gut, dass du mir geschrieben hast.«

Jakob schloss die Tür, riss das Fenster auf. Anhaltender Baulärm. Irgendwer hatte unten das Radio aufgedreht, Radio KFOR, wenn es das noch gab, fünf Uhr nachmittags, diskolastiges Programm. Der Beat, dachte Jakob, muss endlich ins Land. Er sah sich im Raum um: ein Fernsehgerät, im halboffenen Bad ein Jacuzzi aus reinem Kunststoff. Ein Sprung im Acryl der Duschtasse hielt ihn davon ab zu duschen.

»Ich mache jetzt auch in Waffen«, sagte Rrustem, als Jakob die Treppe noch gar nicht ganz hinabgestiegen war.

»Wieso Waffen? Wieso auch?«

»Dieso«, sagte Rrustem und lachte. Die Freude darüber, sich an etwas ganz und gar Deutsches zu erinnern. Dieso. Es war drückend warm, der Regen aber noch stärker geworden, als sie das Hotel verließen. Rrustem humpelte leicht, er trug eine moderne Prothese, hatte sich aber anscheinend immer noch nicht operieren lassen. Auch alles andere schien Jakob unverändert: Zwei Häuser, die direkt an der Straße standen, umklammerten eines, das fünf Meter zurückversetzt war. Es gab in ganz Prishtina keinen einzigen durchgängigen Fußweg. Es gab auch seit dem Krieg keinen Grundrissplan der Stadt, niemand war in der Lage, Bauauflagen zu erstellen. Eine Volkszählung stand aus. Das waren Arjetas Themen, Jakob hatte ihre Mails vor der Reise noch einmal gelesen, aber als er jetzt mit Rrustem durch Prishtina ging, wurde ihm klar, dass ihm der Zustand der Stadt immer schon völlig gleichgültig gewesen war.

Mitten auf der Fehmi-Agani-Straße war der Verkehr zum Erliegen gekommen, Menschen standen um ein Absperrband herum: Ein Schlagloch hatte sich zu einem Krater vertieft, darin lag ein Motorrad, den Fahrer sah man nicht.

»Wo ist Leka, ist er zu Hause?«

»Weiß nicht. Arja ist in Peja.«

»Aha. Wie kommt's?«

»Sie baut Ausstellung auf.«

»Was denn für eine Ausstellung?«

»Na, sie ist jetzt mit den Künstler.«

Rrustem starrte in den Straßenkrater, nach einer Weile sagte er: »Mein Job, weißt du, wir registrieren Waffen.«

»Ich dachte, für einen Job muss man Leute schmieren.«

»Ballistik, weißt du? Alle Waffen. Wir machen ein Datenbank. Einschusse, Kanale, Krummungen, *burn marks*. Damit man in Zukunft weiß, woraus geschossen wurde.«

Zukunft? Für Jakob klang der Job eher nach Vergangenheit, nach Aufräumarbeiten, nach der Entwaffnung der Rebellen, die schon Jahre zurücklag. Oder wollte Rrustem ihn bedrohen? Wenn ja, funktionierte es nicht, eher freute er sich darüber, dass Arjetas Bruder überhaupt mal was anderes machte, als vor dem Hotel rumzulungern.

So schlichen sie nebeneinander her, setzten sich schließlich in einen kleinen Studentenclub, bestellten polnisches Bier. Rrustem hatte Eau de Toilette aufgelegt und unter der Regenjacke sein bestes Hemd angezogen, blaukariert. Ein Businessman, der allerdings immer noch rauchte wie ein Schlot und jetzt eine neue Zigarettenpackung anriss.

»Kommt ihr denn insgesamt klar, ich meine, jetzt mit deinem neuen Job?«

»Brauchen immer Geld, Jakob.«

»Ich denke, ihr braucht erst mal eure Genehmigung.«

»Dafür brauchen wir das Geld. Das wusste schon Galilei.«

»Was?«

»Teufelskreise. Sie sind rund.«

Sssssst. Rrustem malte dazu mit der Zigarette einen Kreis in die Luft.

»Willst du auch eine?«

Und der Regen strömte die Fensterscheibe hinab.

So saßen sie in ihren Anzügen unter den mittellosen Studenten. Und plötzlich fiel Jakob ein, dass er schon einmal mit Rrustem ausgegangen war, ein einziges Mal, und dass er Rrustem vor dieser Scheibe einmal hatte telefonieren sehen, der war vor Freude auf und ab gehüpft, denn genau an diesem Tisch hatten sie den Anschubdeal für den Hotelbau besprochen, Jakob hatte den Glücksboten seines Vaters gespielt, und Rrustem war hinausgelaufen, um Nikola Neziri die Nachricht zu vermelden.

Jakob hatte es völlig verdrängt.

»Steht mir eigentlich noch eine Gegenleistung zu für die Hotelspende? Ich schreib seit einiger Zeit an einem Computerspiel, Rrustem, vielleicht könntest du mir mit ein paar ballistischen Daten von deinem neuen Arbeitsplatz behilflich sein.«

Rrustem lächelte vieldeutig.

»Egal, mir ist das hier zu laut«, sagte Jakob.

»Weil du nichts verstehst«, konterte Rrustem.

Stimmte auch. Die albanische Sprache beklemmte ihn plötzlich, alle redeten durcheinander und zu schnell. Jakob ging das Bier bezahlen und sagte zu Rrustem, dass es sein letztes Bier für diesen Abend gewesen sei und er noch ein wenig spazieren wolle.

Sie gingen nebeneinander her, bis Arjetas Bruder einen Anruf bekam und sich deshalb leicht zurückfallen ließ, das heißt, er blieb wohl einfach stehen, während Jakob weiterging durch die Fußgängerzone, an einer grünüberdachten

Bühne entlang, die von Menschen umringt war und von der eine Coverband *But I still haven't found what I'm looking for* sang. Erst am Kulturministerium bog er links ab zur Kunstfakultät. Auf der Brache glänzte im Regen der Müll, mittendrin stand die Nationalbibliothek: martialisch und mit ihren milchweiß erleuchteten Glaskuppeln, hundert Linsen, die im Himmel nach Antworten suchten.

Es hatte aufgehört zu regnen, die Luft war klar, aber das Gedächtnis ging komische Wege, es hatte ihn im Kreis herumgeführt. Das Viertel hinter der Universität hatte Jakob angesteuert, dabei war er anscheinend schon auf der richtigen Seite gewesen. Hier, wo die Straßen abschüssig waren und das Wasser über Gullys hinwegschoss. Schon wieder zu viel Regen für diese Kanalisation. Dreimal musste er noch abbiegen, dann stand er in der Toreinfahrt zu seiner alten Wohnung.

*

Die nächtliche Regenluft hatte der Stadt ihren kühlen Schleier übergeworfen. In spätestens zwei Stunden würde die Sonne ihn gelüftet haben. Arjeta stieg aus dem Bus und zog ihre Schultern nach hinten, was sie schon früher gemacht hatte, es erhöhte sicherlich den Schmerz im Nacken, bevor er sich dann fürs Erste verflüchtigte. Da hupten schon die Autos aus beiden Richtungen, hupten und fuhren wieder an, vor ihren Knien vorbei und hinter ihren Waden, denn sie war mitten auf dem Zebrastreifen stehengeblieben, ohne dass es eine Insel dafür gab. Mitten auf der Straße, weil sie ihn gesehen hatte.

Jakob wollte winken, hob dann aber die Arme, eine laxe Entschuldigung, hier am Schultor zu stehen, so kurz vor ihrem Unterricht.

»Jakob, sehr schick.«

»Wie geht's euch?«

»Ja, geht so.«

»Rrustem meinte, du bist in Peja.«

»Ab morgen. Heute hab ich noch Unterricht.«

»So ein Glück. Kunst, nehme ich an.«

»Deutsch.«

Nur Arjeta kannte die Richtung, in der sie über den Schulflur gingen, eiligen Schrittes, es kam Jakob nach der imaginären Verkehrsinsel schon wie die zweite Filmszene vor. Frau in Kostüm gab das Tempo vor, sah betont geradeaus, während der Mann versuchte, Anschluss zu halten, und ihr schließlich in den Rücken fiel: »Ich setz mich mit rein, und danach gehen wir einen Kaffee trinken.«

Jetzt blieb Arjeta stehen: »Weder noch, und das weißt du auch.«

»Ich wohne bei deinen Eltern.«

Arjeta wendete sich einer Schülerin zu, sie wollte Jakob im Unsicheren darüber lassen, ob sie seinen letzten Satz gehört hatte. Er drehte sich aus ihrem Blickfeld. Die Klassentür schloss sich hinter dem letzten Schüler, und als Arjeta zur Ruhe mahnte, »Guten Morgen« an die Tafel geschrieben hatte und sich wieder umdrehte, saß Jakob bereits in der hintersten Ecke des Raumes. Das war für ihn jetzt aufregend zu beobachten. Wie sie mit der Macht rang, ihn rausschmeißen zu können, wie sie gleichzeitig seine direkte Art wiedererkannte. Der Kampf trotzte ihr ein Lächeln ab, und sie ließ ihn sitzen.

Sie sprach noch immer nahezu perfekt deutsch. Alles Didaktische gelang ihr mühelos: Sie teilte die Schüler in Gruppen ein, blickte ihnen über die Schultern, verbesserte sie freundlich, leitete die Diskussion, redete ihnen gut zu. Passenderweise klebten an den Wänden Blumen und Bienen aus buntem Papier. Jakob kam sich vor wie auf einem Ausflug in das Paradies, aus dem er vertrieben worden war. Der Sündenfall lag lange zurück, in der Luft hing nur mehr ein Schatten davon: die Kränkung darüber, dass er diese Frau anscheinend so überhaupt nicht nervös machen konnte. Sie war locker. Warum auch nicht? Weil er das noch immer nicht gekonnt hätte. Je mehr er davon träumte, dass seine Anwesenheit sie zu irgendetwas anspornte – zu einer besonderen Präsenz, einer Lautstärke, einer Doppeldeutigkeit, die sich auch an ihn richtete –, desto weniger hielt die Wirklichkeit stand: Immer weicher wurden Arjetas Handbewegungen, und als sie einmal über Kopfhöhe etwas an die Tafel schrieb, schien sie sich nicht mal strecken zu müssen.

Jakob hatte ihr das danach sofort sagen müssen – bei leichtem Regen am Grand Hotel vorbei nach Qafa. Den ganzen Weg lang machte er ihr Komplimente für das, was er gesehen hatte. Sie war unanfechtbar gewesen in ihrer milden Autorität. Wahrscheinlich fand Arjeta, dass er übertrieb, wie er immer mit allem übertrieben hatte, aber sie bedankte sich artig, und endlich errötete sie auch. Das war nur das Zeichen nachzusetzen, und er setzte nach, sie könne jederzeit in Deutschland unterrichten, sagte er.

Da hob Arja dämpfend die Hände, lass gut sein, klar, verstanden, ein Übergriff. Jakob ging voran ins *Kafja e Vogël*, das kleine Café. Drinnen war ihm die Musik zu laut, außerdem war es warm genug, sie setzten sich unter einen Sonnenschirm.

Er erzählte von London. Von den aktuellen Spielprojekten, auch davon, dass er nicht mit allem übereinstimmte, was seine Chefs dachten. Und dass er manchmal glaubte, es würde ihm vielleicht mehr entsprechen, eine eigene Firma zu gründen.

»Ja, hast du mir geschrieben.«

»Ich habe gestern deinen Bruder gefragt, ob er sich vorstellen könne, im nächsten Jahr, also ab Januar, für mich zu arbeiten. Ein Kriegsspiel. Schließlich ist Rrustem im Krieg gewesen und hat einiges erlebt.«

»Du willst unser Schicksal benutzen?«

»Ausbeuten, sagt man. Ausschlachten. Das Schicksal eines ganzen Volkes.«

»Das ist nicht lustig, Jakob.«

»Mein Eindruck war, dass dein Bruder durchaus Interesse hat. Er leidet ja immer noch unter seinen Knochen ...«

»Der will sich nicht operieren lassen.«

»In Deutschland bestimmt. Warte mal ab. Mit einem Arbeitsvertrag lassen sich schon ein paar Türen öffnen.«

Sie trank ihren Cappuccino, und Jakob sah ihr an, sie wollte das alles nicht kommentieren, solange sie nicht wusste, was ihr Bruder tatsächlich geantwortet hatte. Oder durchschaute sie seine Lügen?

»Wie wäre es denn, wenn du mir bei dem Spiel hilfst. Deine Erfahrungen in beiden Kulturen, davon könnte die gesamte deutsch-albanische Kulturlandschaft profitieren.«

»Was wird das jetzt, ein Förderantrag?«

»Wir könnten wenigstens noch mal Geschäftspartner werden. Denk drüber nach.«

»Weißt du, mich stört nicht, dass du um mich wirbst, Jakob. Mich stört, dass du meine Situation hier nicht bedenkst. Dass du mich nicht mitdenkst. Du könntest auch mal nachfragen. Und selbst wenn du schreibst, dass *du* die Verantwortung für unsere Familie nicht einfach ablegen kannst ...«

»Aber da denke ich doch gerade *nicht* an mich.«

»Das glaubst du nur. Das kommt mir manchmal, entschuldige, wie dein Programmierfehler vor.«

»Interessant, wie meinst du das?«

»Jakob, du bist der Letzte, der uns helfen muss. Niemand erwartet das. Ich hätte damals schon das Geld von deinem Vater nicht angenommen. Und damit sage ich nicht, dass ich es grundsätzlich falsch finde, was dein Vater getan hat.«

»Hörst du eigentlich, was du da für widersprüchliches Zeug von dir gibst, Arja?«

»Klar, ich bin ein lebender Widerspruch!« Sie lachte.

»Jetzt bist du nicht lustig. Wie soll ich –«

»Okay, hier ist meine Realität. Ich unterrichte Kinder. Ich setze mich für die Rechte kosovarischer Frauen ein. Mein Vater kann nichts mit mir anfangen. Ach ja, eigentlich will ich Kulturmanagerin werden.«

»Willst du mich jetzt mit deinem Vater vergleichen?«

»Ich hab gerade gesagt, dass mein Vater nichts mit mir –«

»Sorry, aber ich halte deinen Vater für ein absolutes –«

»Ja, ja, du hältst, du hast, du siehst. Ihr wisst immer alles. Dabei seht ihr gar nichts. Wenn ich Nikola kritisiere, heißt es gleich, ich lehne ihn ab. Das ist gerade das, was so Scheiße ist, Jakob. Aber ich bin jetzt hier mit ein paar Leuten zusammengekommen, die mich weitergebracht haben, im Sinne von ›Wir sind nicht auf der Welt, um die albanische Familie zu zerstören, sondern um ihr den Geist des 21. Jahrhunderts einzuhauchen‹. Ein paar Künstler, weißt du, die darüber nachdenken, wohin die Traditionen uns führen und was dieses Land in Zukunft sein soll.«

»Du verrennst dich.«

»Also bitte, Jakob!«

»Nein, jetzt gerade verrennst du dich. Ist gar nicht deine Art.«

»Ich will nicht von dir hören, was meine Art ist.«

»Kämpfst du gegen mich? Ich bin nicht als Gegner gekommen. Oder nimmt dir deine Selbstbehauptung sonst niemand ab?«

»Ach du liebe Güte, die Ventiltheorie?«

»Sitze ich hier gerade als Stellvertreter einer Männerwelt, von der du dich irgendwie generell unverstanden fühlst?«

»Pfff.«

»Wenn ja, passt mir das gar nicht.«

»Vielleicht solltest du mal deine Ansprüche zurückschrauben.«

»Fühlst du dich unterdrückt oder wie?«

»Jakob, was soll das, in Kosova werden selbständige Frauen unterdrückt. Da gibt es gar keine zwei Meinungen.«

Jetzt lachte er. »Da gibt es gar keine zwei Meinungen. Voll hamburgisch. Wie du das sagst.«

»Jakob, hör auf damit! Warum lass ich mich überhaupt auf deine Spielereien ein!«

»Ich habe dich eingeladen, mit mir zu arbeiten. Es ist das einzige Mal, dass ich es versuche.« Er bestellte sich auf Albanisch einen Kaffee.

»Okay, und ich habe dir abgesagt, weil mich ein Computerspiel über Kosova nicht interessiert. Weil meine Zukunft *in* Kosova liegt.«

»Wenn das so ist, völlig in Ordnung.«

Endlich schwiegen sie. Und während Jakob seinen Blick beleidigt, traurig auch hinüberzog auf die neben dem Eingang aufgehängte Baumstammscheibe, während er *Kafja e Vogël* mit Kafkas Vogel übersetzte und an einen der schwarzen Rabenvögel dachte, die sich allabendlich im Stadtpark versammelten, was er von Arjeta wusste, weil er sie einmal in Hamburg nach den Amseln gefragt hatte, wegen des Amselfeldes, während er seine Exfreundin also in seiner Erinnerung sagen hörte, dass die Raben in dieser Stadt das Sagen hätten, die Raben, wie sie in den dürren, den fackelförmigen Silberpappeln des Stadtparks nisteten, dachte Arjeta darüber nach, was sie Jakob erzählt und was sie ausgelassen hatte, dachte an die Unvollständigkeit allen Erzählens und warum sie nicht zu ihrem Leben stand, dachte daran, dass ihre Welt mit Bedri und Leka alles andere als stabil war, sie vielmehr schon seit über einem Jahr neu verliebt war in einen der bekanntesten Künstler des Landes. Sie dachte an die *Schule der fehlenden Identität,* an die jungen Maler, die sie bewunderte, deren Grips keine Landesgrenzen kannte, die sich die Schuhe vom Maul absparten und aus den letzten Haaren der Eltern ihre Pinsel bündelten, die ihre Pigmente sammelten am Rand der Massengräber, die allesamt an die Tür der Akademie geklopft hatten, eine Bewerbungsmappe unter dem Arm, mit mehr Talent im kleinen Finger ihrer Malhand, als das ganze korrupte Präsidium der Kunstakademie zusammen in seinen Händen hatte, aber alles, was man von ihnen für die Aufnahme an der Akademie verlangte, war veruntreutes Geld, das besaßen sie nicht. Also waren die starken jungen Menschen wieder nach Hause gegangen, wo sie störten, abends lagen sie neben ihren Leinwänden im Keller und hörten die Mäuse weinen in den Wänden, die Schlangen litten mit unter dem Stein, sie starrten Motive in die weiße Wäsche, während draußen die Macht bei denen war, die nicht sahen, was ihnen entging.

An die kollektive Zurückgezogenheit dachte Arjeta.

Denn das war die Situation gewesen, als Lum Podrimja sich in die Luft gejagt hatte. Aber es war nicht mehr die

Situation, seit er, genau ein Jahr nach seiner Selbstsprengung, wieder aufgetaucht war. Wie ein Zauberkünstler stand er da, auf demselben öffentlichen Platz, den er auf eine so obszöne Art verlassen hatte. Podrimja hatte ein Jahr zuvor eine lebensgroße Doppelgängerpuppe von sich gebastelt und ausgegrabene Kriegsknochen und Fleischerabfälle in ihr Inneres gestopft. Er hatte die Puppe dann mit einem Tonband versehen, das fast eine Stunde lang seine Rede verbreitet hatte.

Er hatte nur eine Puppe gesprengt.

Selbst aber hatte er alle Familienbande gekappt und seinen Wohnort verschleiert, sich ein Lebensmitteldepot eingerichtet, über den Ramadan hinaus gefastet, sich auch danach nur vom Nötigsten ernährt und zwölf Monate ohne einen einzigen Kontakt zur Außenwelt in einem windigen Dachgeschoss gelebt, wo er den Strom- und Netzzugang eines Gaming Centers im Parterre anzapfen konnte.

Arjeta Haliti, geborene Neziri, saß mit Jakob Schütte vor dem *Kafja e Vogël* und sagte ihm, dass ihre Zukunft in Kosova lag, aber sie verschwieg ihm, warum. Allein Lums Logistik war preisverdächtig, erzählte mir Arjeta später, aufsehenerregend. Aber um die Logistik ging es schon lange nicht mehr. Auch nicht um das provokative Selbstbild auf seiner Webseite, die Lum selbst betreut hatte. Es ging nicht um die Wucht, mit der seine Wiederauferstehung alle Künstler getroffen hatte. Der neue Lum Podrimja wurde von allen in Kosova nur noch *der Geist* genannt, ehrfürchtig, aber wer hatte ahnen können, dass im Namen des Geistes eine Gemeinschaft erwachsen würde, dass eine Stiftung den jungen Künstlern Räume zur Verfügung stellte, in denen sie nun Kurse und Gesprächskreise abhielten, über Kunst und Politik und nationale Identität debattierten; diese drei Themen bildeten in Arjeta wie in ganz Kosova dieser Jahre ein gleichseitiges, ein höchst stabiles Dreieck.

Es war die *Schule der fehlenden Identität*, die sie Jakob verschwieg, mit dem Geist in der Mitte, dem sie schon lange an den Lippen hing, wenn er erzählte, womit auch immer die Künstler hofften, sich abzusetzen von den alten Zöpfen und den alten Säcken. Lum Podrimja vermittelte ihnen, wo die Konzeptkunst ihren Anfang genommen hatte, oder er sprach über das kosovarische Frühlingswetter oder über Hochzeitsbräuche oder über den serbischen Schatten auf den Straßen oder über den internationalen Kunstmarkt und die Ziele, die nicht mehr ganz so unmöglich zu erreichen schienen, wenn man sie miteinander teilte. Lum Podrimja war der, den sie verschwieg. In der Kneipe hatte er im letzten Sommer seine Hand auf ihre Hand gelegt.

Der Geist hatte sie berührt.

»Ich frag dich jetzt zum letzten Mal, Arja: Wo ist Leka?«

»Was? In der Schule.«

»Gut, sag ihm, ich bin bei deinen Eltern im Hotel.«

»Im Ernst?«

»Hab ich doch vorhin schon erzählt.«

Sie sah auf die Uhr. »Ich muss längst wieder unterrichten.«

*

Jakob kaufte sich im Minimarkt eine Flasche Sliwowitz, serbisches Produkt. Im Gegenwind, die Krawatte über der Schulter, ging er die Straße hinauf zum Hotel, vorbei an Straßenverkäufern: Riesenkürbisse aus einem VW-Bus, Holzscheite vom Autoanhänger, Maiskolben auf dem Grill. Für niemanden war genug Platz auf der Straße, dachte er, und doch nahm sich jeder seinen Freiraum.

Er ließ die Flasche ungeöffnet, zog die Gardinen vor die Fenster. Der Fernseher war riesig und beherrschte das Hotelzimmer nur noch mehr, als Jakob ihn einschaltete. Dreihundert digitale Kanäle, von denen mindestens die Hälfte reine Verkaufssender waren. Arjeta hatte drei oder vier Jobs, und seine spontane Idee der Zusammenarbeit hatte sie sofort abgeschmettert. *Mein Vater kann nichts mit mir anfangen*, das klang auch in ihm nach, weil Jakob den Satz wohl selbst oft genug gedacht hatte. Er ließ zu diesen Gedanken eine Sendung über Schnecken laufen, unbeirrbar zogen sie ihre Spuren. Anscheinend wurde mikroskopisch untersucht, was Schleim war, vielleicht auch, wie das Sekret der Schnecke zusammenhielt und einen zarten silbernen Film bildete. Schönheit, hörte Jakob. Është një bukuri. Bei *bukuri* dachte er immer noch an ein Blumenbukett. Er zappte und stoppte bei einem weiteren Tierfilm. Ein Hirsch, der in den albanischen Alpen aus dem Fluss trank. Sein Kitz hatte noch Flaum auf dem Geweih, bemerkte er, als jemand an der Zimmertür klopfte.

»Na hallo!«

»Mama hat mich rübergeschickt.«

Jakob erkannte ihn nicht sofort. Dann sprang er vom Bett und hob Leka hoch. »Schwerer Junge.«

Leka trug Unterhemd und Shorts, dazu Flipflops, und er schlug seinem Vater spaßhaft mit den Fäusten auf die Brust, bis der ihn wieder zu Boden ließ. Von dort sprang der Junge direkt aufs Bett, schnappte sich die Fernbedienung.

»Zeig dir was«, und er zappte zu einem Verkaufssender, der Handfeuerwaffen anpries. Die Kamera fuhr um ein Produkt herum und präsentierte es von allen Seiten, bis in die Details am Zielfernrohr, dann folgte ein Einspieler vom Schießstand, der das Verhalten der Waffe in der Praxis erklärte. Die

Erzählerstimme war amerikanisch, wurde aber von einer slawischen Synchronisation in den Hintergrund gedrängt.

»Cool, oder?«

»Cool, aber mach mal aus.«

Jakob hatte eine irre Lust, mit Leka die Treppe hinunterzugehen, eine Hand auf seine Schulter zu legen und durch die Straßen von Prishtina zu laufen. Genau so machten sie es auch, aber die Rezeption war verwaist, niemand sah ihnen zu. Sie gingen spazieren, und Jakob wollte von Leka wissen, ob er schon einen Computer habe. Hatte der Junge nicht. Ob er wisse, wo man einen kaufen könne. Auch nicht. Ob er gern einen haben wolle? Ja, warum nicht.

Warum nicht, lachte Jakob in sich hinein, was für eine schöne, naive Antwort.

Jakob sagte, dass man sich zu allem in der Welt ein Computerspiel ausdenken könne. Und weil dieselben Verkäufer, die er gerade noch bergan gesehen hatte, jetzt bergab den Straßenrand säumten, führte er es an ihnen durch:

»Ein Spiel, in dem man zuerst Kürbisse rollen muss, dann mit Maiskolben jongliert und am Ende Holzscheite stapelt.«

Unten auf der Hauptstraße winkte er ein Taxi herbei, der Junge klärte mit dem Taxifahrer auf Albanisch, wohin die Reise gehen sollte, und zwei Stunden später stand ein Computer auf Lekas Schreibtisch. Ein eigenes Kinderzimmer besaß er nicht, nur eine Schreib- und Spielecke im Wohnzimmer. Arjeta war zu Hause, sie freute sich über das Geschenk und über Lekas begeisterte Augen. Der Vater versprach, aus London geeignete Spiele zu schicken, auch Kopfhörer, die es hier nicht gab. Nein, keine Angst, nicht erst zum Geburtstag.

Es war einer dieser Momente, in denen Jakob sich wie ein Held vorkam. *Mission accomplished.* Das geschah ihm manchmal, und es war ja gar kein Wunder. Täglich kippten sich

Hunderte analoge und digitale Flüssigkeiten in seine Hirnschale, und dann schüttelte der Sturm das Reagenzglas, auf dass die Welten sich ineinander auflösten: Spielzüge, Rätsel, Taktiken, Manöver, die Bunker, die er animiert hatte, und die Maiskolben, mit denen jongliert werden konnte.

Arjeta geleitete ihn zur Tür.

»Ganz schön, eure Wohnung«, sagte er, dann schlüpfte ihm Leka unter dem Arm hindurch nach draußen, denn sie wollten noch Eis essen gehen.

»Tschüss, bis nachher«, sagte sie.

Sie verschluckte sich fast daran, weil es falsch klang, verbindlich. Jakob sagte nichts, aber die Wehmut, die Wehmut nahm auch ihm jede Londoner Souveränität. Mit Liebe hatte es nichts mehr zu tun, sagte er, aber an diesem Nachmittag nahm er Pistazieneis.

»Das isst Arja auch am liebsten«, sagte sein Sohn.

*

Vielleicht muss ich noch einmal klarstellen, dass ich alles, was bisher geschehen ist, nur von Jakob Schütte oder Arjeta Haliti erfahren habe. Ob ich Arjetas Verhärtung verstehen kann, ob ich in ihrem Zusammenhang von einer Lebenslüge spreche oder nicht, ob ich Jakob einen Vorwurf mache für seine Blauäugigkeit zur Zeit von Lekas Geburt, aber auch, ob ich das gerade geschilderte herzliche Wiedersehen mit seinem mittlerweile sechsjährigen Sohn für eine schöngefärbte Version halte – all das muss zurückstehen, es kann keine Rolle spielen, wenn ich dem deutsch-kosovarischen Expaar einen Raum gewähren will, in dem sie selbst alles für wahr nehmen.

So heißt es doch. Für wahr nehmen. Sie sind es, die wahrgenommen haben, nicht ich.

Am nächsten Morgen griff sich Jakob seinen großen Wanderrucksack, den er leer im Koffer mitgenommen hatte, und eilte durchs Treppenhaus hinaus auf die Straße. Er suchte die Nationalbibliothek auf. Eine Bedienstete bewegte sich aus dem Dunkel sehr langsam auf ihn zu. Zunächst musste er – nach altem sozialistischen Muster – seinen Reisepass abgeben. Er bestellte ein Buch, durfte aber nicht selbst daraus kopieren.

Jakob suchte in den Katalogen nach weiteren Werken, bestellte, ließ sich einen Batzen Bücher aushändigen und tat so, als wolle er nur darin blättern. Sie gaben ihm den Pass zurück – vertrauensvoll, weil er so geduldig gewesen war –, Jakob aber türmte die Bücher allesamt in seinen Rucksack und türmte selbst, im Schatten alter Handapparate, durch den Haupteingang.

Ein Copyshop in der Innenstadt. Eine Buchseite nach der anderen auf die Kopiermaschine, vier Stunden lang, die ansonsten nur von Störungen strukturiert wurden: technische Störungen oder ein plötzlich zugeschalteter Ventilator, der ihm das Papier durcheinandergewirbelt hatte, zweimal auch totaler Stromausfall. Währenddessen wanderte ein fast zentnerschwerer Stapel Recherchematerial nach und nach in bereitgestellte Papierkartons. Kopien zum Kosovokrieg, zum Krieg der Medienbilder, Kriegsbiographien von UÇK-Kommandanten im UÇK-Kommandanten-Eigenverlag (in Interviewform, als mache das die Huldigung seriöser), soziologische Beiträge zum Thema Waffen & albanische Männlichkeit, der Kanun, die Lebenserinnerungen von Nopcsa, Aufsätze zur kosovarischen Identität, Elsies Sammlung albanischer Volksmärchen. Und wo er schon dabei war, druckte er auch seine Fundsachen aus dem Netz, die er als PDF auf einem Stick hatte: einen UNDP-Spezialreport über Kleinwaffen in

Kosova, ein OSZE-Praxishandbuch zu konventioneller Munition usw. usf.

Jakob verließ den Laden mit seinem Bücherrucksack und zwei schweren Papierkartons, die er mit dem Taxi ins Hotel fuhr und ablud, bevor er mit demselben Taxi zur Bibliothek zurückfuhr, kurz bevor diese schloss.

Im dunklen Foyer war niemand zu sehen gewesen.

Er legte die Bücher übereinander auf den Tresen, als eine Tür aufgerissen wurde und zwei Beamte auf ihn zusprangen, einer gleich über den Tresen hinweg, um ihm den Arm auf den Rücken zu drehen. Sie sprachen beide albanisch. Er wehrte sich gegen den Schmerz, indem er den Bücherstapel umstieß, in Richtung des zweiten Polizisten. Der war der Chef des anderen und reagierte mit einem Stockschlag auf Jakobs linke Schulter, unter dem er sofort zu Boden ging. Schreiend zu Boden ging.

Der Rest waren Tritte und wüste Beleidigungen. Du darfst hier keine Bücher mitnehmen. A je mirë? Glaubst du, du kannst hier machen, was du willst? Du darfst hier nichts. So übersetzte er sich, was er nicht mal zur Hälfte verstand. Du wirst noch Probleme mit uns bekommen. Hau ab! Solche Männer können wir hier nicht gebrauchen. Die sich nicht an die Regeln halten.

Sie schleiften ihn vor das Bibliotheksgebäude, kippten ihn ab, und dort war er von Stufe zu Stufe abwärts geglitten wie eine Flüssigkeit.

Wie er zum Flughafen kam, würde er später nicht mehr rekonstruieren können. Der nächste Flug ging nach Berlin. Sein Schlüsselbein konnte er unter der Haut verschieben, hin und her, den Arm nicht mehr nach vorn bewegen. Ein Raubvogel weidete sich an seiner Schulter. Die Stewardess rief ihn an, ihr Gesicht ganz nah vor seinem, sie legte ihm ein Medikament auf die Zunge, drückte ihm einen Plastikbecher mit Wasser in die Hand, den Jakob zum Mund führte, aber auf halbem Weg verlor, es war der falsche Arm gewesen, und er grunzte. Sein Sitznachbar tupfte ihm die Stirn ab, und er dachte für einen Moment glasklar: Wie schlimm muss ich aussehen, wenn ein wildfremder Mann mir den Schweiß abtrocknet! Er verschloss die Augen vor Scham und auch vor der Angst, dieser besorgte Nachbar könnte im nächsten Augenblick zuschlagen, ihm den Rest geben, er befühlte mit der Zunge seine Zahnreihen, schmeckte Blut und befand sich in einer fremden Erzählung, Prishtina gehörte noch zum Süden der sozialistischen Republik Jugoslawien, eine kalte Märznacht und ein serbischer Offizier, der seine kleine Pension betrat, sich auf den Rezeptionstresen lehnte. Der Offizier wollte ein Zimmer, und er wollte eine Frau, die jetzt noch nicht in Sichtweite war, durch den Haupteingang aufs Zimmer mitnehmen. Ins Grand Hotel, sagte er, könnte er mit dieser Dame nicht. Jakob stand hinter dem Tresen und sagte, dass es eine Hintertür gebe. Der Serbe aber zu betrunken, als dass er die Hausordnung achten wollte. Außerdem stand neben ihm noch ein junger Soldat, den er wohl damit beeindrucken wollte, dass er offen über Prostitution redete. Noch einmal hörte sich Jakob ruhig widersprechen, so als sei er immun gegen Anmaßung und die mindestens fünfzig Arten der Provokation, die sich über die Jahre in diese Gesellschaft geschlichen hatten. Allerdings wechselte er dabei die Sprache, und dann waren es drei Schläge, von denen bereits der erste, überraschende ihn die beiden Vorderzähne kostete. Sie purzelten auf einen Tisch, und er wand sich auf seinem Sessel, nur vom Gurt gehalten, durch und durch schüttelte es Jakob, ohne dass das Flugzeug auch nur die geringsten Turbulenzen auszuhalten hatte, ein Steward mit Krankenkoffer stand im Gang, *Herr Schütte, haben Sie das Schmerzmittel genommen*, er bejahte auf Albanisch, po, po, schloss die Augen, öffnete den Mund und lachte laut, weil er sah, dass nicht er selbst sich das blutüberströmte Kinn hielt, sondern Nikola Neziri, und der Offizier fluchte Serbisch, während der Bedienstete jetzt richtig ins Albanische fand: Es war das Lied der Erniedrigung und der Zwietracht, der verdammte Wechselgesang zweier Amseln, nicht besser oder schlechter, als ihn die Zeitungen sangen, aber zeitgemäß laut. Hatte Arjeta ihm das alles erzählt? Dass ihr Vater der Rezeptionist gewesen war? Dass er mit seinen ausgeschlagenen Zähnen Asyl suchte in Deutschland? Dass er selbst nicht handgreiflich wurde, aber Blut spuckte in Richtung des serbischen Offiziers? Dass seine Frau hinzugekommen war und Nikola schon wieder ein neues Oberhemd trug? Dass Krasnici, der reiche Besitzer der Pension, gar nicht erst verständigt wurde? Nikola hatte immer zu ihm aufgesehen, ihm gewissenhaft gedient, er konnte ihm diese Schande nicht antun. Woher wusste er das plötzlich alles, dass Nikola Neziri jeden Abend quer durch die Stadt gegangen war, um auf der Polizeiwache die Pensionsgäste des kommenden Tages anzumelden, immer hatte hier alles seine Richtigkeit gehabt, war alles dokumentiert worden, alles seine Ordnung, alles in bester, lachte Jakob, noch die Namen der schuhlosen jugendlichen Mehlhändler auf der Durchreise nach Mazedonien hatten sie registriert. An jenem Abend aber verirrte sich ein betrunkener serbischer Offizier in die Altstadt und zeigte Nikola auf einen Schlag, wie machtlos er war. Wann war das gewesen? Arjeta versank in einer Hamburger Couchgarnitur, flog auf einer Spielplatzschaukel über seinen Kopf hinweg, in einer goldenen Vorzeit. Der Schock über die Schläge habe ihren Vater schwer erschüttert. Der Schock habe die Zeiger seiner inneren Uhr derart in Bewegung gebracht, dass sie sich von diesem Tag an nicht mehr in Deckung bringen ließ mit den Uhren des Landes. Jakob griff jetzt nach dem Oberarm seines Nachbarn. »Wie viel Blut?«, »Blute ich noch?«, »Niemand darf mich schlagen«.

Was das Gespenst des Schmerzes vermochte! Sogar den Satz konnte es sagen, der in leichter Abwandlung zu Berühmtheit gelangt war, als Milošević die Serben in Kosova unter den Schutzmantel der jugoslawischen Armee nahm. *Niemand darf euch schlagen*, und natürlich fieberte er mittlerweile, stark sogar, aber »Es schlägt Sie hier niemand«, sagte sein Flugnachbar, und der Steward stützte ihn bis zum Ausgang des Fliegers, wo Jakob sagte, er könne allein weiter, er sei froh, zu Hause zu sein, kein Arzt, nein, auch keine Widerrede, vielen Dank, er schaffe das. Sie steckten ihm eine Halbliterflasche Wasser in die Jacketttasche.

*

Er war nicht zu Hause, sondern in Berlin-Tegel. An der Gepäckausgabe musste er sich den Koffer, weil er ihn nicht mehr anheben konnte, auf einen Kuli stellen lassen. Auch später, am Bahnhof Friedrichstraße, half ihm ein Geschäftsmann dabei, den Koffer ins Schließfach zu stellen, und sagte zum Abschied, Jakob möge daran denken, dass das Schmerzgedächtnis sehr durchlässig sei. Morgen sei ein neuer Tag, ganz bestimmt. Jakob konnte den Arm nur noch sehr weit und tief vor dem Körper baumeln lassen. Er war jetzt ein Affe, kreidebleiches Gesicht, der Schweiß brach ihm aus allen Poren, der Raubvogel hatte ihm ein kirschgroßes Stück aus der Schulter gerissen. Die Pein, dachte er, ein Geschlagener zu sein wie Arjetas Vater. Die Pein, dass er es einem Schlag ins Gesicht von Arjetas Vater verdankte, dieses Mädchen überhaupt kennengelernt zu haben.

In der Notaufnahme der Charité sagte Jakob, er sei beim Sport unglücklich gestürzt.

Der Arzt sah auf das Röntgenbild.

»Sie sind nicht unglücklich gestürzt.«

Mehrere Bänderrisse im Schultereckgelenk und eine gewaltige Absprengung im Akromion. Schmerzspritze. Ruhigstellung. Zwei Tage später die Operation. Vorher schon den Rehaantrag ausgefüllt. Er saß über dem Formular, es war klar, dass er die Reha nur für Berlin beantragen konnte. Aber er hatte keinen Wohnsitz, trug also seine Londoner Adresse ein, sagte, er unterschreibe demnächst einen Mietvertrag.

Eine Hakenplatte wurde implantiert, ein Band musste an das Ende des Schlüsselbeines versetzt werden. Kein Gips, aber Manschette.

Schließlich stand Jakob Schütte vor dem Tor eines Krankenhauses und konnte, wenn er sich ein wenig verrenkte, schmerzfrei atmen.

TEIL II

1

Ich verließ das Büro immer öfter früh, kehrte nach dem Mittagessen nicht zurück an die Arbeit, und dann schob ich mein Fahrrad durch Berlin, vorzugsweise durch Wedding. Schieben war besser als fahren, um an meine Jugend zu denken und daran, wie sich Benjis Jugend dazu verhielt. Natürlich waren wir in allem die besseren Eltern, als unsere Eltern es gewesen waren: klar im Umgang, Grenzen ziehend, dabei offen gegenüber den Anforderungen des Kindes, nachgiebiger. Natürlich musste ich darüber lachen. Leka hieß im Übrigen spielen. Auf Schwedisch. Ich hatte mal Schwedisch studiert. Aber das bedeutete nichts, es war eine einfache Sprache, man hatte sie irgendwann gelernt. Wie viel komplexer war dagegen die Sprache der Vaterschaft aufgebaut, die Grammatik zwischen Benji und mir, auch nach vierzehn Jahren änderten sich immer noch die Regeln.

Ich ging die Prinzenallee entlang und erst im Soldiner Kiez von der Hauptstraße ab. An der Weddinger Panke, nördlich ihres Rückhaltebeckens, liegt ein Spielplatz, auf dem eigentlich immer Kinder toben. Hier tragen die Mütter Kopftuch, aber es kümmern sich auch Väter und Großväter um die Kleinsten. Ich sah eine Weile lang zu, folgte dem Flüsschen dann ein paar hundert Meter bis in den Bürgerpark, wo ich auf die anderen traf. Weißhäutige Exstudenten, die von den steigenden Mieten im Prenzlauer Berg hinaufgedrückt worden waren nach Pankow. Zu denen gehörte ich auch.

Sich auf der großen Wiese niederlassen, das Fahrrad ins Gras legen. Die Flugzeuge donnerten niedrig über einen hinweg. Zum ersten Mal überkam mich das Gefühl, dass ich mich belog und betrog. Dass mich mein aktuelles Romanprojekt langweilte, lag nicht einfach an Abstumpfung, auch nicht an einer gewöhnlichen Torschlusspanik. Der Grund, warum mir das Arbeiten schwerfiel, war Jakob Schüttes Geschichte. Immer öfter tauchten Worte aus seinem Erzählen vor mir auf. Über den Geschäften stand *Wasserwirbler* oder *Königskinder*. Auf Klingelschildern las ich *Bajram Kelmendi*. Hupten an der Pankstraße zwei Autos, dachte ich an eine albanische Hochzeitsgesellschaft.

Ein Sohn, so alt wie mein Sohn, war von einem Tag auf den anderen verschwunden – das war es, was ich anscheinend nicht hinnehmen konnte. Wobei auch Benji jetzt manchmal für Tage verschwand, im Freibad Pankow, das heißt, irgendwann machte das Freibad am Abend natürlich zu, und dann zog er mit unbekannten Jungs um die Häuser, bis sie bei irgendwem übernachteten, wenn überhaupt.

Es war schon im August und noch in den Schulferien, als Benji eine Mail von Leka erhielt. Der Junge schrieb aus Kosova. Er habe sich der Berliner Polizei gestellt und sei ausgeflogen worden in seine Heimat, er sei wieder in Prishtina bei seinen Verwandten. Benji und ich wussten beide nicht, ob wir das glauben konnten, womit Leka wiederum gerechnet hatte, denn er hängte ein Foto an, das ihn mit seinem Longboard und anscheinend mit seiner Großmutter zeigte, er hatte das Foto jedenfalls *Mit Blerina* genannt.

Authentizität, dachte ich, Geißel unserer Tage.

Ich fühlte mich verpflichtet, Jakob Schütte von dieser Nachricht zu erzählen. Nicht dass ich mich pausenlos an seiner Enttäuschung rieb, aber was es wohl zwischen Mann und Mann, zwischen den Vätern gleichaltriger Söhne, gab, war Solidarität. Ich schob mein Fahrrad extra an seinem Computerspielbüro im Sophienviertel vorbei.

Er war alles andere als am Boden zerstört, quittierte die Meldung mit einem Kopfschütteln und wendete sich wieder der Arbeit zu. Natürlich hatte Jakob Schütte das Recht, mich abzuwimmeln, aber er war es auch gewesen, der mir bis hierhin sehr bereitwillig aus seinem Leben in Hamburg, Prishtina, London und Berlin erzählt hatte, dreimal waren wir abends zusammengekommen; jetzt strahlte er auf geschäftsmännisch deutliche Art aus, dass es keines vierten Treffens bedurfte.

Was mir von der ganzen Sache blieb, war Kälte. Denn so, wie es in den Brandenburger Seen fast immer eine leichte Unterströmung gibt, die einen im Hochsommer frösteln lässt, so gab es diese Unterströmung nun auch in unserem Haushalt. Benji hatte sich nur zurückgehalten, jetzt aber, nach Lekas Post aus Kosova, gab er mir die Mitschuld am Verschwinden seines Freundes. Ich hätte ihn länger bei uns wohnen lassen müssen.

»Lassen müssen?«, wiederholte ich. »Also doch Hotelbetrieb?«

»Nein, Hilfestellung!«

»Ich würd ja gerne wissen, wie lange der Junge überhaupt in Berlin war. Und wie er hergekommen ist.«

»Keine Ahnung.«

»Ist er aus Kosova eingeflogen?«

»Papa, ich weiß es nicht. Frag doch seinen Vater, den du immer triffst.«

»Der ist genauso pampig wie du. Warum ist Leka eigentlich vor ihm weggelaufen?«

»Bist du dumm? Weil das ein Workaholic ist. So wie du.«

»Benji, reiß dich jetzt zusammen. Wenn du meinst, dass du mit mir nicht unter einer Decke leben kannst, musst du deine Großeltern fragen, ob sie dich aufnehmen.«

Stille.

»Sorry, war nicht so gemeint.«

Hatte ich auch noch nie so gesagt. Aber er reizte mich mit seinem Weiß-ich-nicht bis aufs Blut.

»Sorry, vergiss das.«

»Wenn du mich jetzt fragst, ob du wirklich zu viel arbeitest: Ja, du arbeitest wirklich zu viel.«

»Wir sind nun mal hiergeblieben. Und wenn man hierbleibt, darf man auch arbeiten. Wo warst du denn eigentlich gestern?«

»Weiß nicht.«

»Benji, hör auf damit! Du kannst nicht einfach wegbleiben, ohne anzurufen, das funktioniert so nicht.«

»Das funktioniert so nicht.«

»Ja, das funktioniert so nicht.«

»Das funktioniert so nicht.«

»Nein, das funktioniert so nicht.«

Wir brachen beide in Gelächter aus, leicht hysterisch, aber immerhin.

Ein typischer Gesprächsverlauf. Ich schloss die Zimmertür hinter mir. Und dann war jeder wieder allein.

Nicht ganz mit sich allein. Ich war mit meiner Frau allein, Benji war mit sich allein. Oder mit Leka. Sie hatten zu skypen begonnen, was mich wunderte, denn Lekas Talent lag eindeutig nicht auf der kommunikativen Ebene.

Es war aber nicht daran zu rütteln, der Junge war tatsächlich wieder in Kosova. Ich recherchierte zu Jakob Schüttes Computerspielfirma. Und ich machte in diesen Tagen Lekas Mutter im Netz ausfindig – Arjeta Haliti hatte sich mit einem Kunstprojekt, dem sogenannten *Projekt Provisorium*, von dem ich noch erzählen werde, einen Namen gemacht, und auch wenn ihre Bekanntheit vom Balkan aus noch nicht sehr weit gen Norden und Westen auszustrahlen schien, gab es doch einige englischsprachige Interviews mit ihr.

Klar, ich konnte die Frau zu diesem Zeitpunkt nicht als Künstlerin betrachten, sah sie nur durch Jakob Schüttes Augen, in harten märchenhaften Konturen: die Kindesentzieherin, die Mutter mit Stiefmutterherz. Arjeta hatte studiert, und jetzt war sie Künstlerin, sie konnte doch nicht völlig bescheuert sein, sie konnte doch Jakob Schütte nicht das Kind weggenommen haben. Das war die Gedankenkette, die sich mir eng um den Hals legte. Ich glaube nicht an so etwas wie wachsendes Unwissen, aber was in diesen Tagen unangemessen stark wuchs, war die Spannung, mit der ich das eine über diese Frau glaubte und das andere nicht fassen konnte.

Bis ich mir einzubilden begann, etwas mit ihr zu tun zu haben. Ich schrieb ihr einen Brief. Nicht persönlich, eher als literarische Übung. Meine Frau fand dieses geöffnete Dokument im Vorbeigehen auf meinem Rechner, sie setzte sich hin, las – und begann, es zu verbessern. Sie meinte, meine Vorbehaltlosigkeit klinge gespielt oder unbeholfen. Vorbehaltlosigkeit? Hieß das, sie spürte, dass ich im Recht sein wollte?

Ja, dachte ich, man ist notwendigerweise ungerecht zu Menschen, die man nur vom Hörensagen kennt.

Nein, dachte ich, du schickst jetzt keine Mail an eine dir unbekannte Frau auf dem Balkan.

Mein altes Manuskript hatte ich derweil schon fünf Tage liegenlassen, und die Erfahrung sagte mir, dass das bereits zu lange war, der Faden zu den Figuren war fürs Erste gerissen. Die Schulferien würden noch zwei Wochen andauern, meine Frau und ich hatten mittlerweile das Gefühl, Benji mache allein Urlaub. Wir tranken deshalb abends ein bisschen mehr Weißwein als sonst, während sich unser Sohn nur noch blicken ließ, um ein Stück Käse oder Schinken aus dem Kühlschrank zu nehmen. Alles was Benji in diesen wenigen Sekunden, die er in der Wohnung verbrachte, zurückließ, war Nikotingeruch. Er rauchte. Ich meine, er stank nach Zigaretten.

»Und was ich jetzt noch gern wüsste …«

»Welche Getränke«, ergänzte meine Frau.

»Ich kann ihm nicht mehr dabei zusehen«, sagte ich, einigermaßen erschöpft von meinen Ängsten. »Dann doch lieber Hausarrest.«

»Und Computergedaddel.«

»Ich weiß, ich weiß, ich weiß.«

»Prost.« Sie lächelte. Sie wusste genau, woran ich seit Tagen dachte, und nach einer kurzen Pause sagte sie: »Ist das nicht ein bisschen zu amerikanisch gedacht, sich den Sohn zu greifen und mit ihm zu verreisen?«

»Vielleicht.«

»Und du meinst, ihr bekommt so schnell einen Flug?«

*

Im tropfheißen August in Kosova auftauchen, so wie Jakob Schütte einstmals dort aufgetaucht war. Benjis Begeisterung war noch größer gewesen, als ich erhofft hatte. Er behandelte mich wie einen Vater, der endlich das Richtige tat, während er seine Freibadgang einfach links liegenließ und sich zwei Tage lang nur um seinen Koffer kümmerte. Einpacken, auspacken, mit Leka skypen, wieder auspacken. Longboard als Handgepäck, geht das? Das ging wohl. Ich selbst hatte neben ein paar Sommerklamotten nur einen Roman von Jergović im Gepäck und einen von Kongoli, den ich noch auslesen musste. Aus den banalsten Gründen konnten Menschen zu Feinden werden, sagte darin auf den letzten Seiten der Erzähler. »Bemüh dich nicht, herauszufinden, wo ich bin«, hieß es, »alle sind wir hinübergegangen in die andere Welt.«

Da überflogen wir gerade die Alpen. Wir hatten in London umsteigen müssen, weil die Direktflüge nach Prishtina, wie man mir sagte, seit Monaten ausverkauft waren, die Großfamilien wollten alle aus der Diaspora in die Heimat.

Während ich las, lernte Benji unseren Sitznachbarn kennen, Herrn Gashi, der unsere Reiseroute teilte und ebenfalls in London umgestiegen war. Er flog, um die Hochzeit seines mittleren Sohnes zu feiern. Bis zum letzten Tag hatte er gearbeitet, alle anderen Familienmitglieder befanden sich schon in Pecan, etwas nördlich von Prizren. Sein Deutsch war so gut, dass mir in den Sinn kam, ich könnte die Reise dafür nutzen, kosovarische Geschichten zusammenzutragen und ein vielstimmiges Buch zu schreiben, über Familie, Armut, Auswanderung und Krieg.

Jedenfalls mischte ich mich ins Gespräch ein, Benji nahm es mir zunächst gar nicht übel. Herr Gashi war im Winter 1993 mit seinen fünf Kindern in einem Viehtransport durch Tschechien gefahren worden und nach zwei Übernachtungen in einem Stundenhotel mit hundertfünfzig anderen Flüchtlingen durch einen Wald nach Deutschland gelaufen. Bis heute, sagte er, fühlte er oft in kalten Nächten die zerrissenen, durchnässten Schuhe an seinen Füßen. Den Sohn, der jetzt heiratete, hatte er vor zwanzig Jahren auf dem Arm getragen. Aber es sei ja alles gutgegangen, an der Grenze hätten Kleinbusse gewartet. Jüngere Verwandte von Gashi hätten es fünf Jahre später versucht und seien beim Fußmarsch an den Grenzen abgeprallt. Wer es schaffen wollte, brauchte Ausdauer und Glück. Ein Neffe von ihm sei immerhin in Polen hängengeblieben.

Ich sah, wie sich die Augen meines Sohnes weiteten. Das große Abenteuer, das Schicksal hieß. Um Benjis Seele nicht noch weiter zu strapazieren, stellte ich Gashi typisch deutsche Fragen zu Duldung und Aufenthaltsgenehmigung – auch weil ich mir dachte, es ließe sich gerade an den Antworten auf das Gewöhnlichste ein Charakter ablesen. Und so war es. Er war von den deutschen Ämtern schikaniert worden bis ins Mark, konnte aber den Rücken weiterhin durchdrücken. »Man muss wissen, worauf man sich einlässt.« Ein starker Satz, fand ich. Aber als er statt auf Berlin nun leise auf die kosovarische Heimat zu fluchen begann, berührte es mich doch etwas unangenehm. Er redete über die Gastroverbrecher, die ihm das bevorstehende Fest verlitten. Auswanderung, meinte er, bezahlt man immer auch mit einem abgerissenen Beziehungsnetz in der Heimat.

»Am liebsten würden die Leute einen ausrauben, wenn man aus Deutschland zu Besuch kommt«, sagte Gashi, »aber nur die ganz Dummen hauen dir nachts einen Knüppel über den Kopf. Die anderen gehen den Weg über ihre Dienstleistungen. Sie wissen ganz genau, dass wir mit niemandem verwandt sind, der ein Hochzeitsfest ausrichten kann, also sprechen sie sich ab, um den Preis für das Fest in die Höhe zu treiben. Erst der eine, dann der andere, dann der Dritte, und wenn du zum Ersten zurückkehrst, sagt er: Alles ein Irrtum, hab falsch gerechnet – und er macht seinen Preis noch mal höher als der Dritte, obwohl er zu Beginn noch der Billigste sein wollte.«

Ich fragte Herrn Gashi, ob die Leute den Gewinn dieses Gemeinschaftsraubes dann wenigstens gerecht untereinander aufteilten, und er lachte und klopfte mir gequält auf die Schulter, weil ich den Ton nicht getroffen hatte. Er litt tatsächlich unter dem Preis für das Hochzeitsfest.

Mein Sohn erkannte sich in Herrn Gashi wieder und strafte mich mit seinem düstersten Blick. Für einen Moment hatte ich beide gegen mich.

*

Benji sagte gleich »Igitt« zur kosovarischen Luft, denn der Sommer ließ sich eigentlich nicht einatmen, war nur ein heißer Umschlag auf der Haut. Immerhin ging die Klimaanlage im Taxi, zu einem hohen Festpreis fuhr man uns nach Prishtina hinein. Das Doppelzimmer in einem kleinen Hotel nah am Basar hatte ich online gebucht (auf das Hotel Neziri hatte ich nach Jakobs Beschreibungen keine Lust), für vier Nächte sollte es unser Domizil sein. Wir wollten nur kurz duschen, bevor wir losgingen, aber dann verzögerte sich unser erster Spaziergang durch einen Streit, mit dem ich schon gerechnet hatte.

Benji war nicht dazu zu bewegen, das Hotel ohne eigenen Schlüssel zu verlassen. Ich sagte ihm, dass ich ihn in einer fremden Stadt nicht herumziehen ließe wie in Berlin. Er sagte, für Leka sei doch Prishtina genau dasselbe wie für ihn Berlin. Ich sagte, wer sage denn, dass Leka ständig an seiner Seite sei? Er sagte, wenn er sich verirre, sei es ja noch viel wichtiger, einen Schlüssel zu haben. Ich knickte fürs Erste ein.

Der kurze Weg in die Innenstadt war dann, wie um Herrn

Gashis Erzählung zu illustrieren, gesäumt von Hochzeitsbekleidungsläden und Hochzeitsjuwelieren, vor ihnen standen Geld- und Zigarettenhändler. Niemand schien zu schwitzen. Niemand sprach uns an. Benji blieb überall stehen, um sich dann wieder zur Eile aufzufordern. Er wollte Leka sehen. Wir fragten uns durch zu einem Telefonladen auf dem Mutter-Teresa-Boulevard, weil wir kosovarische SIM-Karten brauchten.

Als wir wieder auf die Straße traten, war es fast fünf Uhr nachmittags, schien aber noch heißer geworden zu sein. Benji rief Leka an und erreichte ihn sofort. Mein Sohn beschrieb wenig anschaulich, wo wir uns befanden, wusste am Ende des Telefonats aber genau, wo wir hinmussten. Ein Café in der Nähe, *Dit' e Nat'* hieß es, Tag und Nacht. In einer halben Stunde sei Leka dort.

Ein fast mitteleuropäischer Ort. Eine Wand war komplett mit Bücherregalen verkleidet, davor stand ein länglicher Tisch, an dem junge Prishtinali vor ihren Notebooks saßen. Links vom Eingang ein langer Tresen, auf einer Kreidetafel dahinter wurden Kaffeezubereitungen und American Cheesecake angeboten. Wir drehten uns um und gingen durch eine Seitentür dorthin, wo man das Café straßenwärts um einen Wintergarten erweitert hatte.

Ein einziger Tisch war frei. Kaum saßen wir, kam Leka herein. Er grüßte die Bedienung hinterm Tresen und mindestens drei weitere Erwachsene. Er führte sogar kurze Gespräche, sah sich dabei nach uns um. Ein völlig anderer Junge, dachte ich, als der, den ich in Berlin erlebt hatte. Mein Sohn, den sonst nichts vom Stuhl riss, lief durchs Café, und dann schlugen sie ihre Fäuste gegeneinander – und nahmen sich schließlich in die Arme wie Erwachsene.

Aus unserem Tisch war mein Tisch geworden, denn Benji wollte gleich los, sein Longboard aus dem Hotel holen. Es war Viertel vor sechs, wir verabredeten uns für acht Uhr wieder im Café, um von hier loszugehen zum Abendessen.

Ich schickte meiner Frau eine SMS, dass wir gut gelandet waren und eingecheckt hatten und dass die Jungs schon gemeinsam auf der Piste seien. Wollte es ihr überlassen, die Reise als eine gute Idee zu bezeichnen, und sie brauchte ganze zwei Minuten, um mir den Gefallen zu tun. Gespenstisch, wie gut wir uns kannten.

Also dann, dachte ich, Urlaub in Prishtina. Das Café forderte Selbstbedienung ein.

»I'll have a Macchiato, please«, sagte ich am Tresen.

Und ging mit Untertasse und Tasse die Bücherregale ab. Erstaunlich viel englisches Material, politisch, dokumentarisch, fiktiv. Als ich an meinen Tisch zurückkehrte, saß dort bereits jemand. Eine Frau. Sie wies auf den zweiten Stuhl und lächelte mich an.

»Thank you.«

»Ein schöner Junge«, sagte sie.

»Ach, bist du Arjeta?«

Sie nickte.

»Danke, dein Junge auch. Sie kennen sich aus Berlin.«

»Weiß ich.«

Stille.

»Oder glaubst du, er hat mir nicht erzählt, dass ihr ihn besuchen kommt?«

»Hätte sein können. Es kann ja immer vieles sein, weißt du, in ihrem Alter.«

Sie nickte noch einmal, aber nicht so heftig, dass ich es als Solidarisierung empfinden konnte. Vor Arjeta stand ebenfalls ein Kaffee, dazu ein Stück Schokoladenkuchen. Ich weiß nicht mehr, über welche Brücke wir danach gingen, aber es muss eine wackelige Konstruktion gewesen sein, denn ich hörte mich plötzlich von meiner einsamen Arbeit am Schreibtisch erzählen, meinem manchmal absurden Neid auf andere einsame Menschen, die Bücher schrieben, und dass erst das Leben meines Sohnes, seine Gegenwelt, es mir wieder etwas leichter gemacht hätte, mich auf die Welt des Kulturbetriebs mit seinen Selbstdarstellungszwängen einzulassen. Es waren Sätze, die ich in Berlin niemals hervorgebracht hätte, man musste ja immer fürchten, jemandem gegenüberzusitzen, der die Kunst dem Leben vorzog.

Auch Arjeta schmunzelte. »Wie bist du darauf gekommen, nach Kosova zu fliegen?«

Wir tranken beide einen Schluck Kaffee.

»Wir haben Sommerferien, Benji und ich.«

»Ein Badeparadies ist das hier aber nicht.«

»Ach, wir sind nicht so anspruchsvoll.«

»Das ist eine sehr gute Voraussetzung.«

»Nein, ich meinte, wir sind auf Stadturlaub vorbereitet.«

»Und du hast den Verrückten kennengelernt, oder?«

»Wen?«

»Seinen Vater.«

»Jakob, ja.«

»Weißt du, ich hab den von Anfang an für verrückt gehalten. Damals in Hamburg, aber eigentlich schon in Lüneburg.«

»Verrückt kam er mir eigentlich –«

»Ja, ja, kann ich mir schon vorstellen, er ist ja ein guter Spieler. Aber er hat dir sicher nicht erzählt, dass er meinen Sohn nach Berlin entführt hat.«

Ich starrte auf ihre unruhigen Hände. Drei goldene Ringe daran. Eine goldene Uhr.

»Er hat Leka einen deutschen Pass zukommen und ihn entführen lassen.«

Ich öffnete meinen Mund.

Sie sagte: »Ich habe aber von einer Anzeige abgesehen.«

Und wie ein Automat wiederholte ich: »Du hast Jakob von Anfang an für verrückt gehalten.«

Sie lachte. »Na ja, ganz zu Anfang nicht.«

Ihre Lakonie. Grell und unglaubwürdig.

Arjeta zog ihren dünnen Strickpullover aus, darunter trug sie ein blassrotes Shirt. Der Ausschnitt gab ein Schlüsselbein frei, nicht beide. Ich fragte mich, ob ich ihrem gesunden Schlüsselbein glauben sollte oder Jakob Schüttes zertrümmertem Schlüsselbein.

»Tut mit leid, dass ich … ich geh das gerade innerlich so durch«, sagte ich.

»Muss man ja, wenn man ein falsches Bild hat. Du hast mein volles Verständnis. Wenn jemand weiß, wie Jakob die Leute zutexten kann, dann ich.«

Sie wollte triumphieren.

Ich konnte ihr den Gefallen nicht tun. Aber mir fiel auch keine Alternative ein.

»Hauptsache, dein Sohn ist wieder da, oder?«

Das fand sie auch, und wir retteten uns kurzzeitig in eine Atmosphäre, in der man Mailadressen und Telefonnummern austauschen konnte. Dann verabschiedete sie sich, und ich blieb zurück mit den Krümeln ihres Schokoladenkuchens.

*

Sie waren pünktlich im Café erschienen, ihre Longboards unterm Arm, mein Sohn mit hochrotem Kopf. Weil ich die Stadt selbst unübersichtlich fand, ermahnte ich Benji, am nächsten Morgen den kleinen Hotelstadtplan einzustecken. Alles, worauf er sich verließ, war der rote Punkt, der unser Hotel in seinem Smartphone digital markierte. Ich gab auch Leka meine Handynummer. Natürlich lud ich den Jungen mit zum Essen ein. Libanesisch. Vorher kauften wir noch Sonnenmilch. Als wir danach wieder den Mutter-Teresa-Boulevard entlanggingen, schien das ganze Land auf den Beinen zu sein. Auf einem Steinsims vor einer Moschee lagen bunte Gebetsteppiche. Ich erschrak, wie klein sie waren, kaum größer als die Fußmatten unserer christlichen Häuser. Auf einem Basar in der Fußgängerzone kaufte ich ein dunkles Honig-Propolis-Gemisch, bevor mir Leka vom Etikett übersetzte, dass es gegen Hämorrhoiden helfen sollte. Wir trafen einen Irren, der mich als Investor für 3-D-Drucker gewinnen wollte, mit denen er vorhatte, Waffen herzustellen.

Auf dem Dach der EU-Vertretung wehte die blaue Flagge der jungen Republik. Sechs Sterne über dem neuen Kosova-Grundriss, sie sollten die Ethnien des Landes darstellen, erzählte Leka, aber der Gedanke an die Europäische Union war unvermeidlich. Selbständigkeit, das wusste jeder, hätte anders ausgesehen. Leka führte uns auch in eine bizarr große Kathedrale, die der katholischen Minderheit frisch in die Stadt gestellt worden war. Im Inneren standen in bunten Farben Plastikgartenstühle. Kaum wieder auf der Straße, sah ich im Schaufenster eines Buchladens ein großformatiges Buch, das ich unbedingt anschauen wollte, weil es so prominent präsentiert wurde – es handelte sich um die Liste aller Opfer und Vermissten des Kosovokrieges.

So glücklich es mich machte, mit den Jungs zu sein, für einen ersten Spaziergang war das alles etwas zu viel.

*

Noch am selben Abend schickte mir Arjeta eine Mail mit den Links zu einigen Videofilmen, die sie zusammen mit Lum Podrimja gedreht hatte. Komisch, wir hatten im Café weder über Lum noch über diese Filme gesprochen, vielleicht hielt sie mich für einen Journalisten.

Sie hatte nur »Reiterkämpfe« ins Betreff geschrieben und »Mit Gruß« in die Mail.

Ich sah mir *Muschki topi I/II/III* dann am Morgen an, als Benji sich nach dem Frühstück auf den Weg zu Leka gemacht hatte. Der Titel, das fand ich im Netz heraus, war zugleich der Name eines nordalbanischen Kinderspiels, das in den Videos auf drei verschiedene Weisen dargestellt wurde.

Die Kurzfilme begannen alle mit der gleichen Szenerie: Auf einer kleinen Waldlichtung werden einige vorpubertäre Jungs von anderen Jungs Huckepack getragen. Die Reiter werfen sich einen knallgelben Gummiball zu und vollführen damit kleine Kunststücke. Einer lässt den Ball auf der Spitze seines Zeigefingers tanzen, ein anderer jongliert ihn auf dem Kopf. Es geht aber bei allem Spaß darum, den Ball stets in der Luft zu halten. Der Ball muss gepasst und aufgefangen werden.

Die reitenden Spieler tragen Poloshirts mit Aufnähern der serbischen Nationalfahne. In *Muschki topi I* fällt der Ball zweimal zu Boden, aber es gelingt dem Film an diesen Stellen, Ross und Reiter auszutauschen, ohne dass der Zuschauer es sogleich bemerkt. Ein Kameraschwenk durch die grünen Bäume genügt – schon sind die Kinder mit dem albanischen Adler und den roten Hemden auf dem Rücken der Serben aufgesessen. Dann greift auch einer von ihnen ins Leere, der Ball fällt wieder runter, und erneut findet der Reiter-Ross-Wechsel im Off statt.

Dieser Filmloop dauert bloß drei Minuten. Ich hatte mir *Muschki topi I* einige Male angesehen, bevor ich mir einen

Reim darauf machen konnte. Der Film spielte nicht in der Jetztzeit. Er war ein idealistischer Kommentar auf das jugoslawische Zusammenleben unter Tito. Serben wie Albaner hatten im Alltag abwechselnd die Rolle desjenigen ertragen, der unterjocht wurde, wohl wissend, dass bald der Moment kommen würde, wo man sich wieder zum Reiter erhob und lustig machen konnte über die dummen Pferde. Ein Gleichgewicht der Erniedrigungen.

Muschki topi II und *III* waren hingegen missglückte Spielarten, Abartigkeiten, Fehlprogrammierungen, die der ethnischen Realität auf dem Balkan gerade dadurch viel näher kamen.

Muschki topi II rückt vom ersten Film ab, indem er zeigt, wie ein serbischer Reiter sich an einem albanischen Pferd vergeht. Der erste Schlag wird zum Signal. Nun gehen die Pferde allesamt im Hohlkreuz zu Boden, die Reiter haben ihnen die Knie in die Wirbelsäulen gedrückt. Und natürlich fällt auch der Ball und würde seine gelbe Leuchtkraft verlieren, wenn nicht die Kamera ihm folgte, um ihn am Rande der Lichtung einzufangen, wo er als gelbbemalte Handgranate wieder scharf wird – in zweifacher Hinsicht. Denn im nächsten Augenblick explodiert er. Von hier an entsteht im Vordergrund, jetzt in Zeitlupe, ein buntes Schlachtengemälde.

Der Loop von *Muschki topi III* ist doppelt so lang wie die anderen beiden Teile. Ich verstand bald, warum: Die Allmählichkeit war sein Thema. Der Film arbeitet heraus, wie aus einem Spiel Ernst wird, und er betrachtet hierfür zahlreiche Übergangsstufen, die mir lebhaft in Erinnerung geblieben sind. Wie ein Junge die Faust gegen einen anderen hebt, sie dann aber in die offene Fläche seiner eigenen anderen Hand niedersausen lässt und dabei mit offenem Mund verkrampft lacht. Wie ein Reiter sich eiserne Sporen aus der Hosentasche pult, um sie an die Stiefel anzulegen und damit sein Ross zu triezen. Ein Reiter wirft einen Holzstock von der Senkrechten in die Waagerechte, fängt ihn auf und verwendet ihn fortan als Lanze, um einem Pferd die Mütze vom Kopf zu stoßen. Ein Pferd raucht eine Zigarette an, reicht die Kippe hinauf zu seinem Reiter, der daran zieht und in ein keuchendes Husten ausbricht. Die Jugend rauft am Boden, und einer hält den anderen fest, damit ihm ein Dritter den neongelben Ball auf den Pelz brennen kann.

Sich wie Kinder benehmen, dachte ich beim Zuschauen. Das hieß immer auch, Späße wurden zu schlechten Späßen und wuchsen zu Sticheleien, aus denen sich Abfälligkeit herausschälte, bis auch hier schließlich die rollende Handgranate ins Bild kam als das Unglück zwischen den Völkern.

Der dritte Film endet mit dem Zoom auf die gelbe Handgranate, er endet vor der Explosion, was ich moralisch fand, aber in einem guten Sinne.

Alles war darauf ausgelegt, dass man die drei Filme miteinander verglich. Ließen sich die Spielverläufe politisch deuten? Dann veranschaulichte *Muschki topi II* womöglich die These des plötzlichen Eingriffs in die Geschichte, den Milošević'schen Übergriff, sein *Niemand darf euch schlagen,* mit dem er die Kosovoserben mehr als nur in Schutz genommen hatte. Und der dritte Teil setzte diesem Bild ein anderes entgegen: den immerwährenden Nationalismus, einen jahrhundertealten Haarriss, der sich ganz langsam zum Riss und in unseren Jahren schließlich zum offenen Bruch zwischen den Ethnien ausgeweitet hatte.

Aber das waren Fabeln, Interpretationen, damit allein wurde man der Videokunst nicht gerecht. Was mich besonders beeindruckte, waren die stimmigen Wechsel von Schnitten und Kameraschwenks, der Rhythmus, und auch der

Drehort selbst: diese Lichtung, wie eine Zentrifuge umstanden vom frühen Grün der Buchen, das sich bald über dem Kinderspiel drehte, als würde es über der Szene wuchern und sie schließlich einnehmen wie der Urwald die Konquistadoren.

*

Ich bedankte mich bei Arjeta Haliti für die Filme und hängte ein Foto vom Vorabend an, Leka und Benji spielten an einer großen Wasserfontäne, spritzten sich gegenseitig nass. Nur eine Stunde später schrieb sie zurück, sie habe es nicht so gern, wenn jemand sie mit guter Laune erpresste: »Mir ist aufgefallen, schon im Café hast du ein ›Benji-und-ich-Teambuilding‹ betrieben, als redeten du und dein Sohn mit einer Zunge. Vielleicht kennt ihr solche Probleme nicht, wie ich sie mit Leka habe. Aber bitte nicht dein gesundes Familienleben ausspielen, nur weil du denkst, dass wir hier ein gestörtes Nichtfamilienleben führen. Ich sage das lieber gleich, weil viele Internationale nur ein Motiv haben, in Kosova zu sein: Selbstbestätigung. Ich hoffe, das ist bei euch anders. Und was das Teambuilding angeht, verstehst du nicht, dass du mir im Grunde ein Spaßfoto von euch dreien geschickt hast, von deinem Sohn, meinem Sohn und dir? Bitte erpress mich nicht mit eurer guten Laune, Gruß, A.«

Himmel, dachte ich, was die Menschen sich so aus der Luft greifen können. Ich hatte eine kleine, kaum bedeutsame innere Freude verspürt, ihr unsere Kinder beim Spielen zu zeigen. Ein Foto, mehr nicht. Im Café hatte ich fast nichts von Benji und mir erzählt, keinen einzigen Vergleich zwischen unseren Söhnen oder gar unseren Erziehungsmaßnahmen gezogen – und sie fühlte sich erpresst?

Ich wollte mir eigentlich weiter die Stadt angucken, kam

aber mit ihren Anschuldigungen nicht klar. Also schrieb ich zurück, dass ich nicht um irgendeine Aufmerksamkeit buhlen wollte, die mir überhaupt nicht zustand, aber dass sie mich gerade verletzt hätte, ohne es wohl eigentlich zu merken.

Sie ruderte daraufhin zwar ein ganzes Stück zurück, driftete dabei nur eigentümlich weit ab. Sie habe mich jetzt vielleicht auch als deutschen Stellvertreter der albanischen Familienmuster kritisiert. Kein Wort darüber, dass das ein paradoxer Gedanke war. Je bekannter sie unter den Künstlern würde, schrieb sie, desto weniger beachteten sie ihre Verwandten. Auf Festen gehe man ihr aus dem Weg. Oder man peinige sie mit Erwartungen, denen sie nicht entsprechen könne. Sie sei halt anders als alle anderen. »Meine große Familie – wir haben ja hier alle große Familien – existiert nicht als Kreis um mich herum, sondern sie lebt als Kette an mir vorbei.«

Auch schön, eine zweite Mail, die fast nichts mit der ersten zu tun hatte. Keine Rede mehr von Selbstbestätigung und Erpressung. Ich schluckte das runter, ich nahm mir vor, wohlgesinnt zu sein. Fragte mich allerdings, wie sehr sich Arjetas Lebenslauf tatsächlich von der allgemeinen Frauenbiographie in Kosova unterschied. War sie Feministin? In meinem Sinne bestimmt, aber wollte sie auch so genannt werden? Musste ich mehr Hochachtung vor ihr haben? Ich fummelte schon wieder an einer neuen Mail herum, peinlicher Tonfall, herablassendes Lob, dieses Mal hätte sie recht gehabt mit jeder Kritik, aber anscheinend saß sie selbst noch am Rechner, und bevor ich abschicken konnte, was ich garantiert bereut hätte, kam von ihr:

»Du bist ja sicher auch als Schriftsteller hier. Mich würde es freuen, wenn du über meine Kunst schreibst.«

»Dann erzähl mir was von deiner Kunst.«

»Was hältst du von einem Ausflug?«

2

»Seht ihr die roten Farbbänder, Schlierenwagen, die sind ganz frisch aus Österreich gekommen.« Lum Podrimja zeigte voraus, und es stimmte, die Farbbänder der Waggons leuchteten sehr rot schon in der Entfernung, als wir zu fünft durch die klare Morgenkühle auf den Bahnhof zuliefen, Lum, Arjeta, Leka, Benji und ich.

Auch von innen waren die Zugwagen schön anzusehen. Lederne Kopfstützen, orangefarbene Polster. Wir hatten es uns bequem gemacht. Ein Duft von Anfang, dachte ich, von Aufbruch. Aber dann stand der Zug schon vor der allerersten Station auf offener Strecke herum, zehn Minuten, fünfzehn, ohne dass ein Grund auch nur zu erahnen war.

»Vorführeffekt«, sagte Benji.

»Sorry, no news«, sagte Lum.

Und wir ruckten wieder an.

Am ersten Bahnhof in Fushë teilte sich unsere Ausflugsgruppe. Die beiden Jungs begleiteten Lum auf eine Filmrecherche und stiegen hier aus. Ihr Ziel war der Eisenbahnfriedhof Miradi, zwei Kilometer abseits der aktuellen Bahnstrecke, Lum wollte dort vor allem die ausrangierten jugoslawischen Waggons filmen, wofür er zwei große Kamerakoffer dabeihatte, die Benji sehr faszinierten.

Wir wünschten ihnen viel Spaß und winkten durchs offene Fenster, bis sie außer Sichtweite waren. Arjeta und ich fuhren weiter, bis an den westlichen Rand des Landes nach

Peja, sie wollte mir die Galerie zeigen, in der sie vor drei Jahren mit Lum zusammen ihre erste Ausstellung gehabt hatte. Jetzt blieb sie am Fenster stehen, blickte nach vorn, westwärts. Sie winkte mich noch einmal heran und zeigte mir die Berge in der Ferne, das Prokletije. Auch der letzte Schnee ist geschmolzen, sagte sie. Und dass sie mit ihrer Mutter und ihrer Tante einmal eine Bergwanderung dort oben gemacht habe, in der Nähe der montenegrinischen Grenze, wo die Gebiete noch nach den Familienstämmen hießen. Ein toller Tag sei das gewesen. Ihre Mutter in Wanderschuhen, stolz vorausgehend, stehen bleibend, die Hände in den Hüften, mit Blick auf die grandiosen Schluchten und die riesigen grünen Zungen der Trogtäler. Blerinas Großeltern kamen aus den Bergen, aber ihr Heimatdorf existierte nicht mehr.

»Nur die Berge werden immer da sein«, raunte ich.

»Ach, bist du auch so einer?«

Ich verstand nicht, wen sie meinte.

»Die Berge als Zeugen und Wächter«, äffte sie irgendjemanden nach, »auf den Krieg, die Resolutionen, auf jeden Eisenbahnwaggon und auch auf die kosovarische Unabhängigkeit – auf alles menschliche Streben sehen sie von den Rändern des Landes herab, und umgekehrt muss, wer immer sich aus Prishtina in irgendeine Richtung losmacht, zu ihnen aufschauen.« Sie bemühte sich, ironisch zu klingen, bis sie ihre Rede mit einer Art Zauberspruch krönte: »Hui, ui, die Berge umgeben das Land.«

Ich wusste weder wovon sie sprach, noch worauf ich mich mit der Zugfahrt insgesamt einließ. Bislang, fand ich, hatte sie Jakob Schütte einiges an Verrücktheit voraus.

»Alles Zitate, jedenfalls ungefähr so. Da ist kürzlich ein deutscher Geopsychologe in der NGO aufgetaucht, wo ich neben dem Schuldienst immer noch arbeite. Dr. Erk Bohnekamp. Oder Bohnenstroh. Oder so. Er hat eigentlich keinen Vortrag gehalten, eher eine einstündige Mahnung. Warum es sich lohnt, in Kosova mehr und genauer über die Berge und das Klima, über die heißen Sommer und den vielen Regen nachzudenken, man müsse alle äußeren Faktoren betrachten, die über Jahrhunderte nach innen wandern und dort den menschlichen Charakter, weißt du, die Mentalität eines Volkes formen. Kannst du dir das vorstellen, am Ende hat Bohnekamp allen Ernstes gefragt, inwieweit die Geofaktoren *hierzulande* vor allem die Selbsteinkehr und Selbstgenügsamkeit fördern!«

Ich lächelte, pure Verlegenheit.

»Ich habe Herrn Bohnekamp gesagt, dass sich auch viele Künstler *hierzulande* der Metaphernwelt von Zoo und Zaun, Gehege und Käfig bedienen. Aber wenn man diese Künstler trifft, dann handeln die Gespräche selten von den Bergen, sondern von den Ländern dahinter. Von einem fehlenden Visum. Dann spricht man darüber, dass man besetzt worden ist und jetzt besucht wird – beides von Leuten, die fliegen und daher jederzeit wieder abzwitschern können.«

Abzwitschern, das hatte sie wirklich gesagt. Natürlich sollte ich mich mit gemeint fühlen.

»Ich bin auch kein Freund solcher Vorträge, wie du sie gerade beschreibst.«

»Kein Freund? Die stehen mir bis hier oben, diese Reden auf die Übergangsgesellschaft. Die bewirken immer nur, dass es sich alle schön im Türrahmen des Übergangs gemütlich machen und auf die Bewegung der anderen warten.«

»Wer bezahlt denn so einen Bergspezialisten für seine geopsychologischen Analysen?«

»Na, wer wohl. Die EU. Ihr. Der Bullshitting Research Fund für die Debalkanisierung des Balkans und die Einhaltung der Kopenhagener Kriterien. Weißt du, ich lese dann seine Vita, ein geborener Leipziger. Wenn Dr. Bohnekamp seinen Vortrag schon nicht empirisch unterfüttern kann, muss er dann nicht wenigstens begreifen, dass es ein menschliches Urbedürfnis ist zu reisen? Oder glauben jetzt schon die Ostdeutschen, wir seien in Jugoslawien nicht Zug gefahren?«

Dieser Zug hier, so viel wusste ich schon, verkehrte bloß zweimal am Tag. Wir standen an einem weiteren Dorfbahnhof, beobachteten das Ein- und Aussteigen der Leute. Eine Frau hatte ihre Hand auf einen Kinderschopf gelegt. Drei Männer hievten einen Holzkarren mit großer Basttaschenladung in den Zug. Ein Strecken und Bücken und Helfen und Nachfassen. Faszinierend, wie man den Körpern das schwere Gewicht ansah, das sie hoben.

Die Mutter stieß die Tür zum Abteil auf, mit ihr kamen die Kinder nacheinander hinein und nahmen schräg gegenüber von uns Platz. Die Frau hielt neben sich frei für den Mann, die kleinen Kinder klappten sich die Mittellehne hoch, wodurch sie mühelos zu dritt auf zwei Polstersesseln sitzen konnten. Das älteste Mädchen blickte zu uns herüber. Dunkle Haare und dunkle Augen über einem senfgelben Pullover, der an den Ärmeln zu kurz war. Es saß außen, am Mittelgang, schützte die Geschwister.

Erst als der Vater hinzukam, sich wortlos setzte, erst als wir sie alle beisammen hatten, stieß mir Arjeta ihren Ellenbogen in die Hüfte. »Meine Familie«, flüsterte sie.

Einen Augenblick brauchte ich, dann sah ich, was Arjeta meinte: Es war ihre Konstellation, die gleiche Altersabfolge wie damals, als sie ausgereist war: Vater, Mutter, ältere Tochter, zwei jüngere Söhne.

Sie hatte die Augen geschlossen.

»Woran denkst du?«

»Ich sehe, wie ich meinen Bruder Naim an der Hand führe, über deutsche Bahnsteige. Und aufs Zugklo mit ihm, damit er sich nicht verläuft. O wei, vom Zugklo runter, zurück ins Abteil, schwer wie eine Menschenpuppe, ich habe ihn so hinter mir hergezogen, mit der anderen Hand hab ich ihm den Mund zugehalten. Und dann hat er mir reingebissen.«

Sie ließ den Arm hängen, als spürte sie das Körpergewicht ihres Bruders.

Das Urbedürfnis zu reisen, dachte ich.

Der größere Junge uns gegenüber hatte einen Abakus in der Hand, einen Holzrahmen mit Kugeln in sechs Farben, aber alles, was er damit anstellte, war, ihn immer umzustülpen wie eine Sanduhr, damit die Kugeln Lärm machten. Der kleinere saß und kaute so lange auf Sonnenblumenkernen herum, bis er auch die Schalen runterschlucken konnte. Seine Füße ragten gerade einmal über das Sitzpolster hinaus, die Gummisohlen waren halb abgelaufen, die übrig gebliebenen Hälften der Profile ergaben zusammen ein Herz.

Das Mädchen aber sah Arjeta an, als hätte ihre Schicksalsgemeinschaft nie in Frage gestanden. Es saß aufrecht, den linken Arm ruhig auf der Außenlehne. Mit zwei Fingern nahm es eine Haarsträhne, die ihm ins Gesicht gefallen war, zwirbelte sie zwischen den Fingern, legte sie wieder hinterm Ohr ab. Ich sah die viel zu frühe Ernst- und Bedenkenhaftigkeit in ihren Augen. Dreizehn war sie, vierzehn, und hatte die Augen einer Wachhündin. Sie zog ihre Augen nicht ab. Grob, fand ich, grob und unhöflich.

»Meine Familie«, wiederholte Arjeta.

Sie sagte es absolut wertfrei, während ich mich lieber weggesetzt hätte.

»Hast du damals auch so penetrant geglotzt?«, fragte ich.

»Schätze schon.«

Ich sah zum Fenster hinaus, der Zug zerteilte das grüne Wiesenmeer, Kalksteine bildeten Wellenkämme. Die Sonne stieg auf über Kosova. Dann standen wir noch einmal für zehn Minuten in einem Bahnhof. Wahrscheinlich rauchte der Lokführer zwei Zigaretten, oder er lud etwas ab, das außer ihm niemand sehen konnte. Jedenfalls sagte Arjeta scherzhaft, dieses Land sei voll von Geisterware. Aus dem Bahnhofsgebäude ergossen sich Steine bis ans Gleis, die Trümmer zerbombter Mauern, die niemand wieder aufrichten wollte.

Und dann, am letzten Bahnhof vor Peja, war etwas geschehen, womit Arjeta überhaupt nicht gerechnet hatte, weil sie wohl nicht damit rechnen konnte. Das Gegenübermädchen zog sich einen roten Seidenumhang über die Schultern, den es vorne nur mit einem Knopf zusammenhielt, es band sich die Haare zum Zopf, blitzschnell, wie eine Frau, die das tausendmal gemacht hat.

So stieg sie alleine aus, während die Familie sitzen blieb. Der Rest der Familie. Unsere Blicke folgten ihr durchs Fenster, ihrem festen Gang auf dem Bahnsteig. Sie wurde nicht abgeholt. Mit leicht esoterischer Güte lächelte Arjeta die Fensterscheibe an, während dieses Mädchen ins Nichts ging und verschwand. Wie Leka in Berlin, dachte ich.

*

Sie habe diesen Zug bislang nur genommen, wenn sie sich eine Ausstellung ansehen wollte oder selbst ausstellte. In letzterem Fall, auch dafür stand der Zug, reiste Arjeta immer mit feuchten Händen, denn sie litt unter der Krankheit, sich nie gut genug vorbereitet zu fühlen. Am schlimmsten sei es bei der *Muschki-topi*-Präsentation gewesen, als sie eine Rede halten musste und Lum ihr noch zwei Tage vorher seine Korrekturen geschickt hatte. Lum besaß einfach kein Zeitmanagement, aber das sei eine Eigenschaft, die Arjeta an vielen Künstlern beobachtet hätte: Sie setzten immer die eigene Spontaneität auch im anderen voraus.

Ich war froh, dass sie mal über Dinge sprach, denen ich folgen konnte. In Prishtina, erzählte sie, gab es ganz nah an der Kunstfakultät eine Fleischerei, die plötzlich *Rizoma* hieß, das Rhizom, das sei ein Treffpunkt gewesen, aber die wichtigsten Ausstellungen hätten immer hier in Peja stattgefunden, in der Galerie *Exit*. Insgesamt drei davon hatte sie mitkuratiert, bis sie mit Lum selbst im Mittelpunkt stand.

Das *Exit* war jetzt ein Café, aber als wir durchs Straßenfenster hineinstarrten, fand mein Auge noch zu allem, was Arjeta über seine Geschichte sagte, die Entsprechungen im Raum. Vierzig, fünfzig Quadratmeter, zwei Stützpfeiler, alles weiß gestrichen, an der Decke zwei Neonlichtleisten. Ein unscheinbarer Raum ohne jeglichen Charme, und doch ein elementares Gehäuse für die kosovarische Szene. Ein Mikrofon auf dem nackten Estrich, sagte sie, keine Bühnenerhöhung. All die Künstlergesichter, die sie aus den letzten Jahren kannte. Die ganze *Schule der fehlenden Identität*. Auch die beiden Gründer der Galerie gehörten in diesen Kreis. Es gab keinen Kreis außerhalb des Kreises. Sie seien alle da gewesen.

Nein, sie sprach jetzt nicht mehr von der *Muschki-topi*-Vernissage, sondern vom *Provisorium*, zwei Jahre später. Zuerst habe sie die Karte Beiläufigkeit gespielt, indem sie nur leise zu sprechen anfing, zwar ins Mikrofon, aber leise, und dabei in einem Heft herumblätterte: »Lum Podrimja hat im laufenden Jahr … drei Ausstellungseinladungen in europäische Großstädte … keine annehmen können, nicht Bergen, nicht Berlin, nicht einmal Sarajevo … kein Visum erhalten … jeder im Raum weiß, wie die Lage ist …«

Was sie dann präsentiert habe, sei Paratext gewesen, die Vor- und Nebenarbeit zur Filmkunst, vier oder fünf eingescannte Blätter, das Brainstorming von Lum und ihr. Diese Blätter waren ein Fake, gestand mir Arjeta, sie waren gar nicht live bei der Arbeit entstanden, sondern nachträglich, aber sie wurden auf die Galeriewand gebeamt. Mit verschiedenen Stiften wie Schriften, hochkant und waagerecht stand vieles durcheinandergeschrieben, und in ganz willkürlicher Reihenfolge habe sie diese Notizen damals bei der Vernissage vorgelesen.

Wir saßen jetzt im *Exit*, ja, es hieß immer noch so. Der Cafébesitzer hatte sich an unseren Tisch gesetzt, auch eine Freundin von Arjeta, die sich mit festem Händedruck als Florentina vorstellte. Sie sprachen miteinander, bis Arjeta das Programmheft zum *Provisorium* aus der Handtasche zog und es Florentina über den Tisch reichte, die auf Albanisch daraus vorlas.

Nach jedem Teilstück hielt sie inne, damit Arjeta es mir ins Deutsche übersetzte, was für heitere Stimmung sorgte. Stück für Stück wurde ich der Rede gewahr, die Arjeta auf ihrer Vernissage im Frühjahr 2012 gehalten hatte.

Aufbau, Einriss, Abbruch, Wiedererrichtung: Ein Gebäude bekommt einen Flügel, während ihm der zweite gestutzt wird. / Hundert Kosovaren schlagen und dengeln auf Weißblech (neues Provisorium ersetzt altes Provisorium). / São Paulo: Stadt über der Stadt. Tirana: Edi Rama bezeichnet die Fassaden als Organe. / Nach dem Erdbeben 921 in Jiji entstehen auf Taiwan schnell zu errichtende, uniforme Häuser in Küstennähe = Legalisierung des spontanen Bauens = Marjetica Potrč = Fall-

studien von Häusern, Metropolenträume (Gegenwart). / Potrč: Ein Haus aus leeren Bierkisten in Caracas, die Wiedergeburt des Schrotflintenhauses aus New Orleans. / Die Hybriden sind keine Inselkette, sondern traumgefertigte Häuser. / Das Wilhelmsburger Hinterland in Hamburg wird geflutet. / Soldaten marschierten ein. Niemand war mehr da, dem man diesen Sozialismus heimzahlen konnte, der jahrzehntelang die osmanischen Wurzeln aus den Fassaden gezogen hatte! Wurzeln, Schlauchwurzeln, Stromkabel. / Gegenschlag = Den Amerikanern imponieren: Peyton Place, Prishtinë = arabeskes Kalifornien = Treibgut im Hamburger Hafen, gedrechselte Schauerstücke, verdrehte Alpträume der modernen Welt. / Eine Echtzeit-Studie in Dodona: Ich laufe durch die Innenstadt, balanciere auf Baustellenbrettern, auf Installationen von Baustellen, auf unserem selbst zusammengezimmerten Traummaterial, ich lache in die Kamera: »Lange dachte ich, ich würde Architektin werden, ich hatte gleich zwei Bezüge, meinen Freund Bedri und auch den Vater meines Hamburger Freundes.« / Leka sagt: »Aber dann …« / Casagrande, Akademie des Ruins: Industriestadtruinen aktiv verwalten. Löcher im Beton. Regenwasser und Baumwuchs, Beete ragen ins Wohnzimmer. Sozialer Anspruch, ökologischer Anspruch. / Träume auf der Schnittstelle von Kunst und Architektur. Träume, in denen wir von Erdteil zu Erdteil springen. Auf einem Seil über die Grenze. / »Es wäre ja verrückt, wenn man nicht daraus lernte, wie die Menschen in der Not bauen, wie sie sich versorgen, welche Prioritäten sie setzen. Deshalb Bilder aus Caracas. Aus Taiwan. Aus Gaza. Und von Dodona. Denn es ist hier etwas zu lernen: die Überzeugung, dass nichts bleibt, wie es war. Dass alles, was war, im nächsten Moment fortgetragen werden kann von einer politischen oder privaten Entscheidung. Dafür muss man Formen finden, Formen schaffen. Schnell zu errichtende Formen, die sich abtransportieren und woanders wieder aufstellen lassen. Versatzstücke, Baumarktmöbel, Sperrholz.« / Ein Minimum an Wohnraum. Sollte auf zwei Marktkarren passen. / Zusammengeklapptes, Gefaltetes, Ineinandergeschobenes. / Aus Abfall, Kisten, aus Wertlosigkeit. / Aus fast: Nichts.

Florentina senkte das Heft. »Stimmt, an der Stelle«, erinnerte sich Arjeta, »als ich das damals vorgelesen hatte, hab ich eine Pause gemacht und sehe so rüber ins Publikum. Nicht diese Blätter sind wichtig, hab ich gesagt. Nicht an unseren Notizen erkennt ihr uns. Nicht an dieser Rede. Sondern an der Konsequenz daraus. Am Handeln.«

Arjeta wollte die Faust ironisch ballen, aber es misslang. Sie atmete tief ein, es sah aus, als sei sie aufgeregt und kämpfe mit irgendeinem Unterdruck aus der Erinnerung. Sie hätte damals alles zigfach geprobt, sogar vor dem Spiegel, die Rede war in sie hineingewandert, und jeder Satz schlug seine Zähne mit großer Selbstverständlichkeit in den nächsten, sagte sie, es gab kein Zurück mehr an diesem Punkt.

Jetzt stand sie sogar auf:

»Wir wollen und werden der provisorischen Gesellschaft einen provisorischen künstlerischen Ort geben, den sie verstehen wird. Wir werden in einem selbstgefertigten Haus im Gërmia-Park wohnen, leben und arbeiten. Dies ist keine Aktion. Dies ist auch kein Aufschrei gegen die Visapraxis. Nicht bloß ein Aufschrei gegen die illegale Abholzung. Dies ist kein Bild für etwas. Und kein Bild gegen etwas. Dies ist das Leben. This is life! Unser kosovarisches Leben. Wir werden die letzten Bäume in Gërmia fällen und Zaunpfähle daraus machen. Kommt uns besuchen. Spitzt die Pfähle an. Rammt sie ein. Helft mit. Ihr seid herzlich eingeladen. You belong! Ihr gehört dazu.«

Noch eine Pause, die ihr wichtig war. Der Auftritt verlangte sie noch immer.

»Na jemi provizoriumi. Wir sind das Provisorium.«

Florentina sagte auf Englisch zu mir, da habe die Galerie, aus der jetzt ein Café geworden war, gegrölt und applaudiert. Alle reckten Arjeta ihre Bierflaschen entgegen. »She totally hit the point, you know?«

»I see«, sagte ich. Sie hatte den Nerv getroffen. Alle wollten, dass man etwas tat. Aber niemand ging vorneweg. Und plötzlich, das sei wie im Rockkonzert gewesen, hätten alle skandiert:

»Na jemi provizoriumi.«

*

Ich lag neben Benji auf dem Doppelbett und war zu platt, um die Vergleiche, die ich zog, auch auszusprechen. Ich hätte ihm von Buñuels *Würgeengel* erzählen können. Und natürlich dachte ich an Arjetas Worte über ihre Künstlerfreunde, die den Zoo und das Gehege thematisierten. Alles passte zusammen, formte sich zur Identität. Die Republik Kosova war das Land, aus dem man nicht herauskam.

Nur Lum musste es irgendwie geschafft haben.

Der letzte Muezzin des Tages sang durchs gekippte Fenster zu uns herein.

In Miradi, auf dem Eisenbahnfriedhof, waren die Jungs herumgestreunt, es hatte offen stehende Güterwaggons gegeben, in denen sie alte Kohlesäcke und Taubenkadaver fanden, sogar die Reste eines Katzenskelettes. Ein paar Bahnprospekte wehten zwischen den Wagen umher, so alt und vergilbt, dass Leka meinte, es seien Geisterpapiere auf einem Geisterbahnhof, sonst würde es ihnen ja gelingen, das Gelände zu verlassen. Aber weil sich der Wind in Miradi permanent drehte, würden diese Papiere immer von einem Gegenwind zurückgehalten, sobald sie den Rand des Bahnhofs erreichten.

Benji sagte, er habe sich dort seltsam fremd gefühlt. Seine Ehrfurcht vor Lum aber konnte ich mit Händen greifen. Ich hatte ihm schon eine gute Nacht gewünscht, da setzte er noch einmal an zu erzählen. Bestimmt zwei Stunden lang hätte Lum Aufnahmen gemacht. Benji hatte ihn dabei nur beobachtet, aber der merkte es gar nicht, machte einen »total losgelösten Eindruck, als wär er alleine auf dem Mond«. Später auf der Rückfahrt hätte Lum ihm erklärt, dass ein Fotograf sich ganz vertiefen müsse in die Materie. Er habe den Ort geatmet und dadurch sogar zurücksehen können in die Nachkriegszeit, als Miradi noch das Zentrum für Hilfsgüter gewesen war, Motoren, Benzin, Dachschindeln, Bauholz, alles hatte das Militär aus Mazedonien hinaufgerollt, um es von diesem Bahnhof aus sternförmig im Land zu verteilen.

»Sternförmig«, sagte ich, »schön.«

»Welches Militär eigentlich, das serbische oder das albanische?«, fragte Benji.

»Weder noch, Benji. Unser Militär.«

»Ach so.«

»Schlaf schön.«

*

Ich muss kurz von den Wechselbädern erzählen, denen Benji und ich ausgesetzt waren, Wechselbäder, die Arjeta uns bereitete.

Als wir, das war am folgenden Morgen, mit dem Auto aus Prishtina hinausfuhren, klang sie zunächst wie eine Reiseleiterin, die das Tagesziel anpreist. Der Gërmia-Park sei wunderschön, ziemlich bewaldet, ein Mittelgebirge, fast vierhundert Höhenmeter. Das perfekte Naherholungsgebiet, im Frühjahr und Herbst könne man dort wandern, jetzt im Sommer sei überall Picknick und das große Schwimmbad geöffnet. Ach, und diese Straße, die zum Gërmia-Park führt, sie sei nach Shpëtim Robaj benannt, einem albanischen Doktor, der 1998 als Freiwilliger für das Internationale Rote Kreuz in den Dörfern arbeitete, Kriegsverletzte behandelte und starb, als er mit seinem Wagen auf eine Landmine fuhr.

So machte sie das. Damit gar nicht erst Schwimmbadurlaubsgefühl aufkam. Aber vielleicht gab es zu diesem Sprechen in Kosova auch gar keine Alternative. Leben kippte permanent in den Tod. Deshalb sollte ich gegen Arjetas Ehrlichkeit keinen Einspruch erheben. Ich fand nur, dass sie manchmal auch verbittert klang.

Im Auto war es heiß, und Benji trank in großen Zügen aus der Wasserflasche, die wir vor der Fahrt gekauft hatten. Ihn im Rückspiegel fixierend, hielt Arjeta es für nötig, uns auf das Wasserproblem in Kosova hinzuweisen, vom letzten Winter zu erzählen, der so trocken gewesen sei, dass in den Städten das Wasser aus den Reservoirs rationiert wurde. »Wisst ihr, die künstlichen Seen fassten gerade noch Wasser für eine einzige Woche, als in den Höhen endlich wieder Schnee fiel und als Schmelzwasser zu Tal floss.«

*

Die beiden Künstler Arjeta Haliti und Lum Podrimja haben ihr *Projekt Provisorium* von den Vorbereitungen bis zum Ende dokumentiert, und zwar ausgiebig, in mehr als zehn Stunden Filmmaterial. Der erste Film fängt mit einem Standbild an: ein kosovarischer Marktkarren, ein Dreirad. Vorne das uns allen geläufige große Rad mit Gummibereifung, unter den Schubgriffen verläuft eine weitere Achse mit zwei kleineren Holzrädern. Über den Schubkarrenbauch ist ein großer Holzrahmen gespannt und mit Seilen und Schnüren am Eisengestell festgemacht, an den Seiten schmale Bretter, die dafür sorgen, dass die Ladung nicht hinunterfällt.

Zusammengeklapptes, Gefaltetes, Ineinandergeschobenes, hatte Arjeta in der Ausstellung gefordert. *Aus Abfall, Kisten, aus Wertlosigkeit. Aus fast: Nichts.* Lum kommt in den Innenhof und stemmt vier Baupaletten auf die Karre. Für das Dach zwei Bahnen gelbes Wellplastik, die er mit zwei Säcken Baulehm und einem Sack Tierhaar beschwert, das er, wie er selbst in die Kamera sagt, von seinem Vater aus Gjilan abgeholt hat. Das Bett mit seinen eingeklappten Beinen ist einem Feldbett nachempfunden, alle weiteren Möbel würden sie erst vor Ort bauen. Es gibt einen geschlossenen Werkzeugkoffer und einen offenen für Axt, Sägen und einige große Pinsel.

Später halten sie auch das Auspacken im Video fest, in ihren Pappkisten befinden sich noch Gaskocher, einige Gaskartuschen, Wasserflaschen, Tomatendosen, Hartkekse, Trockenobst. Alles was sie präsentieren, spielt mit dem Ruf des Überlebenskünstlers, den Lum Podrimja bereits genießt: Als zeige er noch einmal das Minimum an Dingen, mit denen er damals in seinem Aussteiger- und Todesjahr überlebt hat.

Der Film hat aber zwei Hauptdarsteller, Lum bedient die Kamera mindestens genauso häufig wie Arjeta. Manchmal muss er vorausgefahren sein und filmt zurück in eine Kurve, in der Arjeta mit ihrem Marktkarren erst auftaucht wie die Mutter Courage. Solch unbewegte Einstellungen gibt es auf ihrem nomadenhaften Umzug zahlreiche, ganz bewusst, sagte Arjeta, die Straße streckte sich dadurch lang und länger, obwohl Gërmia bloß ein paar Kilometer von Prishtina entfernt liegt.

Der Park ist, weil es auf den Sommer zugeht, bereits wachgeküsst: Am Rande knallt frisches Birkengrün, und auf der großen grünen Zunge, die sich einem zuerst entgegenstreckt, wenn man aus der Hauptstadt anreist, liegt der beliebteste Picknickplatz Kosovas. Lum und Arjeta haben für ihre Ankunft einen Sonntag gewählt, mitten unter den Menschen laden sie ihr Gepäck ab, fangen an aufzubauen, spielen Frisbee und führen Gespräche, Lum sammelt Holz, die Dämmerung setzt ein, die Gespräche verklingen. Viel Müll liegt herum, und schließlich packt auch die letzte Familie ihre Körbe. Arjeta macht Tee. Die blaue Flamme des Gaskochers in Nahaufnahme. Lum interviewt Arjeta:

»Du hast deinen Sohn zurückgelassen beim Vater. Muss er zur Schule?«

»Ja, aber er wollte gar nicht mit.«

»Wie fühlt sich das an?«

»Wir haben uns darauf geeinigt, dass er nachkommt. Aber was heißt schon Einigung. Es ist schwer mit Leka.«

»Fühlst du dich, sagen wir, degradiert? Denkst du, er ist lieber beim Vater?«

»Weiß ich nicht.«

»Das ist keine gute Voraussetzung für eine Arbeit, die deine Kräfte braucht.«

»Ich brauche vielleicht zwei oder drei Tage, um mich einzulassen.«

»Gut, okay. Du bist ehrlich. Willst du ihn grüßen?«

»Lumi, das kann ich jetzt nicht so.«

»Nimm du mal die Kamera, bitte.«

Geraschel und Geruckel, Lum im Bild, er sagt: »Willkommen in Gërmia. Die Herde ist abgezogen, ihr Müll leuchtet im Dunkel. Der Mensch sagt: Dieser Park gehört abgeholzt. Wir werden dabei mithelfen und unsere Hütte aus strapazierfähigem Gërmiaholz bauen. Morgen müssen wir weiter hinauf. Dann beginnt die körperlich anstrengende Arbeit.«

Lum drückt sich aus dem Schneidersitz hoch, ohne sich mit den Händen abzustützen. Er ist dabei, aus dem Bild zu gehen, hält aber mitten im Schritt inne und spricht die Abmoderation: »Lum Podrimja für Expedition Provisorium.«

*

Die vier Paletten, mit einem grünen Kunstrasenteppich bespannt, bilden die halbe Grundfläche der Wohnung. Den weiteren Boden legt Arjeta mit weichen trockenen Grassoden aus und streut Sand und Schredderholz. Für die Wände des Miniaturhauses geht Lum Äste und Weidenruten sammeln, hackt junges Birkenholz vom Baum und verschränkt alles zu einem dichten Zaun. An einem Parkrestaurant mischt er seinen Baulehm, das Tierhaar, Sand und Zeitungspapier zusammen, und er leiht sich zwei Maurerkellen aus, mit denen sie den cremigen Lehmputz in das Zaungeflecht drücken.

Die Lehmmischung ging auf ein Rezept von Lums Urgroßvater zurück, der Schafhirte war und sich im bergigen Grenzland zu Albanien ganz ähnliche Hütten baute, als Unterstand für sein Vieh gegen die rauen Wetter. Solche Hütten wurden beim Auftrieb im Frühling errichtet und überlebten kaum einmal den nächsten Winter, solche Hütten waren eine bewusste Entscheidung für das Provisorium, denn nie war die Route für den nächsten Almauftrieb gesichert. Es gab allerdings auch Sennhütten, in denen mehrere Männer zusammen molken, doziert Lum im Film, diese waren etwas sicherer gebaut und hatten sogar eine kleine Architektur, ein liegendes Y: Die Ziegen und Schafe wurden durch einen Gang hineingeleitet, im Fuß des Y festgehalten und gemolken und durch den anderen Gang wieder hinausgetrieben.

Lum streckt die Arme seitwärts nach oben, um sich selbst zum Buchstaben Y zu machen. Ihm ist dieses Erbe heilig, und dann hält er schon das Hochzeitsgeschenk seiner Urgroßmutter in die Kamera: ein Milchkännchen, das der Hirte während der langen Winter auf der Fensterbank ruhen ließ und dann ans Sattelzeug seines Hengstes band, wenn es wieder hinaufging ins Gebirge. Lum hat gelernt, wie ein Hirte melkt, die geschlossene Faust, er macht die Bewegung des Daumens vor und erzählt, wie das erste Melken im Mai abgeschlossen wurde. Sein Urgroßvater habe hierzu das Milchkännchen am Gurt vor den Bauch gedreht, um die Milch des letzten Schafes darin zu sammeln.

»Dann tauchte er drei Fingerspitzen hinein und besprengte das Schaf, indem er es losließ.«

Ich schreibe *indem*, weil Lum zum Ausdruck brachte, dass Besprengen und Loslassen eine einzige Bewegung sind. Er sagt auch, leicht verträumt: »In der Bergluft eingefrorene Tropfen.« Er sagt: »Der Segen für die fruchtbaren Almen, für die Herde und den kommenden Sommer.«

*

Der Alltag: Arjeta und Lum verlassen die Hütte noch vor der Morgendämmerung und gehen mit einem von zwei Marktkarren – wenn man den Selbstkommentaren der Videos glaubt – »etwa neunzig Minuten tief in das Naturschutzgebiet hinein«. Wo der Pfad weicher wird, von Farn und Beerenhecken verengt, und schließlich so steil, dass sie den Karren stehen lassen.

Der Ausgangspunkt des Zaunes ist völlig willenlos gewählt, nur ein uneinsichtiger Ort soll es sein, von dem sie hinabstoßen wollen ins Tal. Lum sägt junge Bäume in Teilstücke zurecht. Arjeta spitzt diese Pfähle einseitig mit der zweiten Axt an, bis Lum sie im Abstand von zwei Metern in den Waldboden schlägt.

Am Nachmittag hat sich eine erste Pfahllinie von gut dreißig Metern ergeben.

Um die projektvorbereitenden Infotexte aus der Galerie *Exit* 2012 zu zitieren: *Provisorium* war zum gleichen Teil »Aktionskunst gegen die illegale Abholzung, die gerade in Gërmia um sich griff«, wie es auch »den Unsinn und die Unsinnlichkeit von Grenzen und Restriktionen« ausstellen wollte, die laut dem Künstlerpaar in Kosova den Alltag bestimmten. Die kosovarische Seele, hieß es, sei gefangen genommen von der unsensiblen Machtpolitik der Amerikaner, den unrealistischen Vorstellungen der EU und den unproduktiven Maßnahmen der eigenen Regierung. Ein Beispiel wurde benannt: Statt das Land zu schützen und zu beruhigen, hatten im Mai 2012 alle Mächte zusammen entschieden, dass syrische Rebellen Nachhilfestunden bei den alten UÇK-Kämpfern nehmen sollten. Das Provisorium fragte: »Ist es dreizehn Jahre nach dem Krieg noch wichtig, dass sich unsere Kriegsveteranen und die albanischen Nationalisten geschmeichelt fühlen?«

Zugegeben, ich wollte ihr Baumfällen und Zaunziehen zunächst als Satire begreifen, aber als ich später die Filme sah, ging es mir wie mit den inszenierten Reiterkämpfen: Die Bilder wuchsen über sich hinaus, sie waren zu eigen, zu intim, als dass ich bloß darüber lachen konnte. Arjeta und Lum zeigen sich im *Provisorium* voller Tatkraft, sie winken in die Kamera, küssen sich, spielen Karten vor ihrer Hütte, lauschen drinnen dem Regen, der auf das gewellte Plastikdach tropft, und es gibt geradezu kindlich anrührende Szenen, in denen der politische Zustand des Landes aufscheint: Einmal nehmen sie im Dunkeln eine Operation vor, Arjeta hält die Taschenlampe, während Lum mit der Kneifzange einen Nagel aus der Holzpalette zieht, der ihn am Einschlafen gehindert hat.

*

Im Hotel war es, abgesehen von der immer wieder erwachenden Klimaanlage, still. Auch von der Straße kaum Geräusche. Prishtina schlief, Benji schlief mit, erschöpft von einem langen Tag. Ich schrieb meiner Frau noch einmal, dass wir die richtige Entscheidung getroffen hatten, denn die Kinder verstünden sich super. Zwei Bilder hängte ich ihr von unserem Abendspaziergang nach dem Schwimmen an: das prächtige Rugova-Grab und den fast direkt angrenzenden Friedhof der UÇK-Märtyrer, die auf der Hügelkuppe in Velania lagen und von dort über die Stadt wachten. Ich löschte die Bilder wieder. Weil es Gräber waren. War ich bekloppt, ihr Gräber zu schicken, wo ich doch gerade von unserem glücklichen Sohn geschrieben hatte?

Am Rechner schlief ich fast ein und wollte nur noch meinen Handywecker einstellen, da sah ich, dass eine Nachricht von Jakob Schütte eingegangen war. Leka musste ihm von unserer Reise erzählt haben. Jakob fragte, wie es uns in der Großraumsauna ginge. »Teuflisch mutig, im August da hinunterzureisen.« Fiel ihm nichts Besseres ein, als den Teufel an die Wand zu malen? Er hatte sich augenscheinlich an mein Geständnis erinnert, ein absoluter Computerspiellaie zu sein – und mir deshalb eine Spiel-App angehängt, die »gerade dort unten ein idealer Einstieg ins Gaming« sei.

Ich hatte gar nicht genug Kraft, neugierig zu sein, lud das Spiel aber dennoch herunter, bis ein verpixeltes Herz auf dem Display meines Handys leuchtete. *Passage* stand darunter. Ich klickte es an. Die Pixelauflösung von *Passage* war so niedrig wie in den achtziger Jahren, und die Bildschirmgeometrie bestand nur aus einem kleinen schmalen Fenster, eher ein Oberlicht, durch das man seine Spielfigur von links nach rechts steuern konnte. Als ich das tat und dabei auf dem nördlichen Korridor blieb, den das Spiel anbot, passierte überhaupt nichts. Dieser Korridor war von allen Hindernissen bereinigt, ganz so, als seien die Rätsel hier gelöst.

Man konnte die Figur aber auch nach unten steuern, dorthin, wo die Hindernisse ins Spiel kamen. Im Süden wurde ihre Anzahl immer größer, bis sie aus dem Korridor einen Irrgarten machten.

Gehen und ausweichen. Nach unten, nach rechts oder kehrtmachen und zurück, wenn man nicht weiterkam. Ansonsten geschah aber immer noch nichts. Oder doch, die Spielfigur alterte, bekam graue Haare, Glatze, alles in drei bis vier Pixeln dargestellt, fast nur zu erahnen.

Nach exakt fünf Minuten wurde sie gegen einen Grabstein ausgetauscht.

Man war gestorben, das Spiel brach ab. Man hatte derweil Punkte gesammelt, die einem angesichts des Todes völlig nutzlos erschienen.

Das war alles?

Ein amerikanischer Designer namens Rohrer hatte *Passage* für einen Retro-Spielewettbewerb entwickelt, las ich im Netz nach. Was waren schon fünf Minuten. Ich drehte den Ton ab, um Benji nicht zu wecken, und spielte noch einmal.

Es war ein Spiel, dachte ich, das bestimmt nur hartgesottene Ludologen wie Jakob Schütte überhaupt als Spiel bezeichneten. Eine Persiflage auf den vielgehörten Satz, dass Spiele einen eigenen *Kosmos* bildeten, in den man *ein- und abtauchen* konnte. Hier war die Lawine der virtuellen Überwältigung bis in die Schneeflocke zurückgedreht; Sound, Grafik und Handlung waren so reduziert, dass man im Grunde vor den Toren des Spielerlebnisses stehen blieb.

Aber dann kam alles anders, und *Passage* ließ mich doch ein. Die stille Nacht von Prishtina, meine Erschöpfung, Benjis Ferienglück mit Leka, die glühende Hitze in dieser verbauten Stadt, all die Denkmäler für all die albanischen Märtyrer, Arjetas nimmermüder Kampf darum, ihrer filmischen Aktionskunst Geltung zu verschaffen. Mein Leben war voll von Leben und Tod – und Jakob grüßte mich mit einem Spiel, in dem das alles gesagt wurde, ohne dass es ausgesprochen werden musste. Die Fünf-Minuten-Passage zwischen dem Losgehen der Figur und ihrem tödlichen Ende, was war sie anderes als ein Sinnbild unseres Daseins?

Sie war auch ein Selbstkommentar Jakobs.

Er war es, der den einfachen Weg auf dem nördlichen Korridor verschmäht und sich in den Süden aufgemacht hatte. Er wollte mir zeigen, dass man zwar auch oben in Deutschland bleiben konnte, aber dass man dann alles verpasste, was das Spielen überhaupt ausmachte. Und damit meinte er nicht nur Spaß und Spannung, sondern dass man erst zwischen Hindernissen überhaupt begann, an seine bisherigen Wege zu denken, an Neugier und Ängste, Liebe und Kummer, man dachte an die Menschen, denen man noch rechtzeitig ausgewichen, und an die Wände, vor die man gelaufen war.

Man dachte an die mächtige Bibliothek im Herzen Prishtinas, in der irgendwelche Ordnungskräfte Jakobs Schulter zertrümmert hatten. Zwei- oder dreimal war ich schon an dem Gebäude vorbeigelaufen.

Von diesem Übergriff erzählte *Passage* auch. Die Passage war ein einziges bewegtes Spiegelbild, das mich mit Jakobs Leben konfrontierte, mit Arjetas Leben, mit dem Leben ihres Sohnes Leka, der gleich drei abwesende Väter hatte. Und natürlich wollte das Spiel mich provozieren, darüber nachzudenken, wie mein eigenes Leben aussah und aussehen sollte. *Passage* handelte von der Versuchung, nach Süden zu gehen. In die Fremde, ins Unvorhersehbare. Es fragte mich, warum ich dieser Versuchung nicht öfter erlag, sondern bequem blieb und den Süden aus sicherer Entfernung beurteilte.

3

Seit dem Schulterschlag, hatte Jakob Schütte gesagt, verschwendete er keinen Gedanken mehr daran, jemals wieder nach Kosova zurückzukehren.

Nun war ich hier, lag auf einem Hotelbett wach und sah mich mit Jakob Schütte im Prater sitzen, im Berliner Prater hinter der Kastanienallee. Wo er einen halben Abend auf einem Maiskolben herumgeknabbert hatte. London sei seine Rettung gewesen, aber erst Berlin habe ihn endgültig geheilt. Berlin habe ihn »im direkten Anschluss an den Schulterscheiß« mit offenen Armen empfangen, er sei dafür sehr dankbar. Dabei immer den gelben Maiskolben zwischen den Zähnen. Lass ihn, dachte ich, lass ihn dir deine Stadt erklären, denn er fühlt sich im Recht des Erfolges.

In Berlin hatte er schließlich seine Computerspielfirma gegründet. Es war nach der Verletzung und seinem Krankenhausaufenthalt gar kein weiter Weg bis zu dieser Entscheidung gewesen.

Der Oberarzt und ein Therapeut hatten ihm damals ein Programm zusammengestellt und zu einer Rehaklinik im Norden von Berlin geraten, und Jakob nahm den Rat an, obwohl er sich nun jeden Morgen auf einen langen Weg machen musste – vom Hostel in Mitte eine Stunde Fahrzeit: die U-Bahn nach Wedding, einen Bus zur Wollankstraße, dann mit der S1 auf der ehemaligen Grenzscheide hinauf bis nach Wilhelmsruh. Berlin, sagte er, kam ihm immer zerrupfter und kaputter vor, je weiter er in den Norden vordrang, und es stimmte, manche Werkstattcontainer in der Vorstadt ähnelten durchaus denen an Prishtinas Ausfallstraßen.

Die Schulteroperation lag gerade zwölf Tage zurück, als Jakob schon vorausgriff, Übungen machte, die erst für spätere Wochen vorgesehen waren. Übertreib's nicht, sagte der Raubvogel auf seiner Schulter. Die Schmerzen hatten ihn deprimiert. Die Umstände auch. Das abgehalfterte Industriegelände, welches die Klinik umgab. Jakob saß im Wartebereich, der ohne räumliche Abtrennung mittig in einer zweiten Etage lag, wie eine Insel auf der Insel Reha. Korbsessel und runde Glastische, darauf ausgelesene Zeitschriften und die aktuelle Berliner Tagespresse. An der Wand zum Frühstücksraum stand ein Trinkwasserspender, anscheinend kaputt, ein Handwerker klopfte und schlug auf das Gehäuse, als könnten im Inneren irgendwo Dreck oder Geld hängengeblieben sein. Das Klopfen asynchron zum Pochen in seiner Schulter.

Die Rehapatienten waren Vollschluffis, die Männer erschienen fast ausnahmslos in Straßenschuhen und ausgebeulter Jogginghose, nur das Handtuch um den Hals verriet, dass sie meinten, sich schon umgezogen zu haben.

Es wurde lautstark berlinert. Die Sprache war ihm fremd.

Arbeiter, Körperignoranten. Arbeitsunfall stand auf ihren Krankenberichten, dabei hätte Arbeitsumfallen bei den meisten wohl besser gepasst, erzählte er. Nicht zufällig waren sie eingeknickt, sondern notwendigerweise. In ihrem Leben ging es darum, sich körperlich zu Tode zu schuften.

Jakobs Ansprechpartner, sein persönliches Gelbhemd, hieß Korba und grüßte militärisch mit Handkante. Der Gruß war Korbas Alleinstellungsmerkmal. Mitkommen. Einführungskurs.

Also fand Jakob sich in einer Runde mit einem Dutzend anderer Rehapatienten wieder. Korba zeigte sein metaphorisches Talent. Es gebe offene Ketten und geschlossene Ketten, sagte er, die Frauen trügen Halsketten, die Männer sollten an die Motorsägeketten denken, und dass im Laufe der Jahre Veränderungen im Kettengebilde aufträten, die man nicht immer sah. Eine Kette sei so stark wie ihr schwächstes Glied. Korba gab eine Körperhaltung vor, in der sie dreißig Sekunden verharren sollten.

Danach wurde die Runde geöffnet für Rückmeldungen. Die Berliner brummten, und Korba wollte immer noch darauf hinaus, dass sich in jeder Körperkette das schwächste Glied zuerst meldete. Deine Schwachstelle ist, dass du jeden Satz dreimal wiederholst, dachte Jakob über Korba. Und sie wiederholten auch die Standübung, um dieses Mal auf Befehl *in sich hineinzuhören*.

Als hielte man sich eine Muschel ans Ohr. Oder die große Öffnung einer Tuba. Jakob nickte nur, weil er einen Schmerz spürte, und schon wurde er hochgenommen. Korba, aufgeregt wie ein gelbes Huhn: »Was war da? Was ist eben passiert?«

»Schmerzen.«

»Aufmerksamer hinhören. An die Stelle erinnern. Und ab jetzt gegenarbeiten, die Umgebung stärken.« Irgendwann, drohte Korba, steuere das Gehirn sonst bestimmte Muskeln nicht mehr an. Dann das erste Knallbonbon: »Reha heißt nicht, dass alles so wird, wie es war.«

Gut so, dachte Jakob. Ab jetzt alles anders bitte.

»Hör noch mal hin, linke Schulter.«

Korba meinte ihn. *Linke Schulter*. Das war selbstredend kein Ehrenname und bezeichnete keinen Häuptling. Man hatte ihnen allen die Namen weggenommen. Neben Jakob saß *Rechtes Knie,* fast der gesamte Rest waren *Bandscheiben*.

Jakob dachte daran, das alles in ein Computerspiel zu übertragen, in dem man auf Kommando die Befehle Korbas an verschiedenen Geräten zu befolgen hatte.

»Reha heißt: sich mit dem anzufreunden, was noch geht.«

Man nickte sanft und schwieg.

»Ab jetzt sein Päckchen zu tragen«, sagte Korba, »das ist Reha.«

Die Fußsoldaten nahmen es hin wie das Brot eines zweiten Frühstücks. Sensibelchen aber wurden ausgeladen, die durften am vierten Tag dann wohl zu Hause bleiben. Sensibelchen waren in dieser Stadt nicht rehabilitierbar. Jakob gluckste mittlerweile vor Freude. »Ich öffne dann mal die Runde«, sagte Korba wieder, als ginge es um eine Konservenbüchse. Jakob war es mittlerweile völlig egal, was Korba sagte. Hauptsache, der machte so weiter. Diese Sprache! Wie eine unverputzte Wand, an der man sich das Gesicht blutig rieb.

Nein, er war keiner, der in sich versunken dasitzen und dem verlorenen Spätsommer nachjammern wollte. Im Gegenteil, jetzt begann die Energie gerade, den Schmerz zu verdrängen. Wenn er es nicht übertrieb an den Geräten, war diese Rehaklinik am Nordrand von Berlin der ideale Ort, so wie Korba sein idealer Spiegel war.

*

In der *Grasharfe* von Capote habe ich mal gelesen, dass sich die Zeit durchaus nicht als Spirale offenbaren muss, auf der man in die Zukunft gleitet. Wenn man trauert, sagt dort eine Figur, besteht Zeit eher aus einer Reihe unverbundener Kreise, und man ist gezwungen, Anlauf zu nehmen, um hinüberzuspringen in den nächsten Lebensabschnitt. Alles hängt von deinem Sprung ab, der nächste Kreis kommt nicht auf dich zu.

Ich stelle mir vor, dass Jakob Schütte an diesen Sprung dachte, als er an den Geräten schwitzte. Bei allem Witz, den er der Reha abzugewinnen versuchte: Nichts Spielerisches wohnte den Übungen inne. Übungen waren nicht ironisch. Es sind ja gerade die stupiden Wiederholungen, die unsere Muskeln stärken, bis man irgendwann genug Kraft gesammelt hat.

Um zu diesem großen Sprung anzusetzen.

Denn die Reha war auch ein symbolischer Ort, das hatte Jakob bald herausgefunden. Er fuhr an der ehemaligen Grenze entlang und hinaus ins Niemandsland, um zwischen Weitermachen und Neuanfang zu wählen. Zwei Wege führten aus dem Wartebereich ins Leben, sagte er sich. Entweder zurück dorthin, wo du hergekommen bist, oder auf einen Weg, der dich das alles vergessen lässt.

*

Und dann war da noch dieser seltsame andere Vogel in dem mittelblauen Trainingsanzug, von dem hat er mir auch erzählt. Ein knapp sechzigjähriger Berliner mit starken Bassfrequenzen in der Stimme und dem Rundrücken eines Möbelschleppers, die Bügel seines Brillengestells zweifarbig aufeinandergelötet (schwarz-weiß). Der sich einfach einen Gummiball aus dem Netz hätte holen können, aber stattdessen zu einer jungen Frau sagte: »Wenn du fertig bist mit deinem Ball, bringst ihn mir dann rüber?« Einer anderen Patientin erzählte er hörbar laut den Witz von der Katze, die ins Fitnessstudio kam, weil sie gehört hatte, dass man sich dort einen Muskelkater holen könne.

Dieser Mann hieß Klautzsch, und wann immer Jakob in der Rehaklinik ankam, war Klautzsch schon da. Er stand vor dem Eingang, tauchte im Fahrstuhl auf und durchkämmte die Gänge, und zwar so, dass man ihn überall gleichzeitig wähnte. Im Gerätepark legte der Alte eine Gymnastikmatte aus und rollte seinen kompakten Körper auf die Seite – vermutlich war seine Brustwirbelsäule versteift. Aber warum sah er dann kaum einmal zur Wand, fast immer nur in den Raum?

Die Übung musste sich ein paarmal wiederholen, bis Jakob sie *gelesen* hatte. Klautzsch hielt bloß Ausschau. Nach einer Idee oder nach dem nächsten Gesprächspartner.

Jakob war an seinem vierten Übungstag an der Reihe gewesen, bei hundertzwanzig Kilo auf der Beinpresse. Mit einem »Na, Meister«, setzte sich Klautzsch auf das leere Gerät neben ihm, »was hat dich zu uns in den Norden verschlagen?«

»Der Süden womöglich.«

Sie lachten beide nicht.

»Du bist aber kein Berliner.«

»Nein.«

»Das kann ja noch werden«, hob der Alte an. »Aber nur wenn du den Wind zu schätzen weißt. Und die Brachen. Den Sand in den Augen. Das Gestrüpp im Beton.«

»Ein Poet.«

»Quatsch. Ich warne nur. Die allermeisten, die herkommen, lassen sich von ihrem Weg abbringen. Weil sie versuchen, die Stadt zu kapieren. Und die kann man eben nicht kapieren. Unser Bürgermeister ist schwul und macht Party. Na bitte! Is das was?«

Er machte eine kurze Pause, starrte eine Frau an, und ohne sich Jakob wieder zuzuwenden, sagte er: »Hast du Pläne?«

»Ich bin dabei, einen zu machen.«

»Dann mal los, Meister.«

Das war sein letzter Satz. So unvermittelt wie er sich zu ihm gesellt hatte, machte sich Klautzsch wieder davon. Jakob hatte noch nicht umgeschaltet auf Übung, auf Schulter, da stand schon Korba neben ihm, wie ein hinzugerufener Übersetzer, der sich verspätet hatte.

»Belästigt?«

Jakob schüttelte den Kopf.

»Alles klar, linke Schulter. Wollte nur sichergehen. Klautzsch ist arbeitslos, aber völlig verwachsen mit – er ist so etwas wie …«

»Der gute Geist«, sagte Jakob.

Korba nickte lächelnd, anerkennend. Ein *Wenn-alle-Patienten-so-helle-wären-wie-du*-Lächeln.

*

Er wohnte immer noch im Hostel, hatte nicht einmal seine Klamotten gewaschen, sich lieber ein paar neue T-Shirts und kurze Hosen gekauft. Sein Bart wuchs, dafür fielen die ersten Blätter von den Bäumen. Er schickte seine Krankschreibung und den Rehavertrag nach London. Der Schallschutz im Hostel war unzureichend, Jakob hatte das Gefühl, in einer Pappkiste zu sitzen. Die Straßenbahn bimmelte, und aus den Ringecken lösten sich Mann und Frau zur nächsten Runde Sex. Oder eine internationale Studentencombo tauschte Gesellschaftsspiele aus. Jakob ließ die Glotze laufen und ächzte sich in den Schlaf. »Und jeden Morgen die gleichen Nummern. U6 in den Wedding, M27 zur Wollankstraße und S1 nach Wilhelmsruh. Ich fühlte mich an diesen Tagen bloß zu zwei Dingen aufgefordert: Die Schulter zu trainieren. Und Klautzsch nicht aus den Augen zu verlieren.«

Warum das?

Konnte er sich selbst nicht erklären. Klautzsch hatte viele Seelengenossen, auch in mancher frühabendlichen Londoner Pubgestalt. Jakob mochte solche Typen. Einmal saßen sie zusammen in dem viel zu großen Glaswürfel, der Rehakantine, wo Klautzsch auch nie etwas anderes als seinen Trainingsanzug trug, als gönne er sich keine Arbeitspausen. Jakob versuchte es auch mal redselig, erzählte von London und von seinen letzten Jobs, vom Atomschutzbunker, von den NATO-Manövern, von der öden Rede, die Queen Elizabeth für den Ernstfall eines Atomkriegs vorbereitet hatte. Der Berliner nickte, als seien das alles ihm bekannte Realia. Und die Idee entstand dann eigentlich während des Redens. Jakob sagte, er wünsche sich, bald eine eigene Computerspielfirma aufzumachen, in Hamburg, wo er herstamme, oder vielleicht hier in Berlin. Dafür müsse er nur noch zwei alte Bekannte aus London abwerben. Klautzsch gähnte, hob entschuldigend die Hand, stand auf, griff sein Tablett mit dem leeren Teller und ging.

Ohne ein Wort zu sagen. Der konnte nur Output. Vermutlich lebte er längst in seinem ganz eigenen Spiel, dachte Jakob, musste möglichst viele Patienten pro Tag erreichen. Ihnen eine Aufmunterung zukommen zu lassen gab einen Punkt. Ihnen eine Freude zu machen, das gab zwei Punkte. Und für fünf Punkte belohnte sich der arme einsame Mann mit einem Weizenbier.

Zwei Tage später standen sie wieder hintereinander an der Essenausgabe der Kantine. Ein Freitag, auf ihren Tabletts wie überall in Deutschland panierter Fisch, Salzkartoffeln, helle Mehlschwitze. Klautzsch deutete mit dem Kopf auf einen Sechsertisch am Ende des Raumes. Auf der lederbezogenen

Sitzbank an einer der Glaswände saß nur eine Person. Jakob folgte, sie setzten sich dazu, Klautzsch sagte: »Darf ich vorstellen, mein Schwiegersohn.«

»Hallo, ich bin Philipp Hausmann.«

Aus der Nähe war zu sehen, dass Hausmann einen Nadelstreifenanzug trug, der selbst in London zu den feineren gezählt hätte. Er konnte kaum älter sein als Jakob, stellte sich als ehemaliger Unternehmensberater, jetzt Privatinvestor vor, er hatte sich mit zwei Kollegen selbständig gemacht und sich auf die Kreativwirtschaft und Neue Medien spezialisiert. Jakob sah mehrfach Klautzsch an, der bloß selbstgefällig nickte, weil ihm eine Überraschung geglückt war.

Hatte Jakob tatsächlich die richtige Intuition gehabt, und jetzt wurde es ernst? Hausmann & Co. hatten in ihrem Leben bereits sehr viel Geld verdient und bewegt, viel mehr, als Jakob für ein Start-up benötigte. Sie setzten, sagte der Finanzier, nur Eigenkapital ein und hatten jeder Spekulation abgeschworen, vielmehr favorisierten sie den Evergreen-Ansatz, mit dem sich ein Unternehmen langfristig aufbauen ließ.

So eloquent, wie Hausmann von seiner Firma erzählte, war es nur folgerichtig, dass er, nachdem er geendet hatte, auch etwas über Jakobs Traumfirma und deren Wachstumsziele erfahren wollte. Wieso eigentlich Firma? Er hatte das doch nur ganz nebenbei gegenüber Klautzsch fallenlassen, er war doch Angestellter in London.

Die Gedankenpause machte Jakob leicht panisch. Ein paar Notizen zu seinem ersten Langspiel hatte er sich abends gemacht, und jetzt rückte er den Hauptcharakter daraus in den Mittelpunkt. Na ja, er sei dabei, ein Kosova-Spiel zu schreiben. Es handele von einem Waffenlotsen, der das Schicksal des Landes in die eigenen Hände nimmt. Da gehe es um den

Eigensinn bei hundert Prozent Nationalstolz, um persönliche Stärke und Ausdauer, die jeder staatlichen Selbständigkeit vorausgehen müsse – eine Substantivgirlande nach der anderen spannte er auf, bis er sich ganz darin verfangen hatte. Zu pathetisch, zu viel möglicher Inhalt im Kopf, zu wenig Struktur.

Er nahm einen Schluck Wasser, setzte noch einmal an: »Ihr Schwiegervater erzählt ja gern mal einen Witz. Ich erzähle Ihnen auch mal einen. Kennen Sie den Witz vom Wanderhirten, dem Gott einen Staat schenkt, und da sagt er zu Gott: Du hast dich verhört! Einen Stab wollte ich, um damit zu gehen. Keinen Staat, vor dem ich weglaufen muss! Kennen Sie den? Also, wenn ich von Kosova spreche, spreche ich von Wanderhirten. Die haben noch gar nicht begriffen, was ein Staat ist. Noch nicht einmal, was eine Stadt ist. Sie müssten mal Prishtina sehen. Ein Ballungsraum, aber keine Stadt. Philipp, wollen Sie mein Urbild zu Kosova wissen?«

»Warum nicht Kosovo?«

»Ich nehm die albanische Form.«

»Na dann, Urbild?«

Jakob trat mit dem rechten Fuß dreimal auf den Laminatboden, ohne dass die anderen es bemerkten. »Das Leben in Kosova findet unter der Erde statt. Und nachts. Da sind die Maulwürfe. Die Waffendepots. Die Reste der verbrannten Häuser. Schattenwirtschaft. Und die Toten erzählen sich ihre sehr lebendigen Geschichten von Mord und Totschlag. Unter der Erde stehen vor allem die riesigen, hundertfach verästelten Stammbäume der albanischen Familien. Und was davon gelangt an die Erdoberfläche? Nada. Nothing. Nichts. Nur die Grabsteine. Müll. Vetternwirtschaft. Ein sinnfreies Ameisentreiben in Cafés. Und die leerlaufenden Monitoringprogramme von UNMIK.«

Philipp Hausmann stellte eine Handfläche auf seine Fingerspitzen, das Time-out-Zeichen. Es konnte auch eine Absage sein, was wusste Jakob schon über die Zeichensprache von Investoren.

»Mal langsam, Herr Schütte. Das Dunkel soll Ihr Spiel beherrschen. Mag ja sein. Aber habe ich das richtig verstanden, die Albaner in den Bergen sind Wanderhirten, die Hauptstädter sind Vollidioten, und die Vereinten Nationen sind Oberlehrer – Sie wollen also ein Computerspiel bauen, mit dem Sie beweisen, dass die anderen alle keine Ahnung haben.«

Jakob zog die Augenbrauen hoch. »Kam das eben so rüber?«

Klautzsch schmunzelte.

»Was ich nur sagen wollte«, sagte Jakob, »das Dunkel, also wenn man aus Kosova ein Spiel macht, das sich auf dem Markt mit den Global Playern messen will ...«

»Dann kann es nur ein Spiel über den Krieg sein, da gebe ich Ihnen recht. Vom Balkan lässt sich nichts anderes exportieren als der Krieg.«

»Ja.«

»Also, was soll der Unsinn mit dem Ballungsraum, der keine Stadt ist?«

Jakob musste lächeln.

»Okay, ich höre, Sie haben da unten Erfahrungen gemacht. Top-Voraussetzung. Aber erst mal die Basics: Waffenschmuggel, Krieg, Unabhängigkeitskampf. Find ich gut. Das Ganze natürlich als Siegernarration, aber Sie müssen es abstrakt und fiktiv denken. Das Spiel kann nicht Kosovo heißen und auch nicht Kosova. Verprellen Sie die Serben nicht, die wollen auch spielen. Und vergessen Sie die Stadt. Ist der Kosovokrieg bekannt geworden für seine Häuserkämpfe?

Also bitte. Kriegsspiele finden zu siebzig Prozent in freier Natur statt.«

»Das meinte ich ja, Waffentransporte über die Berge.«

»Gut, mein Vorschlag, Sie holen Ihre Partner nach Berlin, Sie haben doch Partner?«

»Sicher.«

»In London, hörte ich. Da hab ich auch lange gelebt.«

»Ja, woher …?«

»Ich hab ein bisschen geplaudert«, sagte Klautzsch, aber Philipp Hausmann fuhr ihm schon über den Mund:

»Sie bringen diejenigen her, mit denen Sie die Firma gründen. Ich bringe meinen Geschäftspartner mit, der in seiner Freizeit im Übrigen exzessiv spielt. Wenn wir uns für Sie starkmachen, *wenn*, hören Sie, dann möchten wir Ihren künstlerischen Weg gern von Anfang an mitverfolgen. Das ist noch lange kein Versprechen einer Partnerschaft, nur ein Teil unseres Portfolios.«

Philipp Hausmann tupfte sich den Mund mit einer Serviette ab, lächelte kurz zur Verabschiedung. »Hat mich sehr gefreut, Herr Schütte.«

Zehn Sekunden vergingen, in denen nur das Besteckklappern der Kantinengäste zu hören war. Dann sagte Klautzsch: »Ach, der Philipp ist schon so ’n Typ. Da wollt er mir mal *rischtich* zeigen, wie er seinen Job macht. Aber ist doch ganz gut gelaufen, Meister, oder was sagst du?«

Jakob zog seine schweißnassen Hände über die Tischplatte.

Am nächsten Tag schützte Jakob Schütte am Telefon eine Erkältung vor, um nicht in die Rehaklinik fahren zu müssen, sondern in seinem Hostelzimmer zu hocken, es nur zu verlassen, wenn er Kaffee brauchte. Die Euphorie legte sich auf den Schmerz, und es begannen die manischen Tage. Rückblickend, sagte Jakob, habe er in diesen Tagen bereits seine Selbständigkeit gelebt und gefeiert, beides gleichzeitig. Es war um ihn geschehen.

*

Sechs Jahre später hockten unsere Söhne gemeinsam am Stamm einer kosovarischen Silberpappel. Nur direkt am Stamm war der Schatten so dicht, dass sie auf dem Display ihres Notebooks lesen konnten. Wasser tropfte aus ihren Haaren, und weil sie den Badegang übertrieben ausgeweitet hatten, waren Benjis Lippen blau.

Die Pappel stand fünfzig Meter von unserem Liegeplatz entfernt. Arjetas Sonnenbrille war so dunkel, dass ich ihre Augen nicht sehen konnte. Ich hatte sie gefragt, ob sie wisse, was die beiden dort drüben machten.

»Ach, irgendein Spiel halt. Anfangs hab ich es Leka zu verbieten versucht, weil ich absolut nichts davon halte.«

»Anfangs.«

»Es hat mich zu viel Kraft gekostet.«

Vielleicht erwartete sie, dass ich meine Neugier zügelte, auf meinem Handtuch liegen blieb und nicht wieder ein 3:1-Teambuilding beging, welches sie zur Außenseiterin gemacht hätte. Ich wollte sie nicht kränken, sie hatte sich als eine gute Gastgeberin erwiesen. Und doch musste ich hinüber.

Die Jungs sahen noch nicht einmal zu mir auf, als ich direkt vor ihnen stand, sie waren viel zu sehr vertieft. Also stellte ich mich hinter den Baum und hörte ihnen zu. Schnell wurde klar, dass meine Vermutung richtig gewesen war. Arjeta hatte Jakob Schütte als Verrückten bezeichnet. Das Spiel eines Verrückten sollte keinen Einzug halten in den Haushalt der Gesunden.

Sie hatte es nicht verhindern können.

Ich hatte Arjetas Vortrag auf der Vernissage gehört. Jetzt hörte ich, auf der anderen Seite der Pappel, von Jakobs Paralleluniversum, seiner Gegenwelt. Beide hatten sie diesem Land einen anderen Namen gegeben: Arjeta Haliti nannte es *Provisorium*, Jakob Schütte nannte es *Namuna*; es war *sein* Computerspiel, das unsere Kinder im Schwimmbad spielten.

Ich trat genau in dem Moment hinter dem Baum hervor, als die beiden aufstanden, um schwimmen zu gehen. »Nimmst du ihn mit zu unserem Platz, dann können wir gleich rein.« Benji drückte mir den Rechner in die Hand, schon rannten die beiden Jungs los.

Zwischen meinen Händen puckerte eine Melodie. Sie läutete den Prolog des Computerspiels ein, den ich mir später noch so oft angesehen und angehört habe, dass ich die Audiostimme fast auswendig mitsprechen kann.

Es herrscht Krieg im Bergland.

Sie sind eine hoch ausgerüstete Armee.
Sie haben Drohnen und Hubschrauber.

Ihr seid wenige.
Du hast ein Maultier.
Und deinen Orientierungssinn.

Bring die Waffen in deine Heimat,
bevor es keine Heimat mehr gibt.

4

An diesem Abend erzählte mein Sohn, was er mir in Berlin verschwiegen hatte: Leka und er waren nur ein einziges Mal zum Basketballspielen im Mauerpark gewesen, die allermeiste Zeit aber verbrachten sie mit Gamen, bei einem albanischen Freund von Leka, gleich auf der anderen Seite der Gleimbrücke, im Wedding.

Und natürlich hatte Benji *Namuna* längst auf seinem Rechner installiert.

»Ich verzweifel total daran, wenn ich's allein spiele. Ich krieg's einfach nicht hin.«

»Aber mit Leka geht's.«

»Papa, das glaubst du nicht, Leka kann *Namuna* quasi blind spielen.«

»Warum hast du denn nicht gesagt, dass euch dieses Spiel verbindet?«

Er machte ein vielsagendes Gesicht. Gerümpfte Nase plus offener Mund, ein stummes Haha. Natürlich wäre ich leise, aber energisch dagegen angegangen, solange noch ein einziges Buch in unserem Berliner Wohnzimmer stand, von dem ich fand, dass er es lesen musste. Außerdem hatte ich eine Menge Energie darauf verwendet, Benjis Spielerei einzudämmen. Kein Wunder, dass er außer Haus spielte. Aber ein Sohn, der seine Hobbys mitsamt den zugehörigen Freunden vor mir verheimlichte – das war nun das Letzte, was ich mir gewünscht hatte.

Ich bat Benji, mir die erste Episode zu zeigen, und er sagte, das sei leichter gesagt als getan.

Die Spielfigur sei Waffenschmuggler. Und *Namuna* nicht nur der Name des Gebirges, sondern auch eines der drei Länder, welche in den Bergen aneinandergrenzten. Die beiden anderen Länder des Dreiländerecks hießen Tetovki und Kamenica.

Ich hoffe, ich gebe das korrekt wieder: Der Spieler muss zunächst, nur mit einer Kalaschnikow bewaffnet, vom südlichen Namuna über die Berge nach Kamenica. Ziel ist ein militärisches Ausbildungslager, in dem er seine Kräfte für den Rückweg stärken kann. Dort wird ihm ein Esel zugeteilt und dem Esel ein Waffengewicht.

Die Länder sind allesamt besetzt. Dass Namuna, Tetovki und Kamenica einmal souveräne Staaten gewesen waren, bleibt im Spiel unerwähnt, aber ich nahm es gleich an, weil die Bevölkerungen keine Gelegenheit ausließen, um – auch ohne Zutun des Spielers – Widerstand gegen die Besatzungsarmee auszuüben. Vor allem an den Grenzstationen herrschte permanent Unruhe. Die Armee, vor deren Stärke auch Benjis Avatar unter fast allen Umständen zurückschreckte, wurde Zjarri gerufen, ihre Milizionäre hießen Zjarristi, das seien, sagte mein Sohn, Abwandlungen des albanischen Wortes für *Feuer*.

Leka hatte ihm alles erklärt. Das Spiel sei gespickt von Übertragungen aus dem gegischen Albanisch, das im Norden des Landes und in Kosova gesprochen wird, und es berge auch viele Sprachsplitter, die auf das Toskische, Serbische oder das Mazedonische zurückgingen. »Wenn man sich auf dem südöstlichen Balkan nicht gut auskennt«, dozierte Benji, »wirkt *Namuna* erst mal wie ausgedacht. Dabei ist die Landkarte eigentlich real, die Grenzen zwischen Albanien, Mazedonien, Montenegro und Kosova sind nur ein bisschen durch Fraktale verfremdet, meint Leka. Aber der Weg zu den Waffen ist nur das Vorspiel zum eigentlichen Spiel, und schon das krieg ich nicht hin. Einmal hab ich den Fußmarsch geschafft, aber dann muss man die Waffen in Kamenica erst noch freisetzen. Da geht's mit einer kleinen Brigade auf achthundert Höhenmeter zu einer Kaserne hoch, Kaserne in Hanglage, dicke Felsmauern, Schießscharten. Ein super Versteck, und ein noch besserer Verteidigungsort – und deshalb ist die schon von einer ganzen Division Zjarristi besetzt.«

Benji kam auch an diesem Abend bis zur festungshaften Kaserne, um dann kläglich zu scheitern. Schade. Ich hatte gemeint, meine Anteilnahme beflügele ihn und vielleicht auch der Umstand, das Spiel auf kosovarischem Boden zu spielen, für mich sah es so aus, als müsse ihm hier der Durchbruch gelingen, den er daheim nicht geschafft hatte.

»Verstehst du's jetzt, Papa? Ich hab das Gefühl, dass ich immer schon daran scheitere, das Spiel überhaupt zu beginnen.«

Er ließ vom Rechner ab, ging ans Waschbecken und putzte sich die Zähne. Im Bett liegend, flackerte noch einmal sein Neid auf: »Leka kann *Namuna* im Schlaf spielen.«

Blind oder im Schlaf, beides traf die Wahrheit nicht ganz, kam ihr aber relativ nahe. Ich weiß es, weil ich am nächsten Vormittag auch Leka beim Spielen zusah.

*

Sie hatten sich in Arjetas Wohnung in Tophania verabredet. Unten im Parterre befand sich ein Geschäft, das Kleinelektronik verkaufte, vor der Tür lagen neben Leitungen und Kabeln aber auch jede Menge Schläuche herum, orange, schwarz, hellblau, gebündelt, gerollt. Leka öffnete eine Tür im zweiten Stock.

Die Jungs imitierten einen kurzen Boxkampf, und als ich hinterdreinkam und Leka meine Hand entgegenstreckte, ließ er seine wie eine Ladung Sand hineinfallen. Dabei wirkte er im Licht aus dem Hausflur eher drahtig als dünn, er war kaum einen halben Kopf kleiner als ich. Aus dem dunklen Teint des albanischen Kindes stach eine schwach pigmentierte Iris hervor, ein Grüngrau von leuchtender Blässe. Ich hatte ihn bisher noch gar nicht ausgiebig betrachtet, stellte ich fest, wie er sich bewegte, wie er einen ansah, was er am Körper trug. Einen blauen Pullover mit Schulterklappen und verwaschenem College-Aufdruck. Jeans ohne Löcher. Weiße Leinenturnschuhe mit Gummikappe.

Leka wirkte eingeschüchtert, er sagte, Arjeta und Lum seien arbeiten. Danach redete er fast kein Wort mehr. Also gingen Benji und ich die Wohnung ab, ohne ihn ein drittes Mal um Erlaubnis zu fragen. Was die Ordnung betraf, war der Kontrast zum Elektronikladen im Erdgeschoss groß. Hier war alles aufgeräumt, Gemälde aus Lums früher Periode hingen an den bloßen Wänden, eine Staffelei stand neben einem Rechner, von dem ich nur sagen kann, dass es ein altes Modell war. Hinter der Wohnungstür gingen sofort links ein kleines Bad und rechts eine Art Teeküche ab, die ich als asiatisch empfand, weil darin nicht mehr als eine Person Platz fand. Dafür waren aber die zwei Zimmer geräumig, ausreichend hell, und selbst den Teppichen sah man an, dass sie gepflegt wurden.

Leka zu seinem Berlinaufenthalt und seiner plötzlichen Flucht zu befragen erschien mir weiterhin völlig sinnlos, dafür strahlte er einfach zu viel Beiläufigkeit aus und zeigte, dass er zu *casual* und zu *cool* für mich war.

»Ist das Lums Computer oder deiner?«

»Meiner.«

»Den hat noch dein Vater installiert.«

Er nickte.

Ich sagte, ich würde gern einfach nur mal neben ihnen Platz nehmen und ihnen beim Spielen zusehen.

Leka schwieg.

»Ich dachte, ihr seid zum Spielen verabredet. Ich will nur zugucken.«

»Weil ich selbst so schlecht bin darin«, sprang mir mein Sohn zur Seite. »Heut Nacht wollt ich meinem Vater den Prolog zeigen, aber ich krieg den einfach nicht hin, Alter.«

Leka lachte. Erstmals.

»Ich spiel was anderes für dich, aber Kaserne musst du echt selbst knacken.«

Ich fragte mich, wann Arjeta nach Hause kam, womöglich würde sie ausflippen, wenn sie mich beim *Namuna*-Spielen erwischte.

Leka reaktivierte derweil eine alte Spielfigur, sie hieß Shitz, mit der wir die folgenden zwei Stunden verbrachten. Nach Einnahme der Kaserne war die Brigade in ihre Einzelteile zerfallen, jeder musste den Rückweg nach Namuna allein antreten. Shitz saß in einem filzigen Poncho allein an einem nächtlichen Feuer, Brot am Stock, eine Blechtasse in der anderen Hand. Um ihn herum bemooster Stein und Geröll. An einem Baumstumpf notdürftig festgemacht ein Esel, zu dessen Füßen längliches, in Tücher eingeschlagenes Gepäck.

Audio: *Los, das Feuer geht aus.*

Leka lässt den Mann aufstehen. Zuerst zum Baumstamm, dann am Hang Feuerholz besorgen. Er legt es sich auf die Unterarme und schreitet fort. Bis er einmal einen knorrigen Ast anhebt und darunter etwas aufleuchtet. Eine Klarsichthülle, darin eine Landkarte. Mit einem Klick lässt sie sich aufklappen, zeigt an, wo im Dreiländereck sich Shitz befindet und wohin seine Reise gehen soll. Es sind Höhenlinien eingezeichnet, die Berge bis zu dreieinhalbtausend Meter hoch. Shitz schlägt die Wolldecken zurück und betrachtet die Gewehre im Lichtschein des Feuers, wo man sie funkeln sieht.

»Schönes Detail«, sagte ich.

»Der Auftrag halt. Reicht?«

»Wieso, spiel doch einfach los«, sagte Benji.

»Nee, der erste Auftrag ist langweilig.«

Audio: *Es herrscht Krieg im Bergland.*

Leka sprang in eine Mission, die erst viel später im Spiel auftaucht.

»Wo ist der Esel jetzt?«, fragt Benji.

»Gibt's hier nicht mehr.«

Obwohl ihn das bloße Lenken und Koordinieren unterforderte, redete der Junge auch beim Spielen nur das Nötigste, stattdessen schaltete er immer wieder Textkästchen mit Informationen zu. Shitz steht dann vor einem kleinen Bergtunnel, den die Zjarristi unpassierbar gemacht haben, vor dem Eingang ein Militärtransporter. Die Zjarristi rollen Drähte aus, sie sind dabei, den Tunnel zu verminen. Einer hat einen angeleinten Hund bei sich, beugt sich zu ihm hinab, streichelt ihm das dicke Fell. »Ein Šarplaninac«, sagt Leka, »gleich geht's los.«

Der Hund bellt im Fernglas, stürmt auf unser Gebüsch zu, und Shitz schießt ihm mit seinem AK-47 ins Bein, damit er jault und uns nicht weiter nachsetzt. Wir rutschen stöhnend (oder nur seufzend, kein guter Sound) auf dem glatten Laub einen Abhang hinunter, klettern einen Hochsitz hinauf. Durch ein Astloch in den Brettern ist zu erkennen, dass uns nur ein einzelner Mann gefolgt ist, der jetzt den verletzt jaulenden Hund gefunden hat.

Leka nimmt Maß (Fadenkreuz) und erschießt zuerst den Mann, dann das Tier. Dann die Landkarte groß gezogen. Leka sagt, wir müssten über die nächste Anhöhe hinweg. Dort liegt laut Karte ein kleines Dorf, in dem ein Cousin (Lulzim) rot aufleuchtet. Schnell den Hochsitz runter. Zu schnell, eine Sprosse bricht, Shitz humpelt. Auf halbem Wege den Berg hinauf werden wir von hinten unter Beschuss genommen.

Ich rufe die ganze Zeit »O Mann« oder »Achtung« oder »Super« oder »Eieiei« aus dem Hintergrund, oder ich ducke mich und sauge Luft durch die geschlossenen Zahnreihen. Hinter einer dicken Eiche nachladen. Danach auf allen vieren bis zum Grundstück des Cousins. Eine Holzhütte, in der sich Gartengeräte türmen. Die Tür quietscht. Als sie hinter uns zuschlägt, stöhne ich mit Shitz, weil ihm etwas von der Wand direkt auf den Kopf fällt. Ein Hufeisen, ausgerechnet. Leka durchsucht den Schuppen nach Gegenständen, die man zur Verteidigung nutzen kann. Da reibt jemand draußen mit dem Ärmel eines Holzfällerhemdes die Scheibe blank.

»Lulzim, hier ist Shitz! Sie verfolgen mich!«

»Brauchst du etwas zu essen?«

»Ich habe keine Zeit.«

Die Tür öffnet sich. Lulzim sagt: »Komm, hier entlang! Geh durch den Wald zu Niko. Seine Tochter feiert morgen Hochzeit.«

Schon ist der Cousin wieder verschwunden.

»Was bedeutet das, Nikos Tochter feiert Hochzeit? Sind die Zjarristi da gehemmt?«

Benji bekommt keine Antworten.

Shitz sucht weiter die Hütte ab und steckt sich in die Taschen, was aufleuchtet. Einen Schraubenzieher in die linke Jackentasche. Einen Zollstock in die rechte.

Mittlerweile ist das Tageslicht so sehr heruntergefahren worden, dass der Zollstock glänzt, als Shitz vor die Hütte tritt und ihn ausklappt auf halbe Körperlänge. Die Kamera fährt um den Avatar herum. Ich sehe zum ersten Mal in unsere Augen. Wild entschlossene Augen.

»Was hast du vor, Leka?«

Der Waldweg zu Niko führt langsam bergan.

»Ey, du hast die Schuhe gewechselt.«

»Genau.«

Shitz trägt leichte Turnschuhe und geht leichten Fußes, genauer gesagt, er setzt seine Füße gar nicht auf dem Waldboden auf, er schwebt darüber hinweg. Keine Ahnung, wie das Spiel diesen Effekt schafft. Er ist kein Waffenlotse auf dem Weg zur tetovkischen Grenze mehr, er ist jetzt ein Engel, ein Moses, vor dem sich der Waldweg teilt.

Den Zollstock hält er senkrecht vor dem Körper und links die Taschenlampe in der Hand, deren Licht sich immer wieder in Spinnennetzen verfängt. Einmal tritt er nah an ein Netz heran, und sein Leib wird zerrissen.

»Pis«, sagt Leka leise.

»Sogar du machst Fehler.«

»Mine. Hab das so lange nicht gespielt.«

»Ist die irgendwie hochgehüpft?«, frage ich.

»Irgendwie«, gibt Leka zurück, zum ersten Mal wird er ironisch.

Der Minentyp wird per Schriftzug als *Antiperson* angegeben. Ein weiterer Klick lässt tiefer blicken: *Schützenabwehrverlegemine DM 31.* Wir sind zurück in Lulzims Hütte. Was da im Wald phosphoresziert, wenn der Einfallswinkel des Lichtstrahls stimmt, sind keine Spinnenfäden, sondern Stolperdrähte aus Nylon. Deshalb muss man den Zollstock vor dem Körper pendeln lassen wie ein Lot, nur ganz leicht, erklärt uns Leka, denn ab drei Kilogramm Zug auf den Drähten hebt sich der Sprengzylinder aus dem Waldboden, und die Ladung »puuuh, zündet«.

Es geschieht wieder, und wieder zerreißt die Explosion unsere Figur.

Leka setzt sich aufrecht hin. »Der Minenwald ist richtig gut geworden«, sagt er, »viel besser als in der Betaphase. Als ich das getestet hab, war es noch einfach.«

»Sein Vater hat ihm das Spiel schon vor der Veröffentlichung geschickt«, sagt Benji zu mir, nachdem er mir sein Gesicht zugedreht hat. Das erklärt, warum der Junge sich so gut zurechtfindet. Ich sehe vom Bildschirm ab, schaue nur auf die Konsole, sehe, mit welcher Fingerfertigkeit er die Gliedmaßen der Spielfigur koordiniert.

Shitz hat den Wald geschafft. Er sitzt auf einem bemoosten Stein und klappt lächelnd den Zollstock ein, er tankt Konzentration und Nachtsicht über eine Elfensäule.

»Jetzt kann man im Wald übernachten, aber da gibt es Kriegszombies«, sagt Leka.

»Und die Hochzeit?«

»Kannst du selbst spielen.«

»Ich? Wie soll ich das denn –«

»Hochzeit ist ein Minigame, ist keine richtige Mission.«

Leka steht auf, tauscht mit Benji die Plätze.

»Was muss ich machen?«

»Warten. Abwarten.«

Durch Sträucher fällt der Blick auf ein Haus, vor dem ein Autokonvoi geparkt ist, zwanzig Autos mindestens, darunter eine geschmückte Stretchlimousine. Alle Gäste sind drinnen, man hört ihre Stimmen, gedämpft. Blasmusik. Immer noch trägt Shitz seine alte Kalaschnikow über der Schulter, pirscht sich an das Haus heran und sieht durchs Fenster auf die Hochzeitsfeier. Jemand kommt humpelnd auf die Terrasse, erkennt Shitz, winkt. Als Benji auf ihn zusteuert, verschränkt der andere aber die Arme vor dem Körper:

»Bist du eingeladen?«

»Nimm *Lulzim schickt mich*«, sagt Leka.

»Lulzim schickt mich.«

»Dann bist du eingeladen. Heute wird gefeiert.«

Erst als sich die Figur umdreht und ins Innere des Hauses verschwindet, stockt mir der Atem. Jakob hat mir dieses leichte Humpeln beschrieben.

»War das dein Onkel Rrustem?«

Keine Antwort von Leka.

»Er hat Rrustem designt, oder was?«

Benji spielt ängstlich, im Stopptakt, um am Leben zu bleiben. Immer wieder befragt er Leka. Ich bestaune, wie viel Programmierungsarbeit in die Körperlichkeit der Hochzeitsgäste geflossen ist. Die Männer tragen Maßanzüge, die man als Maßanzüge erkennt, die Frauen edle Kleider und funkelnde Ohrringe. Benji geht durch die feierliche Atmosphäre, man ruft ihm Sätze nach. Manche Männer bewundern seinen Auftrag, andere sagen, dass es sinnlos ist, mit Handwaffen gegen die Zjarristi zu kämpfen. Einmal ist zu hören, dass wir alle zusammenhalten müssten, die Bewohner aus Kamenica, Tetovki und Namuna. Dann wird auf die Elite geschimpft, die ins Exil flüchtet, während die Zjarri ihre Präsenz an den Grenzen immer weiter erhöht.

Benji geht an der Tanzfläche vorbei. »Ich bin viel zu aufgeregt, um zu tanzen«, sagt er, aber es ist so voll, dass er irgendwie hineingezogen und im Pogo angerempelt wird, zu Boden geht, und schon blitzt eine Klinge auf in den Händen eines betrunkenen Mannes. Benji steht auf, dreht sich weg, verschwindet in der Hochzeitsgesellschaft.

»War das richtig?«

»Klingt gut.«

Leka sagt das vom Flur aus, er ist mittlerweile aufgestanden und zum Kühlschrank gegangen, um sich oder uns etwas zu trinken zu holen.

»Hier«, ruft Benji schon hilfloser, »ich gehe bis zur Verandatür. Komm aber nicht raus.«

»Das ist es«, ruft Leka zurück, »es gibt nur einen Weg rauszukommen.«

»Wo ist denn überhaupt das Brautpaar?«, frage ich.

»Du kannst am Ende dein Konto erhöhen«, Leka sitzt wieder hinter Benji, »siehst du im Menü Verantwortung, da kann man bis auf fünfundsechzig Prozent hoch. Körperliche Verfassung auch. Aber ich muss mal eben raus, was einkaufen.«

Ich glaube, was Leka da sagt, dringt nicht vor in Benjis Spielsein. Auch dass die Wohnungstür ins Schloss fällt, hört mein Sohn nicht, weil jetzt, wie üblich bei albanischen Hochzeiten, im Garten in die Luft geschossen wird. Ich rücke einen Stuhl auf, setze mich auf Lekas Platz und beuge mich vor.

Ein Hochzeitsgast macht einen dummen Spruch auf Shitz' altes AK-47, Benji reagiert nicht. Aber kurz danach gelingt es ihm irgendwie, auf den Wohnflur zu entwischen und die Treppe hinauf ins erste Stockwerk.

»Wow, gut«, flüstere ich ihm ins Ohr.

Oben sind Nummern an den Türen.

Ein Hotel.

»Ich bin oben«, sagt Benji triumphierend.

»Ja, ja, sehe ich.«

Du meine Güte, denke ich, Jakob Schütte hat alles zusammengeschmissen, was ihn fertigmacht. Die Familie, die Hochzeit von Arjeta und Bedri, und jetzt, hier: Hotel Neziri.

Und er hat damit auch noch Erfolg gehabt, das war ja das Einzige, was ich über dieses Spiel wusste: Dass Jakob seine Firma CubeGame seit Erscheinen von *Namuna* vor zwei Jahren von fünfzehn auf fünfunddreißig Festangestellte ausgebaut hatte.

»Wo ist Leka denn?«

»Was einkaufen, meinte er.«

Benji hat wirklich gar nichts mitgekriegt. Jetzt öffnet er eine Tür. Dahinter ein schreiendes Baby, dessen Wiege blinkt, als sei etwas unter dem Baby verborgen, und als er hineilen will, stehen an der Wand drei alte Frauen auf, schieben eine Wand aus Gemurmel auf ihn zu und drücken ihn damit aus dem Raum.

Shitz ist ein bisschen verhext oder gelähmt, als er auf den Flur zurücktaumelt, fängt er sich eine Schnittwunde über dem linken Auge ein, bevor er den ersten Wachposten niederschlägt.

Zu früh, denke ich, der Sound sagt alles.

Aber was heißt zu früh?

In unserem Rücken öffnet sich die Tür, und wir sehen beide hin, weil wir Leka dort vermuten und ihn befragen wollen.

Arjeta wirft ihr Schlüsselbund auf eine Ablage.

»Mann, wo ist denn eigentlich Leka?«, ruft Benji, ganz zittrig von der Konsole.

Sie steht vollkommen still da, als habe sie die Frage gestellt, nicht Benji. Sie zieht sich nicht einmal den Blazer aus, und wir Männer wenden uns dem Bildschirm zu, weil es dort ballert.

»Ich wollte doch überhaupt niemanden angreifen!«, ruft Benji. Aber der Ablauf ist nicht mehr zu stoppen, der Wachposten ist vom Boden aufgestanden, zwei andere Hochzeitsbesucher stehen auf dem Flur, auch der Hausherr Niko, sie haben ihre Pistolen und Gewehre gezogen, um uns gemeinsam den Rest zu geben.

Game over.

»Könnt ihr mir mal sagen, was das hier ist?«

»Dein Sohn hat uns das Spiel gezeigt, und dann ist er wieder verschwunden.«

»So ist es«, sagte Benji.

»Wieder?«

Wir schwiegen.

»Und da verlasst ihr nicht mit ihm die Wohnung?«

»Benji war hier gerade mittendrin. Pardon, du hast recht, ich hätte …«

Sie nahm die Entschuldigung an, zumindest erwachte sie aus ihrer Schockstarre und verschwand in der Teeküchennische.

»Was hältst du davon, Arjeta, wenn ich dich zum Mittagessen einlade?«, rief ich.

»Ich will euch was anderes zeigen.«

*

Benji hatte keine Lust mitzukommen, er wollte sein Longboard aus dem Hotel holen und mit Leka im Stadtpark fahren. Sie hatten schon SMS ausgetauscht. Arjeta sagte, dass es verboten sei, dort die Wege runterzubrettern, und ich pfiff Benji daraufhin noch einmal zurück, um ihm klarzumachen, dass er sich bitte an solche Verbote hielt.

Sobald wir losgingen, war Arjeta mir einen halben Schritt voraus. Nur ein Schulterzucken hatte sie übrig für die hundert Kosovaren, die vor der Schweizer Botschaft auf einen Termin warteten. An der Präsidentenvilla war eine Gedenktafel für Bajram Kelmendi und seine Söhne angebracht. Schräg gegenüber warb das Hotel Neziri mit geschwungener Schreibschrift. Aber das wollte sie mir nicht zeigen. Im Glaserker zur Straße standen drei Tischfahnen, die deutsche, die albanische und die amerikanische. Ein Bekenntnis? Nein, sagte Arjeta, nur ein Hinweis darauf, welche Sprachen die Hotelfamilie beherrschte.

Die Fassade war so hässlich, wie ich erwartet hatte. Ich ging kurz hinein, Arjeta blieb draußen. Der Fußboden: schwarzer Spiegelmarmor. Der Empfangstresen: in weißem Leder gepolstert. Im Hintergrund die Frau von dem Foto, das Leka meinem Sohn geschickt hatte, Arjetas Mutter, in Kittelschürze säuberte sie einen Tisch. Sie rief mir etwas auf Albanisch zu, das mich sofort erröten ließ.

Länger wollte ich Arjeta nicht warten lassen.

Wir gingen an ihrer ehemaligen Schule vorbei, die Autos standen in den Gassen und hupten sich an. Dann schlängelte sich eine Straße lange bergab, an deren Ende wir Arjetas Ziel erreicht hatten. Das Kosova-Museum. Manche nannten es sogar das Nationalmuseum. Es kostete keinen Eintritt. Im Parterre zeigte man Ikonenmalerei des Onufri, von dem ich noch nie gehört hatte, dazu archäologische Fundstücke, sehr professionell aufgearbeitet, mit englischen Übersetzungen und unter edler Beleuchtung. Arjeta ließ mich die Ausstellung bestimmt eine halbe Stunde lang ansehen, und ich bereitete mich innerlich auf ein Ratequiz vor, in dem ich komplett versagen würde. Aber über die Ostkirchen und ihren Blick auf Ikonenmalerei wollte sie auch nicht sprechen. Stattdessen ging sie voran in den ersten Stock, wo die jüngste Geschichte ausgestellt wurde – so war jedenfalls auf dem Treppenabsatz angekündigt, was dann exakt mit den Bomben von 1999 begann.

Der Raum glich, pardon für die unangemessene Metapher, einem Schlachtfeld: schlecht gestrichene Wände, heraushängende Steckdosen, eine zwei Meter hohe Glasvitrine, darin amerikanischer Bombensplitterschrott, dahinter, völlig unzugänglich durch die Position der Vitrine, aber gleich in doppelter Reihe übereinander auf Pappe aufgezogen, *New-York-Times*-Ausgaben von 1999, die an vielen Stellen eingerissen und unleserlich waren und zu allem Überfluss unchronologisch gehängt.

Das Chaos der Ausstellung bot nur die Oberfläche, unter der mir ein grauenhafter Einblick in die kosovarische Seele gewährt wurde. Einer Seele, die weder sich selbst noch anderen gehorchen wollte, wie vor hundertfünfzig Jahren jemand über die Albaner geschrieben hatte. Das Museum kam mir vor wie die Leerstelle eines Selbstbildes, eines Selbstwertgefühls, es war das Zerrbild von Arjetas Provisorium, und es war gleichzeitig ein offener Affront gegen die internationalen Kräfte.

Es bedurfte keiner Worte zwischen Arjeta und mir.

»Puh«, sagte ich.

Und sie nickte.

Weil sie mich durchschaut hatte. Sie musste bemerkt haben, dass ich ihr Provisorium insgesamt für eine moralische Kunstaktion hielt. Sie wusste, dass sie noch einen Schritt weitergehen musste, um mich davon zu überzeugen, dass sie im Gërmia-Park die Wirklichkeit abbildeten.

Nichts als die Wirklichkeit.

*

Mein Mittagessen nahm ich alleine ein. Arjeta hatte mir das *Shtepia e Vjeter* empfohlen. Ein schmaler lichter Gang öffnete sich zu einem hofgroßen Restaurant, doch ich fühlte mich beklemmt. Kaum hatte ich bestellt, rief ich Benji an. Ob er mit mir essen wollte. Er reichte die Frage an Leka weiter, ich hörte noch mindestens zwei weitere Jungsstimmen. Nach längeren Debatten auf Deutsch, Englisch und Albanisch fasste mein Sohn die Entscheidung zusammen: Sie kämen zu dritt zur Nachspeise vorbei.

Sie kamen, als der leere Teller meines Hauptgangs gerade abgetragen wurde. Benji zeigte mir eine frische Kniewunde, nichts Schlimmes, den letzten Tropfen Blut hatte er nicht mehr weggewischt, ihn das Schienbein hinunterlaufen lassen, wo er eingetrocknet war. Gefahren waren sie auf Lekas Schulhof, dort gab es ein paar Rampen.

Der dritte Junge hieß Etnik und bedankte sich schon im Vorfeld für die Einladung. Die Eiskelche standen noch nicht auf dem Tisch, und ich fragte Leka, wo er eigentlich gewesen sei, als seine Mutter im Provisorium wohnte.

»Da war ich noch bei uns, mit Bedri.«

Ich hatte nicht damit gerechnet, dass er mir überhaupt antworten würde.

»Bedri ist der Ehemann deiner Mutter, stimmt's?«

»Ja. Er war aber zuerst fast gar nicht in der Wohnung, und dann war er auch noch weg.«

»Hä?«, fragte Benji, und dieses ungespielte Erstaunen machte Leka Lust weiterzuerzählen.

»Du redest von der Wohnung, wo wir uns heute Morgen getroffen haben?«

»Ja klar, Bedri ist nie richtig eingezogen, obwohl meine Mutter ihn gebeten hat. Ihr müsst ihn euch vorstellen, Bedri ist hier überall rumgelaufen und hat jedes einzelne Gebäude aufgeschrieben, Höhe, Alter, wie viele Leute drin wohnen. Aber das ganze Aufschreiben, pfff, er nannte es immer das Vakuum.«

Mir war unklar, was er meinte, aber ich ordnete die Ära des Vakuums vor dem Provisorium ein.

»Ein Stadtplaner wurde mal erschossen, Rex, das war noch vor meiner Geburt. Davon hat Bedri immer erzählt. Dass die Mörder noch immer frei rumlaufen. Der Rex war für Bedri wie ein Vater. Und er wollte dann die Arbeit von ihm weitermachen, mit Studenten von der Architektur. Straßen, Wasserleitungen, auch so unterirdisch, Parkgaragen. Eine Führung, meinte Bedri, die Stadt braucht eine Führung.«

»Und, was meinst du, hat er recht?«

»Weiß nicht. Er hat immer irgendwelche Dinge gefordert, weil er meinte, er ist der Experte.«

»Und es wurde nicht umgesetzt«, ergänzte ich.

»Normal hier«, sagte Leka, er zuckte sogar mit den Schultern. »Irgendwann ist er aufs Land gefahren, zu seinen Eltern, weil sein Vater krank war und Hilfe im Garten brauchte.«

»Da war Arjeta schon im Gërmia-Park?«

»Weiß nicht. Da war Bedri schon auf seinem Buddhismus-Trip. Innere Einkehr und das alles. Denken, nicht handeln. Über meine Mutter hat er immer gesagt: Die handelt ja nur, die denkt ja nie.«

Benji sah mich grinsend an, als müsse ich den letzten Satz unbedingt irgendwie auf unsere Familie übertragen und deshalb kommentieren. Ein echt dämliches Grinsen, aber Leka, der uns endlich mal allen mit seinem Deutsch imponieren wollte, redete weiter:

»Bedri hat dann immer so asiatische und arabische Musik

gehört, ohne Gesang, stundenlang. Und er schrieb so kleine Gedichte. Von einer fernen Welt, in der alles gesagt ist durch Staubkorn und Pflaumenblüte. Das war geisteskrank.«

»In deinen Augen«, stichelte ich.

»Bedri meinte, er ist auf dem Weg dorthin, in die ferne Welt. Da bräuchte er kein Visum dafür. Ich hab gesagt: Und warum packst du dann ständig deinen Rucksack ein und aus? Und warum isst du nur noch Brot und Reis und trinkst nur noch Wasser und kaust so langsam, dass jedes Abendbrot eine Ewigkeit dauert?«

Ich fand auch, dass das pointiert erzählt war, aber Benji war mittlerweile im »Geile-Story-Modus«, er lachte unangemessen laut, und die abschätzigen Blicke von den Nebentischen fielen, na klar, auf mich. Deutscher Vater mit drei Söhnen, der keine Autorität hat.

»Was Sie am Anfang gefragt haben: Als Arjeta und Lum weg waren, hab ich mit Bedri gewohnt. Aber halt viel Zeit allein. Ich am Computer, Bedri bei der, ääh, hier so, ceremony?«

»Teezeremonie. Schneidersitz«, übersetzte ich, was Leka gesagt und dargestellt hatte.

»Er wurde irgendwie immer mehr ego. Er wollte mir sagen, wie man *nicht* sein darf. Oder welche Atmung jetzt die beste ist oder irgendwie.«

»Das war wahrscheinlich das Gegenteil von dem, was er sein wollte, egoistisch«, sagte ich.

»Sie müssen ihn nicht in Schutz nehmen. Weißt du, was ich gemacht hab, Benji?«

»Nö.«

»Einmal hab ich seine ganzen Buddhismusbücher in den Keller getragen und in die Waschmaschine gesteckt.«

Benjis Lachen war wieder so laut, dass ich ihn dämpfen

musste. Leka wechselte ein paar Worte mit Etnik, aber der tat mir den Gefallen, nur milde zu lächeln. Etnik sagte irgendwas mit Muzikë, Muzikë.

»Ja, ach so, ich bin aus der Schule gekommen und hab den Fernseher oder das Radio laut angemacht. Ich meine, die Albaner können viel ab, aber da haben sie mit Faust und Besen an die Wände gehämmert. Ich bin raus auf die Straße, ohne drinnen leiser zu machen. Zweimal haben sie uns die Haustür eingeschlagen, und dann war sie nur noch so halb geflickt, wer wollte, konnte immer rein. Aber dann kam keiner mehr. Trotzdem, es gibt in der Wohnung richtig …«

Er formte mit beiden Händen zusammen ein größeres O, dann ein paar kleinere.

»Löcher?«

»Nein.«

»Kahle Stellen, wo die Farbe runtergekommen ist«, sagte ich. Das Bild war einfach zu verstehen: Das Klopfen und Hämmern und die kahlen Stellen erinnerten Leka an die Zeit des Provisoriums. Woran genau? An die Versäumnisse seiner Mutter? An ihre Abwesenheit?

Die Eisschalen waren leer. Etnik bedankte sich ein weiteres Mal, die anderen beiden machten es ihm nach, und schon waren die drei Jungs, die durch ihre Longboards noch schlaksiger wirkten, verschwunden. Immer hatte ich Angst gehabt, Benji aus den Augen zu lassen, jetzt blieb ich zum ersten Mal ruhig. Sein Geständnis hatte mir geholfen. Kein Basketball, sondern Computerspiel.

Ruhig saß ich da, aber hilflos, gegenüber Benjis Scham, gegenüber ihrem Gelächter. Die Hilflosigkeit betraf nicht nur mein Kind. Sie war ein Raunen im *Shtepia e Vjeter*. Was mir gehörte, war ein Espresso, aber an der Außenwand des Tässchens begann schon das andere, von dem ich nichts verstand, die Brandung ringsherum, unbekannte Sprache.

Jakob Schütte hatte versucht, Albanisch zu lernen.

Wieso sollte er seinen Sohn aus Kosova entführt haben? Meine Frau glaubte auch nicht daran. Sie hielt Schütte für einen unruhigen, etwas ungelenken Nerd, der wahrscheinlich immer schon hochbegabt gewesen war – wie hatte sie gesagt: »Der ist doch das lebende Beispiel dafür, dass man den Weg, der für einen vorgezeichnet ist, bis zum Ende gehen kann. Schüttes Berufsleben ist doch *organic,* ein Bach, der in den Fluss führt und dem Meer entgegenfließt.«

Ich gab ihr recht. Der Mann hatte eine Reise nach Amerika unternommen, Software geschrieben, sein Studium geschmissen, frei konzipiert und programmiert, sich nach London abwerben lassen, dort viereinhalb Jahre lang für viel Geld gearbeitet, und am Ende stand wie der Treppengipfel die Selbständigkeit – und zwar nicht jene, die wir Schriftsteller wie eine Bürde mit uns herumschleppen, weil ihre Wahl allein auf Eigensinn beruht. Sondern eine Selbständigkeit, die auch wirtschaftlichen Mut und logistischen Aufwand erfordert haben musste. Eine Selbständigkeit, die sogar eine kompakte Form besaß. CubeGame. Ein Würfel.

Wieso sollte so einer das alles aufs Spiel setzen und seinen Sohn aus Kosova entführen?

Absurd. Andererseits, auch meine Frau konnte mal falsch liegen. Als ich ihr von *Namuna* geschrieben hatte, nannte sie das Spiel einen »Beweis von Jakobs Unreife«. Das war allerdings anmaßend. Denn Menschen waren unerwachsen. Spiele waren unerwachsen. So what? Auch Wut war unerwachsen. Klar war es kindisch, gegen die Exgeliebte nachzutreten. Klar hatte Jakob Schütte in seinem eigentherapeutischen Liebeskummerverarbeitungsprozess die nezirische

Familie benutzt und für ein Computerspiel instrumentalisiert.

Aber bewerten, ich? Lächerlich. Ich, der Espressotrinker, der Fremdkörper, der hier ganz augenscheinlich nicht der Zielgruppe angehörte. Ich, der sich von den Kindern vorführen lassen musste, wie das Spiel zu spielen war, dem dieser Mann seine ganze Lebensenergie gewidmet hatte.

*

Jetzt hätte er endlich etwas herausgefunden, sagte Benji drei Stunden später, als ich mich vor der Nachmittagssonne ins Hotel zurückgezogen hatte. Er sagte es am Telefon, er wolle mir etwas zeigen. Leka zeigt mir die Spielmechanismen, Arjeta zeigt mir das Kosova-Museum, dachte ich, und jetzt war mein Sohn an der Reihe. Alles bekam ich gezeigt. Nur ich zeigte niemandem etwas.

Benji nannte mir nicht mehr als die Adresse, Ecke Luan-Haradinaj/Fehmi-Agani-Straße. Konnte sein, dass es sich dabei um die verkehrsreichste Kreuzung der Stadt handelte. Vier gewaltige Zebrastreifen ohne Ampel. Die östliche Seite war nur einstöckig bebaut, dort ging es ins Stadtzentrum. An der südwestlichen Ecke stand Benji schon ausschauhaltend vor einem hohen Amtsgebäude. Er winkte mich über die Straße. Ich befand mich noch auf dem Zebrastreifen, als er sich umdrehte und auf den Eingang zuhielt.

»Hey, nun mal ganz ruhig, mein Sohn. Dürfen wir da überhaupt rein?«

»Falsche Frage, Padre.«

»Und was willst du da drin?«

»Darf ich vorstellen: das Innenministerium. Ich will mich reinsetzen und rumgucken.«

Als er den Satz beendete, hatte er mich längst hineingezogen, nun ließ er sich auf einen der grauen Hartschalensitze fallen. Der Raum war übervoll, er wirkte wie die Fortsetzung der Verkehrskreuzung, nur klimatisiert. Das Ministerium, klärte mich mein Sohn auf, beherberge die Abteilung für Staatsangehörigkeit, Asyl und Migration, die für allen Schriftverkehr zuständig war, der sich zwischen Kosova und anderen Ländern abspielte, und dies galt für alle drei Zeitformen. Mehrere hundert Personen sprachen hier täglich vor, weil sie ihre deutsche Geburtsurkunde beglaubigt haben wollten, weil ihnen eine Heiratsurkunde in Aussicht gestellt wurde oder weil sie Dokumente für eine Ausreise benötigten.

»Leka hat sich hier auch hingesetzt und rumgeguckt.«

Erst jetzt nahm ich neben ihm Platz, und schnell bekam ich den Eindruck, die Halle sei wirklich zum Rumgucken gebaut worden. Ganz Kosova kam hier zusammen. Alte Männer vom Lande, die ihre Fußspitzen weit nach außen setzten und zu dünn geworden waren für ihr einziges Jackett; Businesstypen, die für die Internationalen arbeiteten, karierte Oberhemden und lichtes Haar; blondierte und gar nicht mehr so junge Frauen, die mit Messingschmuck und Louis-Vuitton-Imitaten über ihre finanzielle Lage hinwegtäuschen wollten; Großfamilien, die fanden, dass Großfamilienanwesenheit ein überzeugendes Argument in Rechtsfragen sei; Bettler, die glaubten oder wussten, dass das Geld in dieser Halle lockerer saß, weil jeder Geld dabeihatte, um voranzukommen; und nur drei Plätze weiter saß der zweiundzwanzigjährige schwäbische Schwiegersohn, der seine Liebste nun auch traditionell albanisch heiraten wollte.

»Weißt du, der Bedri ist tot«, sagte Benji plötzlich, »er hat sich bei seinen Eltern im Geräteschuppen aufgehängt.«

»Depressionen«, sagte ich.

»Hä, woher weißt du das?«

»Es klang an in dem, was Leka heute Mittag erzählt hat. Der Buddhismus, das klang für mich nach der Flucht vor einer Depression.«

»Du bist ein Hellseher.«

Ich sagte nicht, dass ich mich eher für einen Schwarzseher hielt. Schon seit ich von der Sprengkunstaktion Lum Podrimjas erfahren hatte, war ich den Gedanken nicht losgeworden, dass irgendwer sterben musste in dieser Geschichte. Am Ende konnte es eigentlich nur jemanden aus Arjetas Familie treffen – oder Lekas Stiefvater, Bedri Haliti.

»Leka meint, alle Menschen, die sich umbringen, leiden an unerfüllter Liebe, alle hätten eigentlich den gleichen Grund.«

»Das ist zu einfach.«

»Und was meinst du, Papa?«

»Es gibt auch andere Ängste. Selbstbezogene. Und dann glaube ich, an unerfüllter Liebe leiden auch viele nicht-depressive Menschen.«

»Aber bitter, oder?«

»Ja, für deinen Freund ist es sehr traurig.«

Wir saßen eine Zeitlang nebeneinander und glotzten die vorbeiströmende kosovarische Bevölkerung an, bis mir auffiel, dass wir dieses Gespräch nicht unbedingt in einer Wartehalle führen mussten.

»Also, warum hast du mich hierherbestellt?«

»Weil Leka auch hier gesessen hat. Klingelt's?«

»Leider nein.«

»Er hat auch alle beobachtet. Klingelt's jetzt?«

»Immer noch nicht.«

»Dann bist du doch kein Hellseher. Ich hab ihn auf das Thema Entführung angesprochen, wie du gesagt hast. Seine Mutter redet Schwachsinn. Und er ist auch nicht mit den

Bussen gefahren, die da am Busbahnhof jeden Tag starten, viel zu teuer, viel zu gefährlich, sagt Leka. Hier hat er gesessen, zwei oder drei Wochen lang, statt zur Schule zu gehen. Bis eine vierköpfige Familie aufgetaucht ist, die Deutsch und Albanisch konnte, und als der Familienvater irgend so eine Amtssache besprechen war, hat Leka«, und an dieser Stelle begann mein Sohn zu flüstern, »sich einfach neben die Wartenden gesetzt und ihnen zugehört. Die waren zu Besuch hier, ganz klar Schatzis. So nennen sie die deutschen Verwandten, die immer nur im Sommer herkommen. Die Schatzis hatten natürlich ihre deutschen Pässe dabei, und dann, cooler Zufall, hat der Junge, die hatten einen Jungen in Lekas Alter, seinen Pass so easy in der hinteren Hosentasche stecken. Leka ist zur Toilette, mit offenem Schuhband zurück, er ließ sich hier so, Rucksack und Jacke voran, auf den Platz neben dem Jungen fallen. Aufs Handy geguckt, ›Oh, ich muss los‹, noch schnell den Schuh zu, aus der Hocke hoch, Rucksack und Jacke gegriffen, darunter irgendwie den Pass von dem erwischt. Zack, Meisterleistung!«

»So 'n Pass wird doch sofort gesucht und gemeldet.«

»Er ist direkt mit dem Taxi zum Flughafen, eine Stunde später ging ein Flug nach Deutschland, für den es noch Tickets gab. Leka hatte Bargeld dabei, das hat er seinen Großeltern geklaut, außerdem meinte er, er hat in der Schlange vor der Gepäckaufgabe eine Frau angesprochen. Ob sie seine Begleitperson sein kann. Seine Mutter, die in Hamburg auf ihn warte, hätte ihn gebeten, sich für den Flug eine Begleitperson zu suchen. Und die Frau hat sich ganz rührend um ihn gekümmert.«

»Hier wird doch alles videoüberwacht. Guck mal da hoch.«

»Na und? Was ist, glaubst du's nicht?«

»Ich glaub es eher als die Entführungsstory.«

»Entführung ist Schwachsinn, sie will sich bloß schützen, weil sie so peinlich versagt hat.«

»Inwiefern versagt?«

»Sie hat Leka total hängenlassen. Sie ist sogar zurückgegangen in ihre Hütte da im Park, nachdem Bedri gestorben war. Nur weil irgendein ausländisches Magazin ihre Zäune dokumentieren wollte. Und hat noch rumgejammert, weil ihr vom Zaunbau das Handgelenk weh tat. Aua, ich kann mein Handgelenk nicht mehr kugeln. Aua, Leka, ich brauche eine Ledermanschette.«

Ich ließ ihn reden, er wollte Solidarität mit seinem Freund zeigen, und dafür musste er anscheinend auf Arjeta Halitis Handgelenk herumtrampeln. Sollte er, kein Problem.

*

Am nächsten Vormittag brachten uns Lum, Arjeta und Leka zum Flugplatz. Weil die Jungs es wollten, kamen alle mit ins Gebäude und blieben, bis wir eingecheckt hatten. Anders als in Berlin musste Benji mit einem Paketband die Rollen seines Longboards ans Brett kleben, bevor er es mit ins Handgepäck nehmen durfte. Arjeta überreichte mir alle Provisorium-Filme auf fünf DVDs, und so eigennützig dieses Abschiedsgeschenk war, hielt es mir doch nur vor Augen, dass ich selbst nichts mitgebracht hatte, als wir gekommen waren. Es war der falsche Zeitpunkt, sich dafür zu entschuldigen, ich tat es trotzdem, aber Lum winkte sofort ab. »Nächstes Mal, wenn ihr auf Einladung kommt.«

Nach dem harmonischen Abschied saßen Benji und ich zwar bald im Flugzeug, warteten dann aber lange auf unseren Abflug. Ich sah an Benji vorbei durchs Fenster, wo hundert

Meter entfernt ein Bodenlotse eine Maschine in ihre Parkbucht einwies. Er trug eine neonrote Weste, und ich fand, dass er sich weniger dem gelandeten Flugzeug zugedreht hatte als vielmehr uns, den Startenden. Er streckte beide Arme schräg nach oben. Das Y, noch einmal. Zwei Länder, dachte ich, ein Europa. War das der kosovarische Abschiedsgruß? Lum Podrimja hatte mit dem Y eine Ziegenmelkhütte in den albanischen Bergen dargestellt, aber das kleine Lotsenmännchen dort drüben, im Gegenlicht unter dem unendlichen Himmel, machte einen Baum daraus. Das Y war der einfachste aller Bäume, aller Stammbäume auch. Lasst uns die Stammbäume neu beschriften, dachte ich und legte meinem Sohn eine Hand auf die Schulter. Meine Frau und ich, wir waren die armdicken Äste, die sich streckten und nach Hilfe ruderten, die alles aus der Luft griffen, was sich greifen ließ und es dann in den Stamm ihres einzigen Kindes hinableiteten, um ihm bei der Verwurzelung zu helfen.

Benji aber, der trug uns. Der musste uns irgendwie tragen. Bis ins hohe hohe Alter.

Ertragen auch.

Wir rollten, ließen das Y zurück. Erst als unser Flugzeug vom Boden abhob, löste ich meine Hand.

»Empfindest du einen großen Unterschied zwischen unserem Zuhause und Lekas Zuhause?«

Benji ließ sich Zeit mit der Antwort.

»Nein«, sagte er.

»Dachte ich mir.«

»Ist das schlimm?«

»Alles andere als schlimm.«

5

Im Juni 2012 hatte es im Gërmia-Park zwei Zäune gegeben, sie kamen von Norden und von Westen aufeinander zu, folgten aber keiner geraden Linie, sondern mäanderten in Kurven und Schlenkern durch die Landschaft. Das sah schön aus. Wo die Rundungen besonders ausgeprägt waren und sich Buchten gebildet hatten, wurden sie bewohnt wie Strände oder Schneckenhäuser, von kleinen Holzskulpturen, Denkmälern, Steinhaufen, Sitzelementen, Botschaften. Es war, als siedelten sich in den Nischen – und nur dort – kleine Kulturen an, geschützt vom Rest des Landes. Gërmia verwandelte sich, entlang des Zaunes, in einen Kulturpark.

Weil ich die Ausmaße des Parks kannte, war ich ganz beeindruckt von den Videobildern: Das Hüttendorf war die grüne Wiesenzunge bis zum Gaumen hinaufgekrochen, wie eine Flüssigkeit. Dreißig oder vierzig Holzbauten und Zelte. Nun waren auch Organisationen angereist und bis ins Innere des Parks vorgestoßen.

Meine Frau drückte auf die Stopptaste, weil sie die Schriftzüge entziffern wollte. Das *Zentrum für Gender Studies* war vor Ort, ebenso das *Zentrum für den Schutz von Frauen und Kindern in Kosova*. Ich konnte nichts beisteuern, das wesentlich über die Namen der Organisationen hinausgegangen wäre. Es gab auch eine Gruppe, die sich (in einem kurzen Interview mit Lum) offen für eine starke EU als ein Bündnis aussprach, das sowohl atlantische als auch eurasische Bänder knüpfen müsse. Dahinter stand die, wie ich fand, berechtigte Frage nach der Identität Europas und inwieweit man von einer fehlenden Identität sprechen musste, solange Europa stets Hand in Hand mit den amerikanischen Militärstrategen agierte.

Auffallend war, dass Arjeta das Wachstum ihres Lagers nicht genießen konnte, im Gegenteil, sie zerriss demonstrativ die schlechtkopierten Informationsbroschüren. Ihre Kunst, fand sie, war eine kräftige Farbe gewesen, die nun mit jedem Tag verwässerte.

»Darauf wollten wir doch hinaus, dass sich hier im Park die Gesellschaft spiegelt«, hielt ihr Lum im Film entgegen.

»Ich hab es mir anders vorgestellt«, jammerte sie. »Unsere Hütte, die finde ich mittlerweile richtig schön. Dagegen diesen Bretterverschlag von den *BetterFuture*-Leuten, darin kann man ja nicht mehr wohnen.«

Lum stand auf, schob sich, die Beine voran, aus der Hütte:

»Du sagst es, Arja. Nicht mehr wohnen. Genau darum geht es.«

Danach folgten direkt Bilder vom 16. August 2012. Teure Limousinen mit verdunkelten Scheiben fuhren vor, und es stiegen Menschen aus, um die zur Mittagszeit kaum belebten Hütten, Buden und Zelte dem Erdboden gleichzumachen. Die Zerstörer nutzten Baseballschläger und Eisenrohre, vor allem aber ihre Füße. Oft genügten einzelne Tritte, um die von drei oder vier Nägeln zusammengehaltenen Bretterwände zu Fall zu bringen.

Das Projekt arbeitete damals mit insgesamt drei Kameras, zwei davon waren am Lager im Einsatz, eine wurde von einer feministischen Aktivistin namens Pussy Haveit todesmutig in die Zone der Zerstörung getragen. Der letzte Film über das Provisorium endete mit einem vernichtenden Schlag auf ihr Kameragehäuse, das wurde in Zeitlupe gezeigt, auch die Kamerafrau selbst wurde geschlagen, man wusste nicht, wie schwer, ob sie mit dem Schrecken davonkam oder nicht.

Dann war der Bildschirm schwarz.

»Heftig.«

»Oberheftig.«

Meine Frau und ich sahen uns an und verzogen die Mundwinkel. Sie war genauso gespannt wie ich darauf gewesen, etwas aus dem *Provisorium* zu sehen, und ich hatte die Schlussepisode gewählt, weil ich mir davon am meisten Spannung versprach.

Das hatte ich nun davon.

Schläge und ein schwarzer Bildschirm.

Erst einige Minuten später wurde aufgeblendet. Lum Podrimja hielt eine Rede, im Abendlicht, in allerbester Stimmung. Das Provisorium hätte sich, sagte er, als so wenig standfest erwiesen, dass es in zehn Minuten zu zerhauen gewesen war. An allen Dächern und Wänden hatten sich die Täter austoben können, und dabei sei ihre Aggression abgeflossen in die Horizontale, genau so habe er sich das erhofft, dass sich nirgendwo eine uneingelöste Gewalt gegen die Campbewohner aufstauen könne, denn wer rückstandslos alles plattmache, sei ein zufriedener Zerstörer. Dies sei, so Lum vor einer großen Zuhörerschaft, das große Verdienst des Provisorischen! Dass es gelernt habe aus der Nachkriegszeit, dass es keinen Widerstand bot gegen die rohen männlichen Kräfte. Denn damals sei ja die Existenz eines weiblichen Körpers mitunter schon genug gewesen, um die Männer verrückt nach Gewalt zu machen.

Ruhige Zustimmung prägte die Filmszene.

Es saßen augenscheinlich einige Aktivistinnen in der Runde, die wussten, wovon Lum sprach. Womöglich arbeiteten sie mit traumatisierten Frauen.

Nach Lums Ansprache schnitt der Film direkt zum Wiederaufbau und den dazugehörigen Interviews. Für uns Zuschauer entstand der Eindruck, auf den Lum es abgesehen hatte: Der Film war alles andere als vorbei. Die Kunst auch. Alles war so mühelos wieder aufzustellen gewesen, wie es gefallen war. Arjeta wurde dabei gefilmt, wie sie ein Foto twitterte, ein Selbstporträt, auf einen Spaten gestützt, Text: »Wer ein Provisorium angreift, muss damit rechnen, dass es schon morgen wiedererrichtet ist.« Lum ging noch einen Schritt weiter, direkt in die Kamera:

»Das Provisorium hält dem Angriff stand.«

*

Jakob Schütte wollte nichts mehr von Kosova wissen. Die Reise hätte ich selbst zu verantworten, hatte er mir geschrieben, die Reise in die Großraumsauna. Ins Provisorium. Aber war das nicht eine seltsame Reaktion von einem, der seine ganze Lebenssituation diesem Kosova verdankte oder doch zumindest seinem jahrelangen Aufenthalt dort unten? Jakobs *Namuna*-Spiel hatte sich in den letzten zwei Jahren 1,6 Millionen Mal verkauft. Er war es eigentlich, der dem Angriff standgehalten hatte. Er war dem Elend entstiegen, den Schlägen entkommen. Hatte seine Firma immer weiter vergrößert. Die Diskrepanz zwischen seinem Leben und Arjetas Leben konnte nicht größer sein.

Zurück in Berlin, wollte ich dieser Diskrepanz nachgehen. Ihn als Firmengründer treffen. Vor meiner Reise war ja alles um das Drama seiner Vaterschaft gekreist. Und um Arjeta.

Er hatte das Bild selbst benutzt, Arjeta als Sonne, er als umlaufender Planet. Dann sein Absprung.

Ich schrieb ihm eine kurze Mail. Ob es ihm etwas ausmache, an seine Reha-Erzählung anzuschließen, ob er mir »aus Deutschland, vom Start-up-Dasein, aus dem Alltag des Erfolgs« berichten könne.

»Kann ich«, schrieb er noch knapper.

Nicht zu ändern, dachte ich, er durchschaut dich. Beide wussten wir seit den ersten Sekunden unseres Aufeinandertreffens, dass wir keine Freunde werden würden, dass wir nicht kompatibel waren in unserem Zugriff auf die Welt. Mein Interesse an seiner Person war geheuchelt. Ich hatte nur ein Interesse am Leben und wie es sich zusammensetzte, wie die Menschen ihrem Leben Gültigkeit verliehen.

Der Clou war nicht, dass er es durchschaute, sondern dass es ihm entgegenkam. Er wollte nicht mein Freund sein, sondern mein Darsteller.

Mir fielen wieder die Ziegen ein. Sie kamen durch den linken Flügel herein, wurden im Sockel gemolken, trotteten durch den rechten Gang hinaus. Lum Podrimja hatte über Berghütten gesprochen, und das Lotsenmännchen am Flugplatz hatte das Y eines Stammbaumes gezeigt. Jetzt dachte ich aber an meine Arbeit. Kein Wunder, dass ich nicht mehr zurückfand in das Manuskript, das ich vor der Reise liegengelassen hatte, denn was waren meine erfundenen Figuren anderes als Ziegen, die zu mir hereinkamen, die ich molk, die ich zurückschickte in die Wüste. Wie gefügig und dumm blieben sie gegen die real existierenden Arjeta Haliti und Jakob Schütte, die sich störrisch meiner Hand entzogen.

*

»*Hallo Welt* stand auf unserer Firmenfußmatte«, sagte Jakob. Die Welt war teuer und chic, und wenn er sich aus einem der großen Bürofenster über die Straße beugte, habe er auch an einem bewölkten Tag die Sonnenbrillen im Haar der Passanten zählen können. Prada-Pumps klackten über den Bordstein, die Männer trugen Chucks, manche schon vollen Bart und enge Hose. Eigentlich absurd, Arjeta Haliti wollte die Kunstwelt erobern, und er war es, der mitten in der Berliner Galerieszene hockte.

Gleich die erste Spitze gegen seine Ex, dachte ich, das konnte ja was werden. Er erzählte mir von seinem Investor, der die Räume im Sophienviertel günstig hatte anmieten können. Am 2. Mai 2008 waren sie bezugsfertig, bereits im Februar hatte Jakob die Firma eingetragen. Die gute Adresse des CubeGame-Firmendomizils war aus Sicht des Förderers Philipp Hausmann ein kluger Kniff, denn hinter der Fassade blieb sein eigentliches Credo intern. Hausmann war nämlich nicht spendabel, und das Credo hieß Selbstaneignung. Er zahlte der neuen Computerspielfirma in der Findungsphase nur die Büromiete, das Servernetzwerk und geringe Monatsgehälter.

Später, wenn das Spiel *Namuna* wuchs, so war es vertraglich festgehalten, würde der Etat sukzessive erhöht werden.

Angefangen hätten sie zu fünft, meinte Jakob. Sie seien mit allem einverstanden gewesen. Er selbst hatte damals noch die meiste Zeit Code geschrieben. Sie testeten Engines. Sein aus London abgeworbener Partner Steven Roche beschäftigte sich vor allem mit der Spielmechanik. Sie beherrschten vieles, aber spürten es kaum, weil sie sich täglich mit irgendeinem neuen Problem konfrontiert sahen.

Von all dem erzählte er mir ausführlich. Die beiden Aufbaujahre der Firma mussten seine glücklichste Zeit gewesen sein. Er war morgens aufgestanden mit einer Begeisterung, die er »nicht nur mitteilen, sondern teilen musste, was ja etwas viel Größeres war«.

Niemand bei CubeGame hatte sich damals um eine Familie zu kümmern, es wäre auch nicht gegangen. Sie kamen nur voran, indem sie 24/7 arbeiteten. Sie taten es in der berlintypischen Art, die besagte, dass es überhaupt nicht darauf ankam, wo man gerade am Rechner saß, auf welchem Medium man sich Notizen machte und in welchem Bett man von einer Spielfigur träumte. Eine klare Arbeitsteilung gab es nicht, nur behielt Jakob das umfangreiche Material aus Kosova bei sich, während sich zwei Mitarbeiter auf bereits existierendes Gamedesign fokussierten, von dem man lernen konnte oder sich absetzen musste.

»Sag noch mal, wenn du darauf zurückblickst: Was machte die Magie aus?«

Jakob kratzte sich am Hinterkopf.

»Ja, Magie. Ja, aber Magie muss messbar bleiben. Es ist im Spiel ja auch so: Überleben allein reicht nicht aus. Die Regel lautet: Damit ein Spieler dauerhaft spielt, muss er Erfolg haben. Nur Erfolg macht Spaß.«

Die Computerspielentwicklung, erklärte er mir, arbeitet gern mit einer Exponentialkurve, die den Erfolg des Avatars abbildet. Eine Kurve, die einen stetigen Spielstärkezuwachs gewährleisten soll. Bei CubeGame hätten sie damals diese Parameter auf sich selbst übertragen, um sich zu pushen: Jeder Mitarbeiter hängte sich einen Papierausdruck dieser Erfolgskurvenfunktion an die Wand – und markierte darauf täglich die eigenen Arbeitserfolge.

»Meine Idee«, sagte er. »Ich erzähle es dir nur, weil du nach Magie fragst. Ich glaube, hörst du, ich *glaube,* dass jedes wirtschaftliche Denken zu einem nicht geringen Anteil spirituell ist. Höher, schneller, weiter – das kann nur klappen, wenn man auch daran *glaubt.*«

Er kam ein Bier später noch einmal indirekt auf diesen Punkt zurück, indem er mir etwas über *das Licht* erzählte. Darüber, dass uns die Lichtsäule in den Künsten über die Jahrzehnte immer näher gerückt und ihr Licht dabei immer flacher geworden war.

»Wäre ich Soziologe«, sagte Jakob, »ich würde die Geschichte der Elektrizität als einen langen Sonnenuntergang beschreiben. Diese Wanderung des Lichts ist unser aller Glück. Das fängt bei den hohen Luken auf unseren Dachstuben an, die noch über unseren Köpfen und Büchern geleuchtet haben. Auch die ersten Glüh- und Leselampen hingen hoch. Dann das Kino, als sich der Schein schon gesenkt hat, und unsere Augen sind einbezogen worden, hineingezogen worden ins Lichtspiel. Und jetzt, mein lieber Schriftsteller, jetzt sitzen wir direkt vor der Säule, wie vor einem Scheinwerfer, der uns in die Nacht zieht, er saugt unser Augenlicht hinein in den Bildschirm, wo wir es eintauschen in fremdes, in immerwährendes Licht.«

Jakob sah mich an wie jemand, der an der Abschaffung des anderen arbeitete. Ich reagierte nicht auf seine Provokation.

»Das würde ich sagen, wenn ich ein Soziologe wär. Und wäre ich Theologe, dann fügte ich hinzu: Wir sind kurz davor anzukommen.«

»Wo genau?«

»Genau im Licht.«

Und dann lachte Jakob Schütte. Weil er dieses völlig ungenaue *genau* witzig fand. Er lachte sein aufdringliches, eindringliches, erschreckend gegenwärtiges Lachen, das den Lichtexkurs nicht kaputtmachte, sondern vollendete.

Danach wollte ich endlich über sein Computerspiel *Namuna* sprechen, aber mir fiel keine Überleitung ein, weshalb ich etwas wohlwollend Unbeholfenes sagte:

»Da bist du ja irgendwie auch vom Theoretiker zum Praktiker gereift.«

»Was hat das mit Theorie und Praxis zu tun«, platzte es da aus ihm heraus. »Du hast doch keine Ahnung. Ich *war* Praktiker, und jetzt bin ich's nicht mehr. Es ist genau andersherum. Ich habe einen Investor von meinem Traum überzeugt, ich habe den Publisher akquiriert, und ich bin es auch gewesen, der die ersten Fachkräfte an Land zog – was du fast wörtlich nehmen darfst, ich hab sie am Flughafen Tegel abgeholt, ihnen Aufenthaltsgenehmigungen und Mietverträge gegeben und sie dann in Berlin-Mitte an Schreibtische mit leistungsstarken Rechnern gesetzt. Das habe ich gemacht, verstehst du? Meine Belegschaft schreibt Codes und Mods bis in die Nacht, wofür ich sie am besten noch morgens anzicke, wenn ich da in meinem teuren Anzug stehe, bevor ich aufbreche, um den Geldgebern was völlig Abstraktes von Spielspaß zu erzählen.«

Wie ich ihn missverstand und er mich korrigierte, hat einen bleibenden Eindruck bei mir hinterlassen. Er war bei seiner Antwort in einer anderen Zeit unterwegs gewesen als ich, und seine Gereiztheit zeigte nur allzu deutlich, dass es tatsächlich Phasen gab, geben musste, mindestens zwei Phasen und einen Schnitt irgendwo mittendrin. Er war einmal unter ihnen gewandelt, jetzt war er ihr Chef geworden. Er programmierte nicht mehr, er ließ jetzt programmieren. Und das war ihm zuwider.

Es blieb der einzige Aufreger des Abends.

Denn natürlich war er Unternehmer genug, um die Erfolge voranzustellen. Um von seiner Firma zu schwärmen. Zeitweilig seien bei CubeGame Menschen aller Kontinente beschäftigt gewesen. Ob ich mir dieses »geile Benetton-Gefühl« vorstellen könne! Am Anfang seien viele Südosteuropäer im Einsatz gewesen, ein Team von kroatischen Zeichnern, ein serbischer Set-Designer, ein Scripter aus Thessaloniki. Jedes Berufsfeld hatte zudem seine Fachsprache. Subtext: Jakob musste sie alle beherrschen. Später war die Zahl der Amerikaner gestiegen. Da ging es dann eher um spezielle Fähigkeiten im 3-D-Modellbau: Haare, Muskeln, Kleider, Licht und Schatten, Flüssigkeiten. Für alles, so Jakob, gäbe es mittlerweile unbezahlbare Experten und deren gerade noch bezahlbare Lehrlinge.

Währenddessen stieg und stieg sein Kredit für *Namuna*. Eine hohe sechsstellige Summe, die kurz vor der Veröffentlichung 2012 die Millionengrenze knackte.

Womit CubeGame aber nicht zu den Riesen der Branche gehörte, sagte er. Das wusste ich schon. Es sei auch niemand als Millionär aus dem Projekt hervorgegangen, er habe ja Arbeitsplätze schaffen wollen. Das wusste ich auch. Trotzdem, für einen wie mich waren diese Umsatzzahlen ein reines Schreckensszenario.

*

Woraus setzte sich Jakob Schütte zusammen, was hielt seinen Körper? Redseligkeit und Risikobereitschaft. Große Gesten. Auch Fahrigkeit. Von unseren Gesprächen hatte ich alle Male das Flattern seiner Finger mit nach Hause genommen, aufgesetzte Bierdeckelkanten, mit denen er Standpunkte auf den Tresen hackte, Jakobs Stirn, die Wellen schlug, wenn er eine schnelle Antwort erwartete. Oder eher noch: die nächste Frage. Damit er weiterreden konnte. Sein Tempo machte mir zu schaffen, und dass ich es manchmal versuchte mitzugehen, störte mich noch mehr, denn dadurch schnitt ich ihm Sätze ab, die womöglich interessant geworden wären.

Seine Ungeduld war mächtig, sie machte mich ungeduldig.

Soviel er auch redete und so bereitwillig, von Vertrautheit war nichts zu spüren. Vertrautheit kannte er nur als Wertschätzung, und wertschätzen konnte er allerhöchstens seine Kollegen, die sechzig Wochenarbeitsstunden mit ihm verbrachten. Mir war klargeworden, dass er sich nirgendwo so wohl fühlte wie im Büro. Und was von den meisten Vertretern unserer *Generation Freelance* nur behauptet wird, galt für Jakob Schütte wirklich: Freizeit konnte sich nicht auf einem niedrigeren Energielevel abspielen als Arbeit. Lieber provozierte er seine Mitmenschen, als dass er sich auch nur eine halbe Stunde unter ihnen langweilte.

Das hatte auch diesen letzten Abend mit ihm so ergiebig wie anstrengend gemacht. Vielleicht war er gerade deshalb ein Spieler geworden, dachte ich, weil er es nicht aushalten konnte, auch mal nur dazusitzen und zu schwätzen – und dabei dem eigentlichen Gespräch auszuweichen.

Aber welches Gespräch war das?

Und welches Gespräch hatte er mit Leka zu führen versäumt?

Ich wusste es nicht. Sein Sohn hatte eine Weile bei ihm gewohnt. Jakob hatte sich wohl ein paar Tage freigenommen, vielleicht auch eine ganze Woche. Aber irgendwann war er wieder arbeiten gegangen.

»Du hast auch ein Kind und gehst arbeiten, oder nicht?«

So hätte er mich angepampt, wäre ich offensiv geworden.

Ich stellte mir vor, wie er Leka ein großzügiges Taschengeld zusteckte und sich jeden Morgen damit freikaufte.

Die Arbeit hatte Jakob aus der Verantwortung entlassen.

Und der Junge hatte irgendwann gesehen, dass es noch so notwendig sein konnte, von zu Hause fortzulaufen. Aber dass es deshalb nicht besser war, hier in Berlin zu sein.

*

Acht Wochen war Leka insgesamt in der Stadt gewesen.

Er hatte in der Dachgeschosswohnung seines Vaters auf dem Ledersofa geschlafen.

Sie waren Sneakers kaufen gegangen, sie waren im Computerspielemuseum, sie fuhren mit offenen Autofenstern durch Kreuzberg, saßen mit alkoholfreien Cocktails in einer Strandbar, Sonnenuntergang über der Spree. Sie waren im KaDeWe, Spiele checken, Musik kaufen, sie kickten im Weinbergspark, spielten Basketball im Mauerpark. Sie waren frühstücken im Café auf dem Fernsehturm.

Benji skypte mit Leka, und ich versuchte Einfluss zu nehmen; mein Sohn solle ihn zu den Berliner Tagen befragen.

»Die Stadt roch gut«, sagte Benji einmal, als wir auf dem Balkon zusammensaßen, »er hat gesagt, die Stadt roch so gut«. Ich wusste, was der Junge meinte. Er war in der Junisonne hier gewesen, die aufstrebenden Säfte im Beton, kaugummisüß nach dem Regen, wenn einem alles ineinanderfließt und zusammenhält, übergossen mit Lindenblüten und Hollersaft: das Kiesbett am Ballhaus der Park hinter dem Café die Straßenbahnglocken an den Falafelbuden die Weltzeituhren vor den Biergärten in den Hinterhöfen die Sonne.

»Was guckst du so?«

»Wie guck ich denn, Benji?«

»Hast du gedacht, die hätten keine gute Zeit miteinander gehabt?«

»Wie kommst du darauf?«

»Weil du so guckst!«

Einmal dann: Bam bam bam. Polizei. Halb elf vormittags, Jakob und Leka hatten gerade an der Konsole gespielt und unter ihren Kopfhörern zuerst wohl nur gedämpft gehört, wie Fäuste an die Haustür bollerten. Auf allen vieren waren sie auf die Dachterrasse gekrochen, legten sich auf den Rücken, sahen ein Polizeiauto ohne Blaulicht davonfahren. Das ist ein Einschnitt gewesen, meinte Leka. Dass sie ihn wirklich suchten! Danach war er sich in seinen eigenen Sachen verkleidet vorgekommen, wenn er durch Berlin lief: Basecap, Hosenbund im Beckengürtel, Schlüsselbund an der Kette, Schulrucksack. Das Longboard hatten sie auf dem Flohmarkt am Mauerpark besorgt.

Wahrscheinlich war man darauf gekommen, die Fluglisten aus Kosova nach dem Namen des Jungen zu durchkämmen, dessen Pass Leka in Prishtina geklaut hatte.

Aber danach, sagte er, blieb die Polizei weg.

»Hör mir bloß auf mit Rrustem!«

Leka hatte nur fallenlassen, dass sein Onkel in Kosova auch bei der Polizei arbeitete.

Jakob hätte genauso gut sagen können:

Hör mir bloß auf mit Kosova!

Und dann hätte er den Satz kürzen können wie eine mathematische Formel:

Hör bloß auf!

So weit, stelle ich mir vor, war es Mitte Juli gekommen. Jakob Schütte konnte das nicht. Lekas Ausreise hielt er für eine grandiose Aktion – aber wann immer der Junge auch nur ansetzte, aus der Heimat zu erzählen, verengte der Vater die Augen, verzog den Mund, winkte ab. Er hatte keinen Bedarf an provisorischen Lehmhütten oder an korrupten Ministerien, am vorletzten Stromausfall oder an einer Protestpartei der Künstler, die sich in Kosova über die Politik lustig machte.

Und nun kam ihm der Junge auch noch mit Rrustem. Große Güte, Rrustem stand für Jakobs gebrochenen Schwur. Dafür, dass er sich doch noch einmal auf die Neziris eingelassen hatte.

»Ich erzähl dir mal was über deine nette Familie, mein Sohn. Deine Familie, die mit ihrem Hotel noch in zehn Jahren keine schwarzen Zahlen schreibt. Weißt du, woran das liegt, abgesehen von ihrer Unfähigkeit? Bauinspekteure. Jede Teilgenehmigung kostet was extra, jeder Balkon, jede Gardinenstange. Weißt du, wie man eure Bauingenieure bei uns nennt? Schutzgelderpresser heißen die.«

Ich ahne, wie Leka ihn ansah. Ahnungslos.

»Ich habe deinem Onkel Rrustem mal eine Arbeit angeboten.«

»Aber er hat dir nicht getraut.«

»Meinst du? Kann sein. Ich glaube, er wäre gern nach Deutschland gekommen, aber dein Opa hat es verhindert. So wie er alles verhindert hat, was mit mir zu tun hat. Zu mir hat Rrustem gesagt, er kommt nicht aus seinem Vertrag bei der kosovarischen Polizei raus. Na ja, sag ich, das nehm ich dir nicht übel, so ein sicherer Job. Und ich sage, pass auf, Rrustem, wir finden trotzdem zusammen. Ich biete dir einen Prämienvertrag, da kannst du in der Heimat bleiben und leistungsbezogen bis zu fünfhundert Euro monatlich verdienen. Verstehst du, Leka?«

Konnte kein Dreizehnjähriger verstehen. War Jakob aber egal.

»Weißt du, Waffen sind genau wie Menschen unvollkommene Wesen. Waffen besitzen auch so was wie ein Erbgut. Eine DNA, die sich mit jedem Schuss tiefer in ihren Körper eingräbt. Jedes Gerät weist einzigartige Rückstände auf, an Gehäuse, Auswerfer, Magazin, Patronenhülse. Und jetzt zu deinem Onkel: Alle Waffendaten in *Namuna* sollten über Rrustem einfließen. Du hast doch Level 5 und 6 gespielt.«

»Ja, schon.«

»Rrustem hat sich bereit erklärt, mir die Konstruktionszeichnungen zu den einzelnen Waffen einzuscannen. Und auch Daten von den ballistischen Messungen. Zu denen hatte er ja bei der Polizei Zugang. Aber wir konnten für diese Dienste natürlich keinen offiziellen Vertrag ausstellen. Jedenfalls, das wenige, was schriftlich festgehalten wurde, hat er auf die nezirische Art interpretiert. Das wollte ich dir nur sagen. Du musst dich von der nezirischen Art fernhalten. Drei Monate lang hab ich deinem Onkel die volle Summe überwiesen, fünfhundert Euro, obwohl er fast nichts dafür geleistet hat.«

»Er hat dir nicht getraut.«

»Was soll denn das heißen, Leka, getraut? Dein Herr Onkel Rrustem ist arschfaul, aber er fing sofort an zu streiten, als ich ihm die Arbeitsprämie gekürzt habe. Sechs Wochen lang hat er sich überhaupt nicht mehr gemeldet. Ich musste große Umwege gehen, um an die Daten zu gelangen. Und dann öffnet unser Grafiker Steven endlich wieder eine Mail unter Rrustems Absender: ein Trojaner. Kein verheerender, aber ein doch recht angriffslustiger Trojaner.«

Ich sehe Jakob vom Tisch aufstehen und schimpfen: »Ein Virus, das ist deine Familie, ein Virus, verstehst du?«, ich sehe ihn zum großen Flachbildschirm hinübergehen, um *Namuna* zu laden und Level 5 aufzurufen.

»Hier, die Patronenhülse, die meinte ich.«

Leka setzte sich zu seinem Vater aufs Sofa, schwer seufzend. Er schielte Jakob auf die Finger, der *Namuna* wirklich mit geschlossenen Augen spielen konnte.

»Guck mal, was jetzt passiert.«

Erst von hier an ist das Geschehen wieder verbürgt. Denn Jakob Schütte hatte mir am Ende doch erzählt, warum sein Sohn ihn verlassen hatte.

Jakob spielte jetzt Level 5, er bekam einen Briefumschlag überreicht, in dem sich ein verschlüsselter Auftrag seines Kommandanten befand. Er musste diesen Auftrag sofort ausführen, musste den Bergweg verlassen, seinen Esel mit der Waffenladung in einem grünleuchtenden Haus zurücklassen, den Esel anbinden, ihm Stroh hinlegen, dann raus da, und

Blackscreen:

Mit einer Holzleiter über einen elektrisch gesicherten Zaun auf ein bewachtes Militärgelände und dort in ein würfelförmiges, fast fensterloses Haus eindringen.

»Das ist das *Air Raid Archive*, erinnerst du dich, Leka? Wo die Zjarristi ihre Luftaufzeichnungen lagern.«

Der Junge hatte nur geseufzt und geschwiegen.

Das Innenleben des Hauses besteht aus Hunderten von Disketten, Filmaufnahmen des Kosovokrieges.

»Der Auftrag lautet –«

»Den Drohnenfilm zu finden.«

»Siehst du, Leka, du erinnerst dich doch, der Film, auf dem der bewaffnete Überfall zu sehen ist, an dem auch unser Kommandant selbst beteiligt war.«

Das Level spielt nachts.

Es gibt Bewachung, auch Hunde.

»Hast du da eigentlich immer noch Spaß dran?«, fragte der Sohn den Vater.

Jakob mit eingeklemmter Zunge – eindeutige Antwort. Braungebrannt vom Wochenendurlaub auf dem Darß. Sie waren sogar noch zusammen an der Ostsee gewesen, erzählte mir Jakob. Jetzt aber die Konsole, festgeklebt auf einem Küchentablett. Er muss einen weiten Weg zurücklegen, auf dem einzigen Turm steht eine Wache, die er umbringt (Schalldämpfer), um von der Schuhsohle des Opfers einen zweistelligen Buchstaben-Zahlen-Code abzulesen. Im Gebäude dann in den Keller, wo es noch mal dunkler ist. Jakob will dem Sohn durch sein Tempo imponieren. Im Labyrinth der Gänge findet er einen Raum, in dem eine Art Musicbox steht, rot leuchtend. Sie birgt aber Disketten. Dort den Code eingeben, damit sich der Datenträger ins Laufwerk hebt.

Der Drohnenfilm läuft.

Zeigt aber gar nicht, wie angekündigt, einen Überfall, sondern eine kleine Truppe um den Kommandanten, die einen einzelnen Mann, den sie vorher gefesselt hat, zu foltern beginnt.

Das Opfer trägt nichts als ein langes weißes Unterhemd und Sandalen.

Audio Kommandant: »Wo sind die Verstecke?«

Jakob: »Und, ist er gut getroffen?«

Leka antwortete nicht.

Der Kommandant schießt dem Folteropfer ins Bein. Ohne weitere Vorwarnung.

Audio Kommandant: »Wo sind die Waffen?«

Ein Nachtwächter steht in der Tür zum Filmarchiv, er steht also nicht im Film, sondern in der Spielrealität. Er trägt eine eiserne Fußfessel, humpelt. Das abgerissene, blutverkrustete Oberhemd sagt, mit wem wir es zu tun haben – dem gealterten Filmopfer. Der Mann ist noch dünner geworden, er ist unbewaffnet, vor seiner Brust baumelt der Schlüssel für die Filmbox. Und auch die Patronenhülse, die ihm aus dem Bein operiert wurde.

Der Nachtwächter sagt zu Jakobs Spielfigur: »Ich brauche diesen Film! Du darfst diesen Film nicht zerstören!«

In diesem Moment riss Leka seinem Vater die Konsole aus der Hand, dem Nachtwächter den Schlüssel vom Hals, Jakob rief: »Nicht!«

Aber es war schon zu spät.

Der Nachtwächter sprengt sich selbst und die Spielfigur in den Tod.

»Warum machst du das, Leka?«

Der Junge wollte nur seine Jacke, aber er hatte sie irgendwo hingeschmissen, suchte sie wütenden Schrittes. Als er wieder am Sofa vorbei musste: »Weil ich dein Spiel hasse.«

»Du hast es doch immer gespielt!«

»Warum machst *du* das, Papa? Der Bart und der Bauch und das dunkelgrüne Oberhemd von Nikola!«

»Warum ich das mache?«

Jakob nahm sich vor Wut ein Bier aus dem Kühlschrank.

»Leka, erinnerst du dich nicht mehr, dass du die Diskette und die Patronenhülse an dich nehmen und damit flüchten musst? Als Beweismittel gegen den Kommandanten. Dann kannst du dich aus der zjarristischen Gefangenschaft freikaufen. Level 8. Mit der Patronenhülse, Leka. Weil ihre Einkerbungen zum sichergestellten Gewehr des Kommandanten passten.«

»Kommandant, Kommandant! Warum ist da mein Opa? Mein Opa war doch gar nicht im Krieg!«, schrie der Junge jetzt. Leka hatte sich eine Wolldecke gekrallt, riss die Haustür auf, sprang durchs Treppenhaus hinunter in die Sommernacht.

Mein Opa war doch gar nicht im Krieg.

Ich sah Jakob Schütte zurückbleiben. Sich ins Sofa krümmen.

Doch, wird er gedacht haben, im Krieg. Jahrelang.

Aber das verstehst du nicht, mein Junge.

6

Die Söhne hielten Kontakt. Sie spielten jetzt auch andere Games. Ich habe nicht gelauscht, aber als Benjis neues Schuljahr begann, hatten sie sich schon lose für einen Winterurlaub verabredet. Auch kam eine große Überraschung zur Sprache. Vor der Reise, auf der Reise, nach der Reise, die ganze Zeit hatten Benji und ich geglaubt, Leka wohne in Tophania bei seiner Mutter Arjeta und seinem neuen Stiefvater Lum. Schließlich hatten wir uns in deren Wohnung zum Computerspielen getroffen.

Jetzt stellte sich heraus, dass Leka, nachdem er aus Berlin zurückgekehrt war, zu den Großeltern nach Dodona gezogen war. Er wohnte im Hotel, in einem der Zimmer, welche die Neziris zu Beginn des Jahrtausends einmal für Gäste eingerichtet hatten.

Leider waren die Neziris so etwas wie der blindeste Fleck unter meinen blinden Flecken. Ich hatte Blerina Neziri kurz in einer Kittelschürze einen Tisch säubern sehen, die anderen Neziris nicht einmal zu Gesicht bekommen. Und auch Leka hatte ich ja nicht kennengelernt. Der Junge hat sich bunt angemalt, während du zu Gast warst, er hat sich mit Benji abgelenkt, dachte ich, und jetzt saß er in einem Hotelzimmer, spielte und skypte, lag wach und versammelte die Egos an der Decke: den abwesenden Vater, die abwesende Mutter, den verstorbenen Stiefvater. Ihre Selbstbezogenheit. Ihre Unaufmerksamkeit für ihn, konnte man auch sagen. Niemand wollte wissen, wie er das geschafft hatte, dreizehn Jahre lang keinem Fremden zu erzählen, wer sein richtiger Vater war. Wie er damit einschlief und aufwachte. Was das für eine Disziplin von seinem Hirn erfordert hatte. Einem Kinderhirn. Wie viel Anstrengung. Aber ein Leben, das nicht anstrengend war, konnte sich sein Vater in Berlin gar nicht vorstellen. Oder bewundern, nur ein bisschen hätte er Leka doch bewundern können für die Reise.

Sein Vater konnte auch das nicht.

Leka war immerhin alt genug gewesen, um zu wissen, dass er nicht auf Dauer bei seinen Freunden aus dem Mauerpark übernachten konnte. Nicht einmal die Gamer hatten ihn eingeladen zu bleiben. Er wusste nicht wohin. Siebenundzwanzig Jahre zuvor hatten seine Großeltern eine Polizeiwache aufgesucht, um in Deutschland anzukommen. Leka selbst suchte eine Polizeiwache auf, um sich wieder ausfliegen zu lassen.

Die Geschichte hatte ihn betrogen.

Und noch etwas weiß ich. Wenn er auf seinem Bett im Hotel Neziri lag, sprach aus dem Kopfweh Lum, der Geist, zu allem Überfluss an Stimmen auch noch Lums Stimme. Vor seinem zweiten Stiefvater hatte er sich von Anbeginn fasziniert gefürchtet, weil er in Lum lange nichts anderes sehen konnte als einen Sprengmeister. Benji hat mir das erzählt: Immerzu dachte Leka an die berühmte Aktion der vermeintlichen Selbstsprengung. Immer wieder befragte Leka seinen Stiefvater zu dem Jahr des Verschwundenseins, wollte Details daraus hören, Details der Überlebenstechnik.

Wie ist das gewesen, Lumi, als du gar nicht da gewesen bist?

Das Kind musste es nachgerade verrückt finden, dass Lum seinen Tod inszeniert hatte, um danach wie ein Toter zu existieren. Und es liegt nahe zu denken, dass Leka selbst sich wie ein Exilant vorkam. Lums erfundener Tod war sein schwarzes Spiegelglas, in dem er sich zu allen Zeiten selbst zwischen Computerbildschirm, Konservendosen, Staubmäusen und Teekrümeln hocken sah. Ob in Berlin, wenn der Vater arbeiten ging, oder in Prishtina, als seine Mutter sich in ein Hüttendorf absetzte. Mitten im Großstadttreiben blieb Leka tagelang ohne Kontakt zur Außenwelt. Ich höre die Stimmen draußen immer lauter werden, ein unkontrollierbares Tonband, auf dem Polizei oder Nachbarn oder Mitschüler an die Tür hämmerten, und Leka war so tief in Lums Existenz eingedrungen, dass er Angst hatte, sich mit dem ersten Schritt vor die Tür zu verraten.

»Leka wohnt jetzt im Hotel?«, schrieb ich Arjeta.

Sie konnte es nicht direkt eingestehen. Es war auch zu peinlich. »Immerhin«, schrieb sie zurück, »geht er wieder zur Schule«. Dieses *immerhin.* Natürlich auch ein Eingeständnis. Sie gab sich keine Mühe, mir als Mutter sympathischer zu werden, im Gegenteil, sie wählte den einfachen Weg, sie gab sich als Mutter auf, so wie auch Jakob Schütte als Vater kapituliert hatte.

»Kümmert sich deine Mutter um ihn?«

»Mein Vater.«

»Hat er ihn dir entrissen?«

Keine Antwort mehr. Besser gesagt:

»Wir hatten doch gerade angefangen, uns über Politik zu unterhalten. Können wir bitte dahin zurückkehren?«

Auch die allererste Mail von Arjeta Haliti ging mir nicht aus dem Kopf. Sie hatte mir vorgeworfen, mich mit der Reise nach Kosova nur selbst bestätigen zu wollen. Noch immer wirkte dieser Vorwurf nach. Ich dachte an meine Freunde und Bekannten, die sie mit dem Wort Selbstbestätigung allesamt ins Herz getroffen hätte. Wenn wir Mitteleuropäer in den Süden reisten, wollten wir uns entweder etwas beweisen oder etwas bestätigt sehen. Das große Bild der jüngsten Republik Europas, unser Bild von der Weltpolitik. Aber auch unser Glück, die Ordnung in unseren hochzivilisierten Familien.

Ich kann das nur so halb ironisch sagen. In diesen Nächten holten mich Bilder meiner eigenen Familiengeschichte ein. Manche waren quälend.

Es stimmte aber, wir hatten begonnen, uns über Politik zu unterhalten. Und ich hatte einen Satz von Jakob Schütte im Ohr, der sich abwandeln ließ: An eine spielbare Version der Republik Kosova ist bis heute nicht zu denken. Begab man sich nicht in *Namuna* hinein, sondern in das Spiel *Kosova*, das neben Arjeta, Lum und Leka noch immerhin zwei Millionen Menschen ihr Leben nannten, geriet man in einen Teufelskreis, in ein Spiel also, das niemals endete.

In diesem Spiel, dachte ich, waren die Kosovaren die duldsamen Lasttiere, oder sie saßen auf dem Bock eines zusammengedengelten Gefährts mit offenem Motor und sichteten den Schrott am Straßenrand. Umgeben wurden sie von einem Haufen internationaler Händler. Öffneten die Händler ihre Mantelschöße, dann sahen die Einheimischen nicht, was da eigentlich feilgeboten wurde. Was habt ihr da, fragten sie. Das kostet euch nichts, das ist die Software, antworteten die Händler. Das ist die Politik, die Gewaltenteilung, das Staatswesen. Gesetzgebende Maßnahmen, polizeiliche Ausstattung, pädagogische Stoffe.

Aha, sagten die Kosovaren ungläubig.

Die Software kostete natürlich Geld, erstaunlich viel Geld sogar. Die Händler wollten ein Umfeld schaffen, in dem sich irgendwann auch Hardware implementieren ließ, sagten sie. Aber schickte man die Hardware zuerst, würde sie in die Hände der organisierten Kriminalität fallen, die Kosova beherrschte. Das sagten die Händler ganz offen. Sie hatten große Vorbehalte, geradezu Angst vor dem albanischen Nationalismus, so wie sie vor einigen Jahren noch den serbischen Nationalismus gefürchtet hatten, und solange Angst ihre Beschlüsse bestimmte, würden sie also den Mantel aufschlagen und nichts anbieten können, was irgendein Kosovare in seinem persönlichen Leben gebrauchen konnte.

Darüber tauschte ich mich mit Arjeta aus.

Die Begrifflichkeiten haben wir gemeinsam entwickelt.

Die Hardware des Spiels, das wäre Wirtschaftskraft gewesen. Nicht Geld, sondern Investition. Das war jedenfalls, um mal einen unbeliebten Vergleich zu ziehen, die amerikanische Hardware im westlichen Deutschland von 1945 gewesen. Das landesweite Hilfspaket. Was meine Großeltern hatten erleben dürfen, war der Wiederaufbau ganzer Industrien gewesen, eine Zeit, in der jede antidemokratische Regung von den Amerikanern rigide unterbunden wurde, einfach weil sie ein Interesse daran hatten, eine stabile Demokratie im Zentrum Europas zu schaffen.

Kosova 1999 war dagegen realpolitisch nicht mehr als ein Militärstützpunkt gewesen, ein Stück Geopolitik, es hatte eine Lage – und sonst nichts zu bieten, was der internationalen Gemeinschaft zum Vorteil gereichen konnte.

Kosova 2015 war tatsächlich ein Provisorium. Der gesamte industrielle Bereich lag brach, die Strom- und Wasserversorgung war noch fünfzehn Jahre nach dem Krieg mangelhaft, und es funktionierte eigentlich nur das, was Arjeta den Tertiärsektor nannte, allem voran die zahllosen NGOs. Wer hatte dafür die Begriffe *Paperwork* und *Bullshitting* gefunden? Ich mache mir diese Begriffe nicht zu eigen, aber entkräften kann ich sie auch nicht.

Keine Frage, die Software war da. Eine Verfassung. Ein Parlament. Oft genug liefen die Parteien aus dem Parlament auf die Straße, wenn sie mit etwas nicht einverstanden waren. Und weil ich mich neuerdings mit Online-News versorgen ließ, las ich auch ständig von Menschen, die Geduld mit Kosova forderten, äußerten, übten.

Geduld.

Aber natürlich musste man Geduld haben, wenn das frisch gegründete, das jüngste Land Europas zum ersten Mal in seiner langen Geschichte eine funktionierende parlamentarische Demokratie zu entwickeln suchte.

»Nur: Geduld hat ja jeder.
Und ist,
was jeder hat,
eigentlich mehr
als nichts?«

Das Zitat ist von Arjeta. Ich mochte ihre Ungeduld lieber als Jakobs, sie hatte den größeren Radius. Außerdem hatte sie recht: Man musste über das Nichts sprechen. Über eine Regierung, die nichts entschied. Über die Verwaltung dessen, was nicht genug war. Deshalb faszinierte mich ihr Projekt Provisorium. Weil es dem Fast-Nichts eine Gestalt gab, weil es von der Hüttenhaftigkeit unseres Lebens sprach. Der Geist von Buckminster Fuller und Vilém Flusser ging durch die porösen Wände, legte sich wie Wind auf die Zeltbahnen. Die Prozessierung von Gewebe, davon hatte Flusser einmal geschrieben, ich las diese Texte jetzt wieder. Ins Zelt würde gefahren, las ich, das Zelt sammele Erfahrung, und diese Erfahrung verzweige und verästelte sich durch die Zeltwand. Und wie es Arjetas Art war, rüttelte sie mich aus meiner romantizistischen Lektüre auf, indem sie mir den Polizeieinsatz beschrieb, den das Provisorium im Park nicht überstanden hatte. Im Gegensatz zu den ersten Angreifern hätte die Polizei im September 2012 nicht nur alles niedergehauen, sondern die Bestandteile der Hütten auch beschlagnahmt und abtransportiert. Der Zaun im Gërmia-Park wurde abgerissen, er sei zu diesem Zeitpunkt über fünfhundert Meter lang gewesen.

Aber, schrieb sie stolz, vor den Toren von Ferizaj, ganz nah am amerikanischen Militärstützpunkt, hatte eine andere Gruppe damals bereits ein neues Lager errichtet. Dem bald schon ein drittes gefolgt war, vor dem Parlamentsgebäude in Prishtina. »Und solange dieser Staat selbst nicht mehr als ein Zeltlager ist, werden wir ihn als Zeltlager in die Zukunft begleiten.«

*

Digitale Wiederholung. Weil sie dazugehört. Jakob Schütte hatte mir in Kosova eine Handy-App zukommen lassen, ein kleines Spiel, das mich beim Schreiben dieses Textes begleitet hat und das mir immer wieder in die Hände fällt. *Passage* sei genau der richtige Einstieg, hatte er mir geschrieben.

Zunächst verwirrte mich das Spiel, es war für einen Retro-Wettbewerb entwickelt worden, seine Pixelauflösung war so niedrig wie in den achtziger Jahren und die Bildschirmgeometrie bestand nur aus einem kleinen schmalen Fenster, einem Oberlicht eher, durch das man die Spielfigur von links nach rechts steuerte.

Wer dabei stur auf dem nördlichen Korridor blieb, den

das Spiel anbot, hatte nichts zu befürchten, denn dieser Korridor war von allen Hindernissen bereinigt, ganz so, als seien die Rätsel hier gelöst.

Man konnte die Figur aber durchaus nach unten steuern, dorthin, wo es Hindernisse gab. Im Süden wurde ihre Anzahl immer größer, bis aus dem Korridor ein Irrgarten wurde.

Gehen und ausweichen. Ansonsten geschah nichts.

Nur, dass die Spielfigur alterte, graue Haare bekam, Glatze, alles in drei bis vier Pixeln dargestellt, fast nur zu erraten. Nach exakt fünf Minuten wurde die Figur gegen einen Grabstein ausgetauscht.

Man war gestorben, das Spiel brach ab.

Es leuchtete ein Punktestand auf, der einem angesichts des Todes völlig nutzlos erschien.

Ja, Jakob hatte mir zeigen wollen, dass man auf dem nördlichen Korridor entlanggehen konnte, aber dass man dann alles verpasste, was Spielen wie Leben ausmachte. Denn erst zwischen Hindernissen begannen wir, an unsere bisherigen Wege zu denken, an Neugier und Ängste, Liebe und Kummer, wir dachten an die Wände, vor die wir gelaufen, und an die Menschen, denen wir noch rechtzeitig ausgewichen waren.

Mit der Kosovareise und den jüngsten Arjeta-Mails im Rücken wurde das kleine Computerspiel zu meinem Spiegel. Ich sah, wie sehr mich meine Frau und mein Kind glücklich machten, aber ich spürte zugleich, worunter ich litt und weshalb ich mit meinem Sohn dort hinuntergeflogen war.

Ein Defizit an Fremde.

Ich sollte dieses Defizit benennen. Und natürlich könnte ich das, was ich über mich zu sagen habe, auch erzählerisch fassen, szenisch, aber ich habe keine Lust, mich zum Schluss groß aufzuspielen. Nur meine Herkunft will ich zur Sprache bringen, meine Familie. Sie ist bis in die Generation der Urgroßeltern ohne Ausnahme aus dem norddeutschen Tiefland gebürtig. Alle Ehen wurden in dieser Familie einheimisch geschlossen. Kein Zugereister, keine Zugelaufene, kein einziger Ostflüchtling, niemand, der je über einen Kriegseinsatz hinaus eine Heimatlosigkeit beklagt hatte.

Nicht mal Verwandtschaft in Ostdeutschland.

Meine Großeltern waren protestantische Nordkinder, immer arbeitswillig, nie strebsam, Nazi-Mitläufer, Antikommunisten. Meine Eltern: Angestellte des öffentlichen Dienstes, Wähler der Sozialdemokratie, bescheiden und demütig bis zur Selbstverleugnung, dabei aber nie dankbar. Das ist ein entscheidender Punkt, jedenfalls für meine Entwicklung. Meine Eltern hatten alle Westernisierung und allen Wohlstand auf so selbstverständliche, auf so schmerzhaft naive Art angenommen, dass sie ihr Leben lang keinen einzigen Gedanken auf macht- und staatspolitische Interessen verwendeten. Sie kamen mir vor, als hielten sie diese Bundesrepublik Deutschland für eine im Mai 1945 im Schnellverfahren von deutschen Ingenieuren entwickelte, souverän funktionierende maschinelle Erfindung, für ein System, in welches man den Marshallplan und alle weiteren Wunder bis hin zu den Römischen Verträgen bereits einprogrammiert hatte.

Auch daran musste ich denken, als ich *Passage* spielte: Wie mein Vater dieses Spiel zur Hand nehmen und auf dem nördlichen Korridor entlanglaufen würde, ohne dabei etwas zu vermissen. Als gäbe es keinen Wind und auch keine Zelte oder Hütten, sondern nur solide verklinkerte Häuser und Wohnungen.

Nie fiel ein Wort darüber, dass unser Westdeutschland als ein Nichts oder ein Fast-Nichts aus dem Krieg hervorgegangen war. Wobei in meiner Familie überhaupt kaum Worte fielen. Wir überlebten auch ohne Worte. Darüber will ich sprechen. Wir waren ein Hauskreis, ohne religiös zu sein. Es wurde nichts verabredet, nur erwartet, dass man Bestehendes wiederholte und draußen nach dem handelte, was drinnen im Hauskreis galt. Das Ego war zurückzunehmen. Streit war zu vermeiden. Dumme Sprüche mussten nicht sein. Ironie war etwas für Schlauköpfe.

Die unausgesprochenen Gesetze. Ansonsten scherten sich meine Eltern nicht um das, was ich nach der Schule machte. Sie waren arbeiten und bekamen es nicht mit. Lob und Bewunderung nur bei Zeugnisvergabe. Mit gleichem Recht lassen sich deshalb folgende Sätze sagen.

Ich hatte eine glückliche Kindheit, weil mich meine Eltern in Ruhe ließen.

Ich hatte eine unglückliche Kindheit, weil mich meine Eltern in Ruhe ließen.

Ihr Weg des geringsten Widerstands war ein erfolgreicher Weg. Das muss ich ja zugeben. Selbst Kleinbürger wie meine Eltern hatten in den siebziger und achtziger Jahren solch großzügige finanzielle Rücklagen gebildet, dass wir, die Söhne und Töchter, später studieren konnten. Es war das Zeitalter der entlohnten Arbeit, und natürlich ist jede Geschichte auch eine Geschichte der Möglichkeiten, die den Kindern eröffnet werden.

Begebe ich mich aber tiefer in mein Kinderspiel hinein, dringe ich ein in das Hochhausviertel der westdeutschen Wohlstandsgesellschaft, in dem ich aufgewachsen bin, dann nehme ich dort ein kleines Schlüsselkind mit einer großen Verzweiflung an die Hand. Es knabberte an den Fingernägeln und riss sich die Haare aus. Es fuhr aggressiv Kettcar und konnte die Selbstgenügsamkeit seiner Eltern kaum aushalten. Das ganze gesättigte, selbstzufriedene Westdeutschland machte ihm Kopfweh. Später Geistweh. Das Land ging mir auf den Geist. Aber was im Nachhinein noch schwerer wog: die Berührungsängste. Ich schreckte zurück, als Gregori Petrescu in die Klasse kam, ich sagte »Was will der denn hier?« zu meinen Freunden, ich war, von heute aus betrachtet, ein Kind, das in der Kindheit und Jugend nicht mit jener Offenheit genährt wurde, die es später in der Fremde brauchte, um überhaupt angstfrei existieren zu können.

Manchmal stellt man mir die Frage nach der Zielgruppe meines Schreibens. Wenn es eine Zielgruppe gibt, dann ist es so ein Hauskreis, eine Familie, die über ihre Regeln schweigt, sich nicht austauscht, die ins Reden gebracht werden sollte, bevor der Jüngste vor lauter Schluckbeschwerden zu schreiben anfangen muss.

Auch ein Teufelskreis, klar. Da sitzen sie, an einem Küchentisch, in einem norddeutschen Hochhausviertel, von Beton umstellt. Nichts bewegt sich. Nichts diffundiert durch die Wände.

Ich schrieb an Arjeta, weil meine Frau schon alles darüber wusste. Diese Provisorium-Arjeta war die richtige Ansprechpartnerin. Wie ich nach dem Abitur nicht vom Fleck kam, ich hatte es zwei Freunden zu danken, dass ich nach Berlin gezogen wurde. Dort angekommen, wünschte ich mir nichts sehnlicher, als die DDR erlebt zu haben. Jetzt wurde sie ausverkauft. Das war 1993. Weil ich kaum etwas anderes kannte, witterte ich überall Besserwessitum und Rassismus. Von einer Wohnungsauflösung schleppte ich kistenweise Marx und Engels durch Berlin. Ein Linker wollte ich sein mit meinen bescheidenen Möglichkeiten. Jemand machte mich darauf aufmerksam, dass ich dafür nicht unbedingt einen NVA-Trainingsanzug am Leib tragen müsse. Das Leben meiner Eltern erschien mir als eine gigantische Null. Und niemand klärte mich darüber auf, dass das nicht stimmen konnte und dass ich einfach nur ihre logische Fortführung war, ihre Antithese. Ich hatte ihre bipolare DNA nicht abgelegt, bloß die Pole umgedreht. Ich hatte nicht einmal ihre Gleichgültigkeit abgelegt. Westdeutschland, meine Heimat selbst, war mein sicheres Feindbild. Nichts hasste ich so sehr wie fremdenfeindliche Kommentare. Weil ich niemanden so hasste wie mich in dem Moment, da ich Gregori Petrescu nicht willkommen geheißen hatte.

Natürlich bestand die Gefahr, dass Arjeta mich auslachen würde, weil sie dies hier für Luxusprobleme hielt. Sie reagierte dann geradezu einfühlsam. Abstand suchen, den größtmöglichen Abstand zu seinen Eltern – das fand sie absolut normal. Ein Generationswechsel eben, der immer auch Bruch sein muss. »Eher wäre es unschön, das nicht erlebt zu haben«, schrieb sie.

Brauch oder Bruch, dachte ich, beides geht nicht.

Ich schrieb einfach weiter.

»Als du Jakob wiedergetroffen hast, also ich hätte damals nicht mit dir zusammen sein können. Weißt du, warum? Weil ich die Bomben auf Belgrad genauso wenig ertragen konnte wie die Vertreibungen in Kosova. Jetzt war ich bei euch und hab mich noch einmal mit dem Krieg beschäftigt, und ich kann die Bomben immer noch nicht rechtfertigen. Es will mir nicht in den Kopf, wie unser Westen den eigenen Fehlern und Versäumnissen permanent hinterherläuft. Warum Dayton? Um danach eure albanischen Rebellen zu ermutigen, bis die Lage eskaliert? Warum verhält sich unser transatlantisches Bündnis immer erst wie ein minderjähriges Kind, bevor es keine andere Wahl hat, als gewaltsam in die Geschichte einzugreifen? Ein Philosoph hat doch mal gesagt, unsere Weisheit sei beschränkt auf die Lagerkapazitäten für die militärische Produktion. Fällt mir grad nicht ein, wer das war. Alles muss raus, das ist der Satz unserer Zeit. Angelas Resterampe. Baracks Resterampe.«

Hier ging's nicht weiter. Ich wollte bei Arjeta keinen falschen Eindruck erwecken, und schon gar nicht will ich, dass mir am Ende die ganz falschen Freunde applaudieren. Antiwest ist ja das neue Hellbraun. Und das ist vielleicht die allerschlimmste Kombination unserer Zeit.

»Ich wollte dir nur davon schreiben, dass ich da nicht so einfach rauskomme, aus meiner Prägung. Du willst ein Visum und eine Ausstellung und internationalen Erfolg, oder? Vielleicht unterstelle ich dir das nur. Ich will, dass die Leute begreifen, wieviel Wind durch die westlichen Wände pfeift. Dass auch wir im Provisorium leben. In der Hüttenhaftigkeit. Dass unsere Rechtsstaatlichkeit permanent ausgehebelt wird. Dass die Polung des Menschen darin besteht, sich von anderen abzustoßen. Dass dauerhafter Frieden immer an Lobbyismus scheitern wird. Und jetzt lassen wir mal meine politischen Schwimmversuche beiseite und auch diesen ganzen hilflosen Idealismus. Zurück zu meiner Kindheit, in der sich zwei Defizite miteinander verzahnten.

Mangel an Wärme. Mangel an Fremde.

Dein alter Freund Jakob Schütte hat mich wieder darauf gebracht, weil er nicht Anteil nimmt am Leben seines eigenen Sohnes, weil er nicht loben kann, zureden oder bewundern. Aber mir kommt mein ganzes Leben und mein ganzes Schreiben heute selbst vor wie ein Spiel, in dem ich versuche, diese beiden Konten aufzufüllen. Wärme und Fremde. Wobei ich mich auch gern überfordere, indem ich beide Mängel gleichzeitig beheben will. Dann ruft ein Teil meines Körpers *Raus!* – und weiß dabei gar nicht richtig, ob er das

Hochhausviertel oder Deutschland oder meine Haut oder den Berliner Hinterhof oder eine Liebesbeziehung meint. *Raus! Raus! Raus! Ich halt das nicht mehr aus!* Die linke Hälfte meines Körpers kann das schreien wie einen Punksong, während sich die rechte – im schlimmsten Fall zum gleichen Zeitpunkt – nach einem Ofen sehnt, nach der Kapsel, Zeitlosigkeit und zärtlicher Berührung.«

(…)

»Auch normal? Jedenfalls hat, wer diese Hälften zusammenhalten will, viele Auseinandersetzungen zu führen.

Gehen und ausweichen.

Ich versuche ständig, mit der Fremde warm zu werden.

So wie ich nicht anders kann, als mit der Wärme zu fremdeln.«

(…)

»Das allerschönste Erlebnis für mich ist die Geburt meines Sohnes gewesen. Ich muss dir jetzt doch mal von Benji schreiben. Der Anfang! Alle Wärme, die so ein Kind braucht, gibt es einem doch zurück. Und dabei war er ein so fremdes Wesen, dass ich mich ausschließlich mit ihm beschäftigen konnte, eigentlich jahrelang. Mich fesselte Benjis Entwicklung. Schreien, Lächeln, Glucksen, Klammern, die Rolle zur Seite, die Drehung auf den Bauch, die Zähne, das Spucken wegen der Zähne, der Umzug vom Wagen ins Bett, wie wir sein Zimmer einrichteten, wie er sich am Stuhl hochzog und die ersten Schritte machte oder der lange Spätsommerurlaub, wo er brotförmige Steine sammelte und lautstark auf sie einredete, während er sie hinübertrug zu einem alten verrosteten Räucherofen, in dem sie seiner Ansicht nach gebacken wurden.

Diese ersten Jahre, ich habe sie so genossen. Du hoffentlich auch. Und weißt du, was uns noch verbindet, Arjeta?

Auch ich brauchte davon Abstand, und zwar von einem Tag auf den anderen. Vor sieben Jahren war das. Weil meine Kindheit über mich kam. Sie war auf mich gefallen wie ein Hochhaus. Und ich hatte das Gefühl, umstellt zu sein und nicht mehr atmen zu können wie in meiner Jugend, schlimmer noch, ich dachte vor allem, dass auch Benji jetzt umstellt ist. Von meiner Frau und von mir. Dass wir ihm ausschließlich das zeigen, was wir für zeigenswert halten, dass wir ihn nötigen zu dem, was uns nötig erscheint. Dass er die Welt durch unsere Augen sieht. Seit ich zurück bin aus Prishtina, ist dieses Gefühl wieder präsenter. Mitten am Tag habe ich eine riesige Angst davor, Benji immer schon zu wenig zugetraut zu haben und fast gar nichts gegönnt, also dass ich seine wunderbare und wundersame Entwicklung womöglich gehemmt habe, ihm immer noch die Freiheit nehme, allein durch meine Anwesenheit!«

Hier endete mein Brief, abrupt. Denn ihr von der inneren Abwesenheit meiner Eltern zu schreiben, das wäre wirklich zu weit gegangen. Abwesende waren absolut nicht besser als Anwesende. Einmal hatte ich es selbst geglaubt. Dass es rechtens war, sich wegzudrehen, arbeiten zu gehen und sich aus allem rauszuhalten, was Benjis persönliche Entwicklung anging. Für die zehn Wochen, die ich fortgeblieben bin, werde ich immer in der Schuld meiner beiden Liebsten stehen.

Es gibt nämlich gar kein Defizit an Fremde. Dieses Defizit ist eine Schimäre. Unauffindbar. Weil Fremde immer schon da ist. Sie beruht nicht darauf, von wo die Verwandten migriert sind. Sie ist kein fremdsprachiger Akzent und kein unbekanntes Volkslied. Sie steckt in meiner Hochhausexistenz. In ihrer Hüttenhaftigkeit. In der Windigkeit des elterlichen Geschichtsentwurfes.

Es gab kein Gegenteil von Fremde. Deshalb entsprach Kosova auch meiner Welt. Arjetas Provisorium beherbergte die Fremde. Alles addierte sich zu Europa.

Ich habe keine Ahnung, ob das ein Trost ist. Aber ich sehe jetzt anders zurück auf den Spätsommer 2008, als ich weg war, auf diese Wochen, in denen ich mir gar nichts erobert habe, in denen ich nichts sah, jedenfalls nicht in der Tiefe. Oben in Berlin, wo sich die Welt abspielte, schlief ich mit einer alten Studienfreundin. Danach fuhr ich verschämt an die Elbe, wo ich einmal für einen Roman recherchiert hatte, und mietete mich auf der Steilküste über einer Flusskurve ein.

Ich schrieb meiner Frau selbstmitleidiges Zeug. Dass sie mich nicht brauchte und Benji, der brauchte mich erst recht nicht.

Es stürmte, und die ersten Kraniche zogen vorüber.

Es fühlte sich damals schon albern an. Aber erst jetzt, ein paar Jahre später, verstehe ich, was wirklich geschehen ist. Ich hatte gar nichts getan, sondern nur etwas nachgeholt.

Leka Haliti gab mir die Antwort.

Ich hatte viele Jahre lang alle Möglichkeiten dazu gehabt, hatte sogar schon Proviantlisten geschrieben und war Reiserouten durchgegangen (nach Süden). Ich hätte bloß in den Fahrradkeller unter unserem Hochhaus gehen müssen, und los. Aber ich hatte nie geschafft, was Leka gelungen war.

Ich hatte einfach nie meine Eltern sitzenlassen.

7

Einige Monate später, als bereits die Druckfahnen dieses Romans vorlagen, habe ich mit Benji zusammen das Finale des Computerspiels *Namuna* erreicht.

Auch im Spiel hießen wir Benji. Auch im Spiel hatten wir einen langen Weg hinter uns. Mit jeder erfolgreichen Aktion hatte die physische Stärke unserer Guerillaarmee (Anzahl der Soldaten) zugenommen. Unsere Spielfigur selbst war innerhalb der *Namuna Liberation Troops* aufgestiegen, sie hatte Orden gesammelt und war schließlich zum Kommandanten der NLT ernannt worden. Wir hatten der Kulshedra, einem beflügelten und feuerspeienden Drachen, einen menschlichen Kadaver vor die Gebirgshöhle gelegt, um sie herauszulocken. So waren wir ins Innere der Höhle gelangt, wo die Fähigkeit herumlag, ein Kleinwaffendepot von einem Spielort an den anderen zu versetzen. Wir waren auf einer Hängebrücke aus Brettern und Weinreben über eine Schlucht balanciert, indem wir zunächst das militärische Gepäck und dann den Esel hinüberschafften. Wir hatten Dorfbewohner aus brennenden Häusern gerettet, den Landesverrätern die Waffen entrissen und den Angriff hungriger Waldmenschen abgewehrt, von denen niemand wusste, wessen Landsleute sie eigentlich waren.

Im vorletzten Level des Spiels feierte das Land seine Befreiung von den Zjarristi. Die Besatzungsarmee zog ab, und der Spieler sollte den Eindruck bekommen, die Fabel sei auserzählt. Eine Kamerafahrt zeigte den Siegeszug durch die Straßen der Hauptstadt, die jubelnde Menge, die grün-gelbe Fahne Namunas, man skandierte die Unabhängigkeit.

Der Jubel hielt noch an, während unser Avatar-Benji aus dem Siegeszug ausscherte und auf die Kamera zuging. Er sagte:

Der Widerstand hat viele Gründe, aber wenn er sich einmal formiert hat, zerreißen sich die Menschen vor Misstrauen das Maul.

Ja, da war was dran, nicht anders war es der NLT gegangen, als sie sich gegründet hatte. Gerüchteweise war sie in *Namuna* eine Terrorgruppe, eine marxistische Zelle, der Nachfolgeverbund einer SS-Gebirgsdivision oder eine Organisation des zjarristischen Geheimdienstes gewesen. Der Streit um die Identität war während des Spiels nie verklungen, schlimmer noch, das Misstrauen gegenüber der Guerilla war so gewachsen, dass die namunistischen Exilanten mit dem Geld, das sie im Ausland für die gerechte Sache des Kampfes zusammenkratzten, eine zweite Befreiungsarmee aufgestellt hatten.

Benji hob ratlos die Hände:

Warum zwei Truppen, die nicht zusammen gegen den gemeinsamen Feind kämpfen? Warum haben wir begonnen, uns gegenseitig zu bewachen?

Das traf zielsicher einen Punkt, der meinen Sohn den halben Spielverlauf lang genervt hatte. Ständig hatte sich Benji über diese alternative Armee von Landsleuten namens FaRK (Fantasie- und Rollenspielkonvent) geärgert, zwergenhafte und riesenhafte Soldaten in Verkleidungen, in alten Militärkostümen. Sie waren sehr robust, entzogen uns selbst aber die Kräfte, verlangsamten unsere Performance und spielten uns einmal sogar eine falsche Landkarte zu, um einen Botengang zu verhindern. Am Rand unserer wildesten Gefechte riefen die Zwergriesen zu Demonstrationen auf und forderten den gewaltlosen Widerstand, obwohl sie ja ebenso bewaffnet waren wie wir.

Das vorletzte Level sagte: Der Krieg ist gewonnen, und die Zjarristi sind abgezogen, und Frieden soll einkehren, aber Namuna ist ein zerrissenes Land. Zerrissen in der Frage, wer dem Land mehr gedient hatte und wem es jetzt gebührte, die Herrschaft zu übernehmen. Die kostümierten Zwergriesen meldeten Ansprüche an. Sie sagten, sie hätten mehr unter dem Partei- und Berufsverbot der Zjarristi gelitten. Sie seien es gewesen, die den Schild der Demokratie hochgehalten hätten. Sie kämen aus der Politik und wollten in die Politik zurück.

Sie sagten das alles, nachdem wir mit der NLT die Hauptstadt eingenommen hatten. Ihre Worte fielen im Schatten unseres Sieges. Wölfe waren wir neben den Zwergriesen. Mit Gewehren in der Hand hatten wir unsere Dörfer verteidigt und Waffen ins Land geschmuggelt, damit der Widerstand breiter werden konnte. Und jetzt fuhr eine Limousine mit verdunkelten Scheiben am Ende des Jubelzuges, bis sie vor uns anhielt, das Rückfenster wurde heruntergelassen, ein Sonnenbrillengesicht, Audio:

Du hast Prüfungen bestanden und bist jetzt Kommandant. Und du denkst, du hast ein Recht auf Macht, Benji? Aber wir sind schon hinter dir her. Du denkst, wir sind deine eigenen Leute. Aber es nützt nichts, uns so zu nennen. Wir wollen deinen Posten.

Was mich faszinierte, war der Überdruss, mit dem selbst ich auf diese Worte reagierte. Eher schon körperlicher Ekel. Warum wollte jetzt noch jemand etwas von Benji und mir?

Das Spiel war doch vorbei. Es war, als hätte man mich um eine verdiente Lobpreisung betrogen. Und ich ahnte, jeder neuerliche Schusswechsel würde eine Überanstrengung bedeuten, der ich nicht gewappnet war.

Bis zu diesem Zeitpunkt war das Spiel auf die Spielfigur ausgerichtet gewesen, alles floss in ihr zusammen, aller Erfolg und Misserfolg war anhand von Parametern bestimmbar gewesen, von der Anzahl der Geschwister über Benjis zunehmende militärische Erfahrung, seinen Mut, die körperliche Verfassung, seine Zauberhaftigkeit bis hin zum Nationalstolz. Jetzt aber, im Epilog, wischte unser Spieldesigner Jakob Schütte diese persönlichen Werte allesamt beiseite und sagte:

Das Spiel mag ein Ende haben.

Die Geschichte hat kein Ende.

Sie ist nicht zu gewinnen.

Ich sah Benji von der Seite an.

So wie meine Sorge kein Ende hatte. Meine Liebe. War das die Erkenntnis, dass ich Benji nicht vor Jakobs Spiel schützen konnte, so wie ich ihn nicht vor meiner Verantwortung schützen konnte, vor meiner Sprache und meinen Erziehungsmaßnahmen, die ich erlernt hatte oder die mir antrainiert worden waren oder die ich ins Gegenteil dessen wendete, was mir antrainiert worden war?

Gemeinsam gingen wir durch die Straßen der Hauptstadt. Wir trugen unser Gewehr vor der Brust, die automatische Pistole im Halfter. Wir trugen eine kugelsichere Weste. Unsere Aufgabe war es, die Häuser zu durchkämmen und all die Waffen, die wir unter Einsatz unseres Lebens über die Berggrenze nach Namuna geschmuggelt hatten, einzusammeln.

Das war ein logischer Schritt, die Waffen sollten vernichtet werden.

Einige Länder, die uns Rebellen beliefert hatten, forderten ihre Modelle zurück. Diese Waffen mussten wir also gesondert lagern. Es hätte eigentlich eine ruhige Arbeit sein können, geradezu kontemplativ, wenn uns nicht ständig diese Zwergriesen aufgelauert hätten. Sie trugen jetzt dunkle Anzüge und seidene Krawatten, wohnten aber in Schränken und Wanduhren, in einem vergammelten Kartoffelhaufen, oder sie stiegen aus unscheinbaren Autos, die wieder durch Namuna City fuhren. Manchmal zückten sie einen krummen Dolch, nur wenige trugen eine Schusswaffe bei sich, das Gefährlichste an ihnen war noch immer ihre Zauberkraft.

Mir nahmen sie bald den letzten Spaß.

Bald heißt, nach immerhin drei oder vier Stunden. Mein Sohn spielte das ganze Wochenende und auch noch in der Folgewoche an den Nachmittagen. Er kratzte sich am Kopf und in den Armbeugen. Ich sah, wie er sich quälte.

Dann gab auch Benji auf, und weil er keine Ruhe hatte und keine Ruhe gab, lasen wir im Netz nach: Der Epilog von *Namuna* war so programmiert, dass man ihn nicht gewinnen konnte. Der Epilog war ein Cliffhanger, der den Spieler auf das Folgespiel *Namuna Squad* vorbereitete.

Immer wieder würde ein Zwergriese auftauchen.

»Es gibt Zwergriesen, aber kein Z«, sagte ich, »es geht nur bis zum Y.«

Da ließ sich Benji lachend auf sein Bett fallen, aber er schnellte zurück wie eine Feder und stand wieder neben mir. Die Augen meines Sohnes leuchteten. Er war nicht enttäuscht, er war glücklich.

DANK

Ich danke dem Land Niedersachsen, das meine Arbeit an diesem Buch unterstützt hat, und ebenso der Robert-Bosch-Stiftung für ein Grenzgänger-Stipendium.

Zudem gilt mein herzlicher Dank den Menschen, die mir bei der Recherche in Kosova geholfen haben: Rexhep Bajrami, Mehmet Behluli, Bettina Budde, Shota Bukoshi, Ilaz Ceka (†), Visar Geci, Yvonne Gogoll, Bahjira Halili, Dukadjin Hasimja, Ajkuna Hoppe, Ballsor Hoxha, Ilir Kukaj, Dren Maliqi und insbesondere Jeton Neziraj.